MATT JACK
CATCHI

(Bottom of the Ninth, Book 2)

Jean Joachim

Moonlight Books

Un romanzo Moonlight Books
Amore sensuale
Matt Jackson, Catcher
Bottom of the Ninth series

E-book ISBN:
Progetto di copertina di Dawné Dominique
Modello di copertina: Ryan
A cura di Tabitha Bower
Revisione di ReneeWaring
Tradotto da Simona Trapani

EDITORE
Moonlight Books

Dedica

Ai grandi giocatori di baseball che mi hanno fatta innamorare di questo sport, soprattutto i New York Mets e gli Yankees. E tanto di cappello ai Chicago Cubs, vincitori della World Series.

Dedica speciale

Alla scomparsa Marilyn Reisse Lee,
la mia più cara amica.

Ringraziamenti

Grazie per il vostro sostegno:

Tabitha Bower, la mia curatrice, Renee Waring, la mia correttrice di bozze, Kathleen Ball, Vicki Locey, David Joachim, Steve Joachim e Larry Joachim.

Libri di Jean C. Joachim

BOTTOM OF THE NINTH

DAN ALEXANDER, PITCHER
JAKE LAWRENCE, THIRD BASE
NAT OWEN, FIRST BASE

FIRST & TEN SERIES

GRIFF MONTGOMERY, QUARTERBACK
GRIFF MONTGOMERY, QUARTERBACK (EDIZIONE ITALIANA)
BUDDY CARRUTHERS, WIDE RECEIVER
PETE SEBASTIAN, COACH
DEVON DRAKE, CORNERBACK
SLY "BULLHORN" BRODSKY, OFFENSIVE LINE
AL "TRUNK" MAHONEY, DEFENSIVE LINE
HARLEY BRENNAN, RUNNING BACK
OVERTIME, THE FINAL TOUCHDOWN
A KING'S CHRISTMAS

THE MANHATTAN DINNER CLUB

RESCUE MY HEART
SEDUCING HIS HEART
SHINE YOUR LOVE ON ME
TO LOVE OR NOT TO LOVE

HOLLYWOOD HEARTS SERIES

IF I LOVED YOU
RED CARPET ROMANCE
MEMORIES OF LOVE
MOVIE LOVERS
LOVE'S LAST CHANCE
LOVERS & LIARS
His Leading Lady (Series Starter)

NOW AND FOREVER SERIES

NOW AND FOREVER 1, A LOVE STORY
NOW AND FOREVER 2, THE BOOK OF DANNY
NOW AND FOREVER 3, BLIND LOVE
NOW AND FOREVER 4, THE RENOVATED HEART
NOW AND FOREVER 5, LOVE'S JOURNEY
NOW AND FOREVER, CALLIE'S STORY (prequel)

MOONLIGHT SERIES

SUNNY DAYS, MOONLIT NIGHTS
APRIL'S KISS IN THE MOONLIGHT
UNDER THE MIDNIGHT MOON
MOONLIGHT & ROSES (prequel)

LOST & FOUND SERIES

LOVE, LOST AND FOUND

DANGEROUS LOVE, LOST AND FOUND

NEW YORK NIGHTS NOVELS

THE MARRIAGE LIST
THE LOVE LIST
THE DATING LIST

SHORT STORIES

SWEET LOVE REMEMBERED
TUFFER'S CHRISTMAS WISH
THE HOUSE-SITTER'S CHRISTMAS

MATT JACKSON, CATCHER

Jean C. Joachim

Capitolo Uno

Febbraio, Sandy Key, Florida

Depresso dopo aver perso la World Series, Matt aveva bisogno di sole, che non risplendeva spesso nel cielo di febbraio a New York. Nelle settimane che precedevano l'inizio degli allenamenti primaverili, aveva accettato di andare in un campo sportivo per bambini svantaggiati di due settimane. Matt non sarebbe stato da solo: un certo Dusty Carmichael, un giocatore professionista di softball, sarebbe stato il suo partner.

Il ricevitore tirò su col naso. Quel coglione, Carmichael, era un lanciatore. Quanto poteva essere bravo se giocava nel softball maschile? *Probabilmente quel tipo è un principiante e non sa un cazzo di baseball.* Lo infastidiva pensare che si sarebbe occupato di tutto con poco aiuto da parte di qualcun altro che non sapeva un cazzo e veniva pagato un mucchio di soldi. Scosse la testa. Perché doveva sempre ritrovarsi tra i piedi i perdenti?

Più ci pensava, più si infastidiva. Si mise la borsa sulla spalla e si diresse allo spogliatoio. Si fermò all'ingresso dello stadio e mostrò le sue credenziali alla guardia di sicurezza.

"È già arrivato quel Carmichael?"

"Sì, ma —"

Matt lo salutò e proseguì per la sua strada. Almeno c'era il sole. C'erano 23 gradi — la temperatura perfetta per il baseball. Decisamente meglio dei -6 gradi e della giornata nuvolosa che aveva lasciato a New York il giorno prima. Essendo arrivato con un'ora di anticipo, si mise a fischiettare mentre camminava. Matt non sopportava i ritardi e arrivava quasi sempre in anticipo dappertutto.

Salutò il custode mentre apriva la porta dello spogliatoio.

"Non puoi..."

Ma Matt non sentì il resto della frase. Alzò lo sguardo e vide dei bellissimi capelli castani ramati scendere dalla testa di una donna, che indossava solo le mutandine. Aveva la testa piegata in avanti per pettinarsi i capelli, così non riusciva a vederla in viso e lei non riusciva a vedere lui. Quando sentì il rumore della porta che si chiudeva, lei si alzò di scatto, tirando indietro i capelli, che le caddero sulla schiena, rivelando il più bel seno che avesse mai visto.

La ragazza spalancò gli occhi. "Fuori! Fuori!"

Matt si bloccò, con lo sguardo fisso sul suo seno, prima che riuscisse a rendersi conto di cosa stesse facendo. Si coprì gli occhi con la mano e ritornò verso l'uscita. "Scusa. Scusa. Scusa. Non sapevo che ci fosse una donna qui dentro."

"Maledetto coglione. Esci subito!"

Sbirciò attraverso le dita, ma stavolta la ragazza si stava coprendo il seno con le braccia nude. Riuscì comunque a dare un'occhiata ai suoi addominali scolpiti e alle sue lunghe gambe snelle. Le sue mutandine bianche erano quasi trasparenti. Quasi.

"Fuori!"

Con una mano, gli lanciò una borsa da palestra, colpendolo in pieno. Camminando all'indietro, trovò la maniglia della porta e uscì in fretta nel corridoio. Si sentì arrossire il petto, il collo e il viso. Quella ragazza era fantastica. Non capiva se il suo rossore dipendesse dall'imbarazzo o dall'eccitazione sessuale. Forse entrambi.

Aprì il cellulare e digitò il numero del manager dei Nighthawks, Barker Garland, chiamato affettuosamente Bark.

"Hey, Bark. C'era una donna nuda nello spogliatoio. Che diavolo sta succedendo?"

"Dove sei?"

"In Florida."

"Deve essere la tua partner."

"Dusty Carmichael?" chiese Matt, aggrottando le sopracciglia.

"Sì. Proprio lei."

"Perché diavolo non mi hai detto che era una ragazza?"

"Non pensavo che fosse importante."

"Beh, direi che sarebbe stato molto importante."

Matt non apprezzò le risate fragorose del suo interlocutore.

"Non è divertente."

"Mi sembra di capire che le presentazioni formali non siano necessarie, dunque," disse Bark, scoppiando a ridere un'altra volta.

"Fantastico. Devo lavorare con quella ragazza. Probabilmente pensa che io sia un maniaco."

"Magari un guardone, Matt."

"Come se fosse meglio!"

"Lo scoprirai. Hey, oggi è sabato. Vado a fare un brunch con mia moglie. Ce la farai. Riuscirai a convincerla del contrario. So che puoi farcela"

Matt si rimise il telefono nella tasca posteriore. "Grandioso." Come diavolo avrebbe fatto a uscirne?

"Hey!" Una voce femminile catturò la sua attenzione.

Si voltò e vide la ragazza, che prima aveva visto nuda, con addosso un'uniforme da baseball e con i sontuosi capelli raccolti sotto un berretto. Se non fosse stato per il rossetto, il fisico formoso — non ben celato dall'uniforme — e l'assenza di barba sul viso, avrebbe potuto essere un ragazzo.

"Entri sempre senza essere stato invitato mentre una donna si sta vestendo?"

"Scusa."

"L'hai già detto. Diverse volte."

"Non sapevo che fossi una donna."

Lei ridacchiò. "Credo che adesso tu lo sappia."

Matt arrossì ancora di più. "Quello che intendevo dire è che non sapevo che Dusty Carmichael fosse una donna."

Lei rispose: "Sì, l'avevo già capito prima."

"Sono stati i tuoi genitori a chiamarti Dusty?"

"No. Desirée. Ma mio fratello mi ha sempre chiamata Dusty, e così è rimasto."

"Matt Jackson. Lieto di conoscerti." Lui le porse la mano e lei la strinse. *Terribilmente carina.* L'immagine di lei mezza nuda gli balenò in testa. "Spero che non userai il mio errore contro di me."

"Ma non farlo più."

"Certo che no. Lo prometto. La prossima volta busserò," disse, alzando le mani. "Non ci sono molte donne nei nostri spogliatoi."

Lei si mise a ridere. "Immagino."

"Sei arrivata presto."

"Anche tu," ribatté lei.

"Odio essere in ritardo."

"Ho pensato di fare la doccia qui invece che a casa," disse.

Lui annuì. "Sei una lanciatrice?"

"Sì, la numero uno della mia lega."

Lui ne fu colpito. In effetti, tutto di lei lo colpiva.

* * * *

È un pervertito o solo un coglione? Lei lo fissò stringendo gli occhi. *Non male. Abbastanza alto. Bei capelli. Bel corpo.* Lo esaminò, continuando ad aggrottare la fronte. "In che posizione giochi?"

"Ricevitore."

Lei sollevò le sopracciglia. "Ricevi Dan Alexander?"

"Sì." rispose Matt.

"È un figo."

"È già impegnato," disse Matt, corrucciando la fronte.

"I migliori lo sono sempre," borbottò lei. Guardando Matt ebbe la conferma di aver detto la cosa sbagliata.

"Hai mai fatto una cosa del genere prima?"

"No. Ma magari tu sì," rispose lei.

"È la prima volta anche per me," disse Matt.

Rimasero per un attimo in silenzio.

Lei sollevò le spalle. "Immagino che questo voglia dire che non ci sono regole da infrangere."

Lui guardò l'orologio. "I bambini arriveranno presto."

Dusty guardò il suo. "Abbiamo ancora mezz'ora. Come vuoi organizzare tutto?"

"Dobbiamo parlarne." Matt tirò fuori qualcosa dal taschino della sua giacca sportiva.

"Per me va bene."

"Ecco una copia della lista," disse lui, porgendole un foglio di carta.

Lei cercò nella sua tasca posteriore. "Ho un paio di idee sul programma." Lui le si avvicinò. Il suo profumo, ovviamente fresco dopo la doccia, le stuzzicò il naso. *Cavolo, ha un buon odore.*

Lui iniziò a camminare e lei lo seguì. Matt si mise a studiare l'elenco. "Scommetto che non riesci a distinguere dai nomi i bambini e le bambine."

Lei si mise a ridere. "Immagino di no. Ha importanza?"

"Non faremo lo stesso tipo di allenamento per i ragazzi e le ragazze."

Un pizzico di rabbia la scosse. Rispose bruscamente. "Perché no? Il gioco è lo stesso per entrambi."

"Tu giochi a softball. Io gioco a baseball. I bambini giocano a baseball e le bambine giocano a softball. C'è un'enorme differenza."

"Davvero? Hai mai giocato a softball?"

Lui scosse la testa.

"Allora, forse faresti meglio a tenere la bocca chiusa. Il gioco è lo stesso. Gli allenamenti sono gli stessi. L'unica cosa diversa è la palla."

"Per le ragazze è più facile e meno pesante, sai?"

Sentì il desiderio di dargli uno schiaffo. Si spostò. "Speravo che non fossi un maschilista."

"Non sono un maschilista. È solo che non voglio che una delle bambine si faccia male."

Dusty si raddrizzò la schiena. "Non preoccuparti delle bambine. Preoccupati solo di indossare la tua conchiglia. Non vorrai mica essere colpito in un punto *vulnerabile.*" Aumentò il passo e raggiunse l'ingresso prima di lui. Si mise a correre lentamente sul posto, aspettandolo.

Dusty aggrottò la fronte quando la raggiunse. "Come mai ci hai messo così tanto?"

Matt le afferrò l'avambraccio. "Ascolta. Dobbiamo lavorare insieme. Litigare renderà solo le cose più difficili. Mi dispiace se hai frainteso le mie parole..."

"Io non ho frainteso niente. È quello che hai detto"

"Ok, allora. Mi sono espresso male. Ti chiedo scusa."

"Hai notato che continui a scusarti?"

Il volto di Matt si fece serio. "Sei permalosa."

"Non lo sono!" disse lei, incrociando le braccia sul petto.

"Riscaldiamoci. Permettimi di riceverti. Vediamo cosa riesci a fare." Matt sospirò.

"Perché, per permetterti di giudicarmi? Di dirmi che lancio come una donna?"

Lui si mise a ridere. "Preferiresti che ti dicessi che lanci come un uomo? Forza, andiamo," disse lui, prendendole il gomito.

Lei allontanò il braccio da lui, ignorando il brivido causato dal suo tocco.

"Hai portato una palla da softball?"

"Ce l'ho proprio qui," disse, tirandone fuori una dal suo guanto.

Matt aprì la sua borsa.

"Vuoi ricevermi vestito in quel modo?" disse, indicando la sua giacca sportiva e i suoi pantaloncini khaki.

Lui abbassò lo sguardo. "Oops. Torno subito."

"Posso guardare?" chiese lei scherzando.

"Se vuoi," rispose lui, sollevando le sopracciglia, mentre si dirigeva verso lo spogliatoio.

Lei si sentì arrossire le guance. Era proprio insolente come lei. Non stava andando come si aspettava. Si sedette su una panchina e iniziò a massaggiare la palla con le mani. Aggrottò le sopracciglia mentre si chiedeva come sarebbero andate le prossime due settimane.

In meno di dieci minuti, lui tornò.

Lei scattò in piedi. Era magnifico con la sua uniforme nera a righine. *Porca miseria!* Deglutì. Sembrava cresciuto di dieci centimetri. Era vestito come un giocatore di baseball professionista. L'aspetto sexy di Matt le riempì gli occhi e il suo corpo reagì.

"Cosa c'è?" le chiese, sollevando le sopracciglia.

Lei fece un respiro profondo. "Niente."

Lui chiaramente non se la bevve e le lanciò un'occhiata inquisitoria. "Davvero?"

"Tu. Ehm, tu. Hai un aspetto magnifico."

"Con questo vecchio straccio?" disse, tirando i bordi dei pantaloni per farli sembrare una gonna e mettendosi a ridere.

Lei sorrise.

"Dan è impegnato, ma io no."

Rendendosi conto che aveva guardato oltre le apparenze, abbassò lo sguardo.

"E tu?" le chiese.

Lei scosse la testa. "Single." Quando alzò lo sguardo, lui stava sorridendo.

"Forse dovremmo cominciare." Indossò la maschera e il guanto e raggiunse la casa base. "Vediamo cosa riesci a fare."

Lei si alzò in piedi, si sistemò il berretto e si diresse verso il monte di lancio. Fece un respiro profondo e pregò che le sue gambe reggessero. Oh no, questa merda di campo sportivo non era affatto come si aspettava.

Concentrati, ragazza! Sii professionale. Affondò i piedi nella terra e fece diversi respiri, espirando l'aria attraverso la bocca. Flesse il braccio un paio di volte, sciolse il muscolo e si concentrò. Dusty strinse gli occhi, concentrandosi sul guanto di Matt.

Fece un lancio dal basso verso l'alto, soddisfatta di dove fosse andato a finire e del rumore che fece quando colpì il suo guanto.

"Non male. Un po' alto. Cerca di lanciare più in basso," urlò Matt.

Lei sollevò le sopracciglia. "Che diavolo dici?"

"Cosa?"

Scese giù dal monte di lancio e raggiunse il piatto, con fare sicuro. "Chi ti ha detto di dirmi cosa fare?"

"Beh, perdonami. Pensavo che qualche consiglio da un ricevitore della major league potesse esserti utile. Ma evidentemente mi sbagliavo. Miss Perfettina non ha bisogno di nessun consiglio da parte di un All Star come Matt Jackson."

La sua rabbia svanì come l'aria da un palloncino bucato. "Mi, mi, mi dispiace."

"Chi è che si sta scusando adesso?"

"Ok. Non ho riflettuto."

"No, non hai riflettuto. Forza. Torna al monte di lancio. Terrò la bocca chiusa," disse, riassumendo la sua posizione e sollevando il guanto.

Dusty gli diede un colpetto sulla spalla. Le sue dita sentirono la potenza dei suoi muscoli.

"Cosa c'è?"

"Scusa. Hai ragione. Potrebbe servirmi qualche consiglio professionale. Per favore, riproviamo. Quindi il mio lancio era troppo alto?"

"Non hai colpito il box. Abbassa il lancio di qualche centimetro e colpirai l'angolo."

Annuì e ritornò di corsa sul monte di lancio.

Dusty lanciava e Matt la criticava. Quando faceva un buon lancio, lui urlava "Grande!" Lancio dopo lancio, i suoi consigli furono sempre più mirati.

Prima che potesse fare il decimo lancio, una valanga di bambini, accompagnati dai genitori, attraversò l'entrata. Il suo momento privato con Matt Jackson era finito. Si chiese come mai questo la rendesse triste.

* * * *

Matt presentò Dusty ai genitori e ai bambini, poi si presentò. Aprì il foglio che Dusty gli aveva dato e lesse a voce alta il programma che aveva preparato.

"Prima, un po' di riscaldamento. Poi qualche scatto e un po' di corsa." I bambini grugnirono. "Tutti gli atleti si allenano per tenersi in forma. Non potete giocare se non avete voglia di farlo. Poi, crunch e push-up per aumentare la forza. Poi ci saranno le valutazioni. Vogliamo vedere ognuno di voi colpire, correre e lanciare. Dusty e io prenderemo appunti e vi divideremo in gruppi per gli allenamenti di domani. Possiamo cominciare."

I genitori si sedettero a bordo campo mentre Matt e Dusty seguivano le giovani promesse nei loro esercizi e nelle loro prove. Matt prese velocemente il ritmo. Aveva insegnato alla sua sorellina, Marnie, a giocare a palla. Avendo otto anni in più, aveva già l'esperienza per insegnarle tutto.

Aveva le doti naturali di un'atleta. La sua capacità e la sua determinazione l'avevano colpito. Se fosse stato costretto, avrebbe persino ammesso che lei era più brava, più talentuosa di lui. Ma non l'aveva mai detto a Marnie, perché non voleva che si montasse la testa. Non c'è niente di peggio di un giocatore pieno di sé.

Era entrata nella Lega Nazionale di Softball femminile, proprio come Dusty. Marnie viveva a Pittsburgh, dove viveva anche il padre di Matt. Aveva giocato per le Pittsburgh Pythons e viaggiava in pullman da una città all'altra per partecipare alle partite della Northeast Division. Una sera piovosa di giugno, il pullman della sua squadra slittò sulla strada, dopo che l'autista aveva frenato per non investire un cervo. Marnie morì.

Erano passati solo due anni. Matt non si era ancora ripreso dalla sua morte. Si recava alla sua tomba ogni volta che i Nighthawks andavano a Pittsburgh. Non parlava mai dell'adorata sorella che aveva perduto. Nessuno della squadra lo sapeva.

Insegnare a quei bambini gli ricordava di Marnie. Invece di sentirsi triste, si ricordava i momenti belli che aveva trascorso insieme a lei — ad allenarsi insieme, a giocare a palla ogni sera fino a quando il crepuscolo non cedeva il posto al buio. Aveva anche frequentato un collegio del luogo per poter continuare ad allenarsi con lei. All'età di quindici anni, era stata la più giovane giocatrice mai ammessa alla Lega Nazionale di Softball femminile. Era molto fiero di lei.

Il campo sportivo finì alle tre e mezza. Il primo giorno, i bambini andarono via felici con i loro genitori. Per tutta la durata del campo sportivo, un pullman li avrebbe accompagnati da e verso lo stadio. Matt e Dusty rimasero a raccogliere le palle, i guanti e il resto degli attrezzi.

La guardia di sicurezza aprì la stanza degli attrezzi, dove i due istruttori conservarono tutto. Dusty si asciugò il sudore dalla fronte con la manica. *Proprio come un lanciatore.* Matt sorrise.

"Cosa c'è?" gli chiese.

"Niente. Non sei male, per essere una ragazza."

"Non sono male?"

"A lanciare."

"Ah. Capisco."

Quando raggiunsero lo spogliatoio, Matt indicò la porta. "Prima le donne."

"Come faccio a sapere che non entrerai?"

"Non puoi saperlo. Si chiama fiducia."

"Diciamo che l'esperienza mi insegna qualcosa di diverso."

"Aspetterò qui fuori. Lo prometto. A meno che tu non voglia che io entri per primo!"

"No, no. Vado prima io. E tu farai meglio a non aspettare qui fuori. Oh, e smettila di dire quelle stronzate sul fatto che non sono male per essere una ragazza," disse.

"Mi chiedevo quanto tempo ci avresti messo ad arrivare dritta al punto," disse.

Si fece la doccia e si vestì più velocemente di quanto Matt si aspettasse. Si sedette su una panchina a fantasticare su quello che aveva visto prima. Nemmeno l'uniforme larga riusciva a nascondere il suo fisico sensuale. E la vista da dietro era bella quasi come quella da davanti. Aveva un bel sedere.

Uscì, gonfiandosi i capelli con le mani. Con i jeans attillati e un top di jersey verde chiaro, con una scollatura abbastanza profonda da essere interessante, lo lasciò senza fiato.

"Lo spogliatoio è tutto tuo," disse.

"Grazie." Voleva dirle che aveva un aspetto magnifico, ma pensò che non le sarebbe piaciuto.

"Dove può andare una ragazza per mangiare un hamburger e bere una birra in questa città?"

"Gli Hawks vanno al Salty Crab. Se mi aspetti, puoi seguirmi."

"Non metterci molto. Ho fame."

"D'accordo."

Matt si fece la doccia e si vestì, cercando di pettinarsi al meglio i capelli. Non era molto bravo con le donne dentro ai bar. Troppo rumore, troppa competizione, e non era brillante come gli altri ragazzi. Questa situazione era perfetta. La ragazza era bella, giocava a softball — uno sport simile al suo — e aveva già visto abbastanza di lei da esserne affascinato.

"Forza," disse, dirigendosi al parcheggio.

"Non sei male quando sei pulito," ribatté lei, seguendolo.

"Cavolo, che bel complimento!" Matt aprì lo sportello della sua auto.

Capitolo Due

Dusty entrò guidando dietro Matt nel parcheggio del Salty Crab. Parcheggiò accanto a lui e uscì dall'auto. Prima che potesse dire una parola, le squillò il cellulare. Era la sua compagna di stanza, Nicki.

"Devo rispondere. Arrivo tra un minuto."

"Intanto prendo un tavolo," rispose Matt.

"Che c'è, Nick?"

"Beh, com'è andata?"

"Bene."

"Forza. Voglio i dettagli. Chi hanno mandato gli Hawks?"

"Matt Jackson."

"Il ricevitore! Oh mio Dio! Mi piacerebbe tanto incontrarlo."

"Perché siete entrambi ricevitori?"

"Perché è tremendamente sexy. Mi piacerebbe ritrovarmelo nel letto un venerdì sera."

Dusty scoppiò a ridere. "Sei una sgualdrina."

"Perché, a te non piacerebbe andare a letto con lui?"

"Non è mica un dio."

"Per me lo è."

"Ascolta, mi sta aspettando dentro il locale, devo andare."

"Lasciati andare, Dusty. Divertiti."

"Stammi bene." Riagganciò il telefono.

Il posto era buio. Il tema dell'oceano era dappertutto, con reti da pesca appese con stile alle pareti e dipinti e foto del mare e di barche da pesca. Si mise la mano sulla fronte ed esaminò la sala. Matt le fece un cenno. Si diresse al suo tavolo. Lui si alzò e le spostò la sedia per farla sedere.

"Che gentiluomo," disse lei.

"Sono solo un porco maschilista sul campo da baseball," rispose, sedendosi.

Ordinarono birra alla spina e cheeseburger.

"Da quanto tempo giochi nella Lega Nazionale di softball femminile?" le chiese.

"Da tre anni. Conosci la lega?"

La cameriera portò le loro bevande.

"In un certo senso. Cosa fai in bassa stagione?"

"Non ho mai conosciuto nessuno, nessun ragazzo, nemmeno un professionista, che conoscesse la Lega."

Non disse niente, ma prese il suo boccale e bevve un grosso sorso. Il suo viso si oscurò un po'.

Sta evitando la mia domanda. Cosa c'è sotto? Lei lasciò perdere. "Faccio l'assistente amministrativa al Stuyvesant College nel Queens."

"Ti danno tre mesi di pausa estiva per giocare qui al campo sportivo?"

"Sì." Un'altra volta — conosceva la durata della sua stagione. *Molto sospetto.* "Ti pagano per fare questo lavoretto?"

"No. È un lavoro volontario. Ma i Nighthawks pagano quello che farei per due mesi a giocare a baseball. Quindi, ne vale la pena"

La cameriera portò il loro cibo.

"Vivi nel Queens?" le chiese.

"Condivido un bilocale con altre tre ragazze."

"Ci starete un po' strette," disse, prendendo il suo hamburger.

Dusty aggiunse il ketchup e tagliò il suo a metà. "È così. Ma è quello che devo fare per giocare"

Mangiarono i loro hamburger. La luce fioca proiettava delle ombre sulle guance di Matt, scolpendogli il viso. Non riusciva a vedere i suoi occhi, ma sentiva il loro calore su di sé.

"Spero che tu non mi stia fissando il seno, perché hai già visto tutto quello che c'è da vedere."

Matt ridacchiò e deglutì. "Grazie per averlo precisato e per farmi sentire così a mio agio."

"Mi dispiace. Solo che non sopporto quando gli uomini mi fissano il seno."

"È più forte di noi ci piacciono le cose belle. E quando le troviamo, tendiamo a fissarle. Prendilo come un complimento."

"Quindi fai queste cose da maschilista anche al bar?" Prese una patatina e la tuffò in una piccola pozza di ketchup sul suo piatto.

"Wow! Di certo sai come ferire un ragazzo."

Lei deglutì. "Non hai ancora visto niente. Ho fatto un corso di difesa personale."

Matt si mise le mani sui genitali. "Me ne ricorderò."

"Ne sono certa." Abbassò lo sguardo sul suo piatto.

"Sei decisamente in vantaggio. Come mai?" Prese una patatina.

"Ho dovuto superare molti ostacoli per arrivare dove sono. Non ho bisogno di un professionista coglione, che crede di essere migliore di me, che mi denigri."

"Non ti sto denigrando. Sono colpito. Veramente. Profondamente. Sei brava sul monte di lancio e sei stata grandiosa con i bambini. Come se avessi fatto questo per tutta la vita."

"Ho dei fratelli. Ho lavorato con loro." Prese il suo hamburger.

"Fratelli? Anch'io," disse, poi rimase in silenzio, come se avesse rivelato più di quanto volesse.

"Davvero? Tipo? Un fratello? Una sorella? Giocano anche loro?"

"No. Non fa niente."

Lei cercò di avere altre informazioni da lui, ma Matt si era chiuso. Il suo viso divenne una maschera mentre ignorava le sue domande personali, dirigendo la conversazione sullo sport e concentrandosi sul cibo. *Deve avere qualche grosso segreto che non vuole condividere. Ora, ho bisogno di capire di cosa si tratta.*

Quando arrivò il conto, lui lo prese, lo guardò e mise qualche banconota sul tavolo.

"Quant'è la mia metà?" chiese lei.

"Offro io."

"No, no. Pago io la mia parte."

"Davvero? Quanto guadagni?"

"Cinquemila dollari al mese."

"Per tre mesi all'anno. Ma per il resto dell'anno non è così. Offro io."

"Me la cavo. Riesco a vivere."

"E io ho un contratto da professionista che mi fa guadagnare molto di più." Si rimise il portafogli in tasca.

"Non sono un caso disperato."

"Non l'ho mai detto. Cavolo. Un ragazzo non può più offrire la cena a una ragazza?"

"Se non ci sono altri motivi, credo di sì."

Lui aggrottò la fronte. "Pensi che offrirti un hamburger voglia dire che io creda che tu possa venire a letto con me?"

"Beh, potrebbe. Voglio dire, non ti conosco così bene, e molti ragazzi..."

"Io non sono molti ragazzi. Non ho bisogno di offrire una cena per andare a letto con una ragazza. Credimi."

Lei abbassò lo sguardo, rendendosi conto di aver detto un'altra volta la cosa sbagliata. "Mi dispiace. Non intendevo dire che..."

"Sì, invece. Volevi proprio dire quello."

Alzò lo sguardo e vide un'espressione ferita nei suoi occhi. "Ok. Ho sbagliato. Ti chiedo scusa."

"Ora chi è che si scusa dozzine di volte?" Sollevò le sopracciglia.

"Possiamo ricominciare daccapo?"

Si mise a ridere e le porse la mano. “Ciao, sono Matt Jackson, ricevitore dei New York Nighthawks.”

Lei accettò la sua offerta. “Lieta di conoscerti, Matt. Sono Dusty Carmichael, lanciatrice delle New York Queens.”

Matt portò lo scontrino alla cassa, poi si diressero verso il parcheggio.

“Ci vediamo domani, Dusty.”

“Sì. Presto?”

“Certamente.”

Lei sorrise e alzò la mano per salutarlo mentre lui raggiungeva la sua auto. Dusty aspettava da tanto tempo di incontrare un uomo che potesse tenerle testa. La maggior parte di quelli che aveva incontrato erano smidollati, oppure non avevano rispetto per lo sport che praticava. Non Matt Jackson. Si sentì un brivido lungo la schiena mentre si sedeva dietro al volante. Avrebbe dovuto fare attenzione con lui. Ora era coinvolta in qualcosa di grande.

* * * *

Matt accese la televisione e fece zapping tra i canali, ma nulla riuscì a catturare il suo interesse, nemmeno i film porno. Si mise a passeggiare senza meta per la stanza, aprì il frigorifero, ma non c’era niente che gli andasse. Non aveva fame. Non di cibo, almeno.

Sentendosi annoiato e non riuscendo a togliersi Dusty dalla testa, si spogliò e si mise a letto. Guardando fuori dalla finestra, vide la sagoma di una coppia dall’altra parte della strada, intenta a baciarsi. L’invidia gli ardeva nel petto. Voleva una donna, poi non la voleva. Sentimenti contrastanti lottavano dentro di lui.

Si sentiva afflitto dalla vergogna di averle mentito sull’essere un giocatore di softball. *Perché l’ho fatto?* Ma sapeva perché. Mentire e rendersi odioso — due modi per tenere lontane le donne attraenti. I ricordi di Marnie riaffiorarono mentre stava disteso, con le dita intrecciate dietro la testa.

Marnie era stata la sua più grande fan, assistendo a tutte le partite che poteva e facendo il tifo per lui. L'aveva sostenuto fin dall'inizio, quando era solo un giocatore AAA della Minor League dei Nighthawks. Il suo vecchio aveva continuato a bere, ma era spesso sobrio quando Matt tornava a casa. Il lanciatore non sopportava di veder vivere sua sorella con loro padre, che era spesso troppo ubriaco per cucinare o per prendersi cura della casa.

Matt aveva programmato di comprare una casa da condividere con Marnie quando sarebbe avanzato di categoria. Ma il suo stipendio dei primi due anni era servito a pagare i debiti di suo padre, perché il vecchio non poteva più lavorare. Poi, aveva dovuto risparmiare per una caparra. Quando finalmente era riuscito a mettere da parte i soldi, lei non c'era più. Matt non comprò mai quella casa. Il sogno di possedere una casa tutta sua era morto insieme a sua sorella.

Si girò su un fianco. Nessuno dei suoi amici sapeva di Marnie, né di sua madre, tranne Dan Alexander, il suo migliore amico. Umiliato perché sua madre aveva abbandonato la famiglia quando Marnie aveva appena tre anni, Matt era diventato una persona molto riservata.

Non parlava mai dell'abbandono di sua madre, di suo padre, che si era quasi ubriacato fino alla morte dopo la sua partenza, e della preziosa Marnie. Invidiava i suoi compagni di squadra che avevano le famiglie integre. Lui aveva smesso di sperarci, perché sapeva che non sarebbe mai successo.

Dusty gli ritornò in mente. Matt cercò di togliersi dalla testa l'immagine seducente del suo seno. Aveva già subito due strike con le donne — una era morta troppo presto e un'altra se n'era andata — spezzandogli il cuore entrambe le volte. Non avrebbe mai frequentato una donna abbastanza a lungo da subirne un terzo. Pensava che subire uno strike nella vita fosse molto peggio che subirne uno durante una partita.

Inquieto, si voltò di nuovo dall'altra parte, guardando fuori dalla finestra, dall'altra parte della strada. Le luci erano spente e non vi era nessuna sagoma visibile. Sapeva che probabilmente erano a letto, a fare l'amore come conigli e a divertirsi. Si ricordò quanto fosse stato bello fare l'amore con la sua ragazza del college, Stephanie.

Chiudendo gli occhi, sentì un fremito lungo le dita, ricordandosi la morbidezza della sua pelle. L'immagine di Stephanie svanì, sostituita da quella di Dusty Carmichael. Si lamentò. "No, no. Non se ne parla proprio."

Il suo corpo si preparò per dormire, ma la sua immagine rimase viva, tormentandolo con sogni di felicità e piacere sessuale. Si sveglio alle tre, sognando di avere un orgasmo, per rendersi conto che ne stava davvero avendo uno! Sentendosi la gamba bagnata, fu costretto ad alzarsi dal letto per andare a pulirsi.

Disgustato per un comportamento che considerava infantile, afferrò un asciugamano, si asciugò e asciugò anche le lenzuola. Ora il materasso era bagnato. Mise due asciugamani sul letto e si ricoricò. Quel genere di sogni a trent'anni era ridicolo. Ringraziò Dio di essere da solo. Ovviamente, se ci fosse stata una donna con lui, non avrebbe avuto bisogno di quel sogno, soprattutto se quella donna fosse stata Dusty Carmichael.

"Merda, cazzo, maledizione!" Colpì il cuscino con un pugno. *Non* si sarebbe lasciato coinvolgere da una lanciatrice sexy e impertinente. Sapeva che gli avrebbe soltanto spezzato il cuore. Aveva un debole per le ragazze come lei. Anche lei se ne sarebbe accorta. Poi, gli avrebbe fatto passare i momenti più belli della sua vita e gli avrebbe prosciugato denaro, amore e sperma.

Si ridistese, affondando tra tre cuscini. Fece un sorriso e pensò a quanto tutto sarebbe stato entusiasmante e romantico, fino alla scena finale in cui lei gli avrebbe calpestato il cuore con le scarpe e l'avrebbe lasciato per sempre.

Non essendo più eccitato, il suo corpo si rilassò e presto si addormentò.

Alle sei, il sole iniziò a filtrare dalle tapparelle della sua camera d'albergo. Non voleva alzarsi, ma il sole che gli colpiva gli occhi insisteva perché lo facesse. Si girò dall'altra parte, ma inutilmente. La sua mente era sveglia. Spostò le coperte, indossò i pantaloni della tuta e chiamò il servizio in camera per farsi portare del caffè e delle uova.

Mentre aspettava, buttò giù qualche idea per la giornata con i bambini. Le sue labbra accennarono un sorriso al pensiero di rivedere Dusty. Sarebbe stato con lei ogni giorno per due intere settimane. Matt si diede un pizzicotto. Poteva essere davvero Natale a febbraio?

* * * *

Le sembrava naturale andare a cena con Matt Jackson alla fine della giornata. Parlavano di alcuni bambini, di cosa funzionasse e cosa no, e miglioravano il loro programma. Una volta le lasciò anche pagare il conto, ma quella fu l'unica. Sera dopo sera, si aspettava che le dicesse quanto si sentisse solo e le chiedesse di andare in camera sua — ma non successe mai.

Dopo tre giorni, Dusty era davvero irritata. Forse non la trovava attraente? Non le era sembrato così, dal modo in cui la guardava quando credeva che non se ne accorgesse — ma poi niente. Alzò le spalle. *Uomini. Chi li capisce?*

Forse, dopo averlo accusato una dozzina di volte di essere un porco maschilista, era più prudente. Doveva essere così, perché l'unica altra spiegazione sarebbe stata che non era abbastanza carina, e questo la feriva. Cercò di rilassarsi e di smetterla di inchiodarlo al muro per ogni minima infrazione. Ma continuava a non succedere niente. Maledizione, non le dava nemmeno il bacio della buona notte!

Mentre aspettava che Matt si facesse la doccia e si cambiasse, si sedette su una panchina e aprì il telefono per leggere un libro. Prima che potesse iniziare, il suo telefono iniziò a squillare. Era Nicki.

"Allora, sei già andata a letto con Jackson?"

"No, Nicki."

"Perché no?

"Per un semplicissimo motivo, non me l'ha chiesto."

"Non ha fatto niente?"

"No. Niente."

"Nemmeno un bacio?"

"No, e ceniamo insieme ogni sera da dieci giorni."

"Maledizione, amica. Non starai mica perdendo il tuo fascino?"

"Spero di no," disse Dusty, mangiandosi un'unghia.

"Credo che sarai tu a dover fare la prima mossa."

"Non credo proprio. Non succederà mai."

"Ti restano solo pochi giorni. Ti pentirai di non essere andata a letto con lui quando ne avevi la possibilità."

"Non credo."

"Quando avrete finito, lui sarà pieno di donne e non ti degnerà di uno sguardo."

"Vorrà dire che doveva andare così."

"Te lo farai scappare in questo modo?"

"Sono qui per i bambini. Non per andare a letto con qualcuno."

"Bene. Però non lamentarti quando ti renderai conto di quello che hai perduto."

"È tardi. Domani devo alzarmi presto. Grazie per avermi chiamata."

"Non permettere a quel coglione di sminuirti. Sei una ragazza stupenda, Dusty."

"Grazie, Nicki."

"Buonanotte."

Si sarebbe davvero pentita di non averci provato con Matt Jackson? Meglio avere rimpianti che provarci con qualcuno e ricevere un rifiuto. Forse era gay? L'umiliazione del rifiuto sarebbe stata insopportabile per lei. Doveva essere professionale. Cosa sarebbe successo se ci avesse provato con lui e lui avesse raccontato tutto ai Nighthawks? Rabbrividì al solo pensiero. E anche le Queens l'avrebbero saputo. L'avrebbero cacciata via dalla squadra per il suo comportamento poco professionale!

Terrorizzata, Dusty promise a se stessa che, per quanto Matt Jackson fosse attraente e sexy, sarebbe stata lontana da lui ad ogni costo.

"Pronta?" le chiese.

Lei alzò lo sguardo, fissando i suoi occhi celesti. Indossava una maglietta bianca che faceva risaltare l'abbronzatura del sole della Florida, dei pantaloni khaki, una giacca sportiva blu che gli calzava a pennello e una cravatta a strisce blu e verdi.

"Pronto?" lei solevvò un sopracciglio.

"Già. La cena? Ricordi?"

"Oh, oh, sì. Giusto. Certo. Sono pronta," disse.

Il profumo del suo dopobarba le giunse alle narici, seducendola. Si era fatto la barba e le sue guance lisce e pulite erano un forte richiamo per lei. Voleva baciarlo e sentire la sua pelle soffice sotto le labbra. Deglutì e pregò che le sue ginocchia la reggessero mentre si alzava.

Lui le prese la mano. "Andiamo. Stasera ti porto da un'altra parte. Al Mariner. Bark dice che fanno il miglior pesce di tutta la contea."

"Bark?"

"Il nostro general manager," disse, aprendole lo sportello. "Prendiamo la mia auto. Ti riporterò qui dopo cena."

"Ok."

Si sedette sul sedile anteriore della sua auto a noleggio. Matt le chiuse lo sportello e si sedette al volante. Iniziò a parlare delle attività della giornata e dei bambini. Dusty si limitava a guardarlo, cercando di non sbavare.

"Quindi, a chi credi che dovremmo dare il premio per i maggiori progressi?"

"Eh?"

"I maggiori progressi." Lui la guardò. "Non hai sentito nemmeno una parola di quello che ti ho detto, vero?"

Le guance le arrossirono. L'aveva scoperta e ora doveva spiegarsi. Voltò in una stradina laterale e si fermò al semaforo. Dusty cercò le parole giuste per uscire da quella situazione imbarazzante.

"Beh, io..." cominciò, voltandosi verso di lui.

Prima che riuscisse a dire una parola, la bocca di Matt era sulla sua. La baciò in modo dolce e sexy, finché la persona dietro di lui iniziò a suonare il clacson. Matt si riconcentrò sulla strada.

"Volevo farlo fin dal primo giorno. Spero che non ti dispiaccia."

"Dispiacermi?" Riusciva appena a respirare.

"Sì, lo so. Sono un porco maschilista," disse, entrando nel parcheggio del ristorante.

* * * *

Matt le aprì lo sportello.

"Scusa, ok?" Le porse la mano. La sua salda stretta gli ricordò che forse era anche abbastanza forte da rompergli la mascella. Fece un passo indietro e la lasciò passare.

Dusty si fermò, fissandolo. "Scusa?"

"Sì. Forse non volevi che lo facessi."

"Davvero?"

"Immaginavo che se te l'avessi chiesto mi avresti detto di no, così l'ho fatto."

"Fai sempre così?"

"La maggior parte delle volte mi dicono di sì."

"Capisco. Ma questa volta hai deciso di non aspettare?" Dusty si incrociò le braccia sul petto.

"È per questo che ti sto chiedendo scusa. Probabilmente sei furiosa. Non lo farò più," disse, alzando le mani. "Lo prometto."

"È stato così brutto?" gli chiese aggrottando la fronte.

"È stato il paradiso," rispose sussurrando.

Lei rise, lasciandosi scivolare le braccia sui fianchi. "Entriamo."

"Hai fame?" Le mise la mano sulla schiena.

"Da morire!"

Dopo essersi seduti ad un tranquillo tavolino all'angolo, Matt diede un'occhiata al menu. Era affamato, di cibo e di Dusty. Quel bacio era stato un antipasto, e ora ne voleva di più. Lei non aveva lasciato trapelare nessun segnale di volerne di più, ma non l'aveva comunque respinto. *La ragazza sa come si bacia.* Significava che poteva provarci di nuovo, o forse no?

Lei ordinò fish and chips e una birra alla spina e lui fece lo stesso. La cameriera portò loro una ciotola di insalata da condividere, con una varietà di condimenti. Dusty mise da parte le foglie di insalata mentre Matt sceglieva il suo condimento.

"Ho sentito dire che il pesce è molto fresco qui. Vanno a prenderlo direttamente al molo," disse Matt, scavando nella sua insalata.

Dusty lo affrontò. "Perché non vuoi più baciarmi?"

Lui si fermò di colpo, poi finì di masticare. "Non ho detto questo. Ho immaginato che tu non volessi."

"Perchè l'hai immaginato?"

Lui alzò le spalle.

"Beh, hai immaginato male."

Usando due dita, Matt le sollevò il mento e la baciò di nuovo, stavolta a lungo, profondamente e in modo sempre più appassionato. Alla fine, lei ansimò per alcuni secondi.

La sua bocca era dolcissima, le sue labbra morbidissime. Aveva voglia di sentire il suo corpo su di sé, ma erano in un ristorante, un luogo pubblico. La stampa avrebbe avuto il suo scoop e il capo avrebbe saputo che Matt voleva farlo con la ragazza del campo sportivo. Non avrebbe aiutato la sua immagine se la notizia si fosse diffusa.

La cameriera si avvicinò al loro tavolo. "Volete qualcos'altro?"

Dusty annuì. Sorrise al pensiero che lei non riuscisse a parlare. Era passato tanto tempo da quando aveva fatto quell'effetto a una ragazza. Dusty Carmichael non era come tutte le altre donne. Non riusciva a starle lontano. Ci aveva provato per dieci giorni e non era servito a niente. Lo attraeva come una lampada attrae una falena.

Matt le guardò la camicetta. I suoi capezzoli erano duri e spingevano sul reggiseno e sul sottile tessuto bianco. Fu inondato dall'impulso travolgente di spremerli. Strinse una mano intorno al boccale freddo e con l'altra afferrò la forchetta.

"Dimmi, dove vivi durante gli allenamenti primaverili?" chiese Dusty.

"Dato che lo stadio è a Paradise, alloggiamo a Paradise Springs."

"Alloggiate? Non pensavo che fossi sposato!"

"Io? No. No, non lo sono. Alloggio lì con alcuni compagni di squadra."

"Davvero?"

"Affittiamo una casa insieme. Sei camere da letto."

"Forte!"

"Quest'anno Dan probabilmente prenderà casa da solo. È fidanzato."

Lei annuì e prese un'altra forchettata del suo cibo.

"Probabilmente staremo nello stesso posto, se è disponibile. Prenderemo una camera in più. Magari potresti venire per un weekend per vedere come lo fanno i professionisti"

"I professionisti? Come fanno cosa?"

"Come si allenano per la stagione," disse, prendendo la sua birra. "Cosa credevi che intendessi dire?"

Dusty arrossì leggermente.

Lui lesse la sua mente e sorrise per il suo imbarazzo. "Posso farti vedere anche quello, ma preferirei farlo all'interno, in una bella camera d'albergo."

Lei si mise a ridere.

"Davvero. Se vuoi venire per un weekend, mi organizzerò con la squadra."

"Cosa fate durante gli allenamenti primaverili?"

"Perché non vieni a vederlo?"

Finirono di mangiare e diedero un'occhiata al menu dei dolci.

Matt si diede un colpetto sullo stomaco. "Meglio di no. Devo perdere qualche chilo."

Ordinarono il caffè.

"Oh? Devono pesarvi e tutto il resto?"

"La prima cosa da fare per giocare a baseball è essere in forma. E questo potrebbe voler dire perdere del peso. Come nel mio caso."

"Perché?"

"Se gli atleti non sono in forma per giocare, la stagione sarà un disastro."

"Veramente?"

"Dieta, esercizio e questo genere di cose sono al primo posto nel programma. Voi non lo fate?"

"Sì. Voglio dire, ogni donna deve fare in modo di essere pronta a giocare. Ma non sono così esigenti come nel vostro caso."

"È baseball da professionisti. Ci sono un casino di soldi in ballo. E di reputazioni. E di lavori. Non stanno mica a cazzeggiare. Oops. Scusa."

"Nessun problema. Parliamo in questo modo anche nella lega femminile."

"Quindi, pensi di venire?"

"Vediamo. Sembra interessante."

"Ed è in Florida a marzo, quando il tempo a New York fa schifo."

"Non resti lì in bassa stagione?"

"No. Alcuni lo fanno. Ci sto pensando. È un grosso investimento comprare un'altra casa quando ne ho già una a New York."

Lei annuì.

"Per quanto riguarda il campo sportivo, stavo pensando che potremmo organizzare una piccola World Series l'ultimo giorno."

"Una partita?"

"Già. Dividere i bambini in due squadre. Magari i rossi e i blu."

"Squadre miste. Maschi e femmine."

"Certo, certo, squadre miste"

"Potrebbero giocare per i loro genitori."

"Giusto. L'ultimo giorno è domenica. Una breve partita. Magari sei inning?"

"Per me va bene," disse lei, aggiungendo del latte alla sua seconda tazza di caffè.

"Organizziamolo adesso. Dobbiamo dividere i bambini in squadre."

"Ok. Aspetta. Ho qui la lista," disse lei, prendendo la sua borsa.

Matt prese il menu dei dolci. "Al diavolo." Fece un cenno alla cameriera. "Io prendo un tortino al cioccolato con cuore caldo. Dusty?"

"Cheesecake alle mandorle."

Qualche minuto dopo, la cameriera tornò con i loro piatti. Dusty si leccò il labbro inferiore per toglervi un pezzettino del suo dolce, annientando la concentrazione di Matt. Avrebbe voluto farlo al suo posto — insieme a tante altre cose. Matt mangiò un boccone del suo dolce al cioccolato con il cuore fondente mentre ponderava cosa avrebbe fatto se lei avesse accettato la sua offerta. *Cosa farò se si presenta agli allenamenti di primavera?*

Una fitta tra le gambe gli fece capire cosa sarebbe successo. Si spostò sulla sedia, sentendosi all'improvviso scomodo. Impegnata a mangiare il suo dolce, lei non se ne accorse. La stanza diventò più calda. Si allentò la cravatta e si sbottonò il primo bottone della camicia. Gli occhi azzurri di Dusty si incrociarono con i suoi e lei arrossì leggermente sul collo.

Concentrati, coglione. Non te la porterai a casa stasera. Concentrati sul lavoro. Matt tirò fuori un piccolo taccuino dalla tasca. "Dobbiamo accertarci che le squadre siano eque."

"Giusto," disse Dusty, separando i fogli e disponendoli sul tavolo. "Iniziamo con la A."

Capitolo Tre

In quel frenetico ultimo giorno, Dusty e Matt si divisero. Dusty controllava i bambini e i loro genitori all'arrivo e assegnava loro le posizioni. Matt forniva loro le attrezzature necessarie e aiutava i bambini a disporsi sul campo.

Alla fine del sesto inning, la partita era in parità. Giocarono un extra inning e la squadra blu ottenne per un pelo la vittoria. All'arrivo del servizio catering, furono preparati i tavoli con hot dog, patatine fritte, insalata di patate, insalata di cavoli e cupcake.

Matt si allontanò per un attimo a mangiare un hot dog, mentre guardava i bambini, la maggior parte dei quali erano seduti a gambe incrociate sull'erba, a mangiare con le loro squadre. Era riuscito a fare in parte quello che aveva programmato — creare dei legami tra i bambini e insegnare loro a giocare insieme. Dovevano migliorare, ma per essere la prima volta non era andata così male. Ovviamente, era molto grato a Dusty Carmichael. Doveva ammettere che la sua sensibilità, insieme alle sue capacità, aveva contribuito molto a renderla una bella esperienza per i bambini. Ok, anche per lui.

Dopo pranzo, Matt e Dusty consegnarono i premi e i certificati. Strinsero le mani ai genitori, abbracciarono i bambini più piccoli e firmarono molti autografi. Alle quattro, il posto era già vuoto e avrebbero soltanto dovuto ripulire tutto. Il servizio catering si occupò del cibo e dei rifiuti, mentre Dusty e Matt raccolsero le attrezzature.

Lui aveva organizzato una sorpresa, una bella cena insieme per festeggiare. Anche se gli era piaciuto stare con i bambini, era pronto a ritornare alla compagnia degli adulti, soprattutto a quella di Dusty. Chiudendo il lucchetto del ripostiglio, si voltò verso di lei.

"Va tu a farti la doccia per prima." Matt controllò l'orologio. "La cena è prenotata per le sei."

Lei lo guardò. "La cena?" "Sì. Ho una prenotazione in quel bel posto dove va a mangiare Bark — Le Monsieur. Un ristorante francese."

"Sarebbe grandioso, ma il mio volo parte alle sei."

Aggrottò la fronte. "Davvero? Parti stasera?"

"Devo tornare al lavoro domani. Mi dispiace davvero. Vorrei tanto venirci."

"Nessun problema. Sarà per un'altra volta." Nascose la sua delusione dietro un sorriso.

"È ancora valida quell'offerta di una stanza durante gli allenamenti primaverili?"

"Sì." La sua speranza riaffiorò.

"Magnifico! Ecco il mio cellulare. Dammi il tuo."

Si scambiarono i numeri.

"Ti faro sapere le date. Dovrai solo avvertirmi e ti metterò le lenzuola pulite nel letto della camera degli ospiti." *Oppure puoi dormire con me.*

"Pensi proprio a tutto," disse lei, sorridendo.

Si alzò in punta di piedi, aggrappandosi alle sue spalle, e lo baciò — e non sulla guancia. Lui le mise le mani sui fianchi, stringendola a sé mentre premeva le labbra sulle sue. Lei indietreggiò, con uno sguardo radioso e un ampio sorriso.

"Buona fortuna. Te la cavi bene, ragazza. Hai talento. Farai molta strada."

"Sarei felice anche solo di far parte della formazione quest'anno. C'è molta competizione."

"Sono sicuro che ce la farai."

Lei prese la sua borsa da palestra e si diresse nello spogliatoio. Matt andò al campo, a raccogliere i pochi rifiuti rimasti. Il cuore gli esplodeva nel petto. Dusty sarebbe davvero andata via per un weekend? Poteva permetterselo? Avrebbe dovuto offrirsi di pagare. No, altrimenti sarebbe sembrato che volesse pagare perché lei dormisse con lui. Sempre se sarebbero finiti a letto insieme — un enorme "se."

Gli dispiaceva vederla andar via. La sua presenza aveva arricchito molto le sue giornate in due sole settimane. Forse sarebbe finalmente riuscito a lasciarsi alle spalle la morte di Marnie e ad avere una vita? Si sedette su una panchina fuori dallo spogliatoio.

Lei uscì, con i suoi meravigliosi capelli sciolti e il suo bel viso pulito. "Buona fortuna, Matt. E grazie per avermi trattata in modo equo."

"È stato un piacere. Ci rivedremo presto?"

"Lo spero."

E, con quelle parole, si diresse al parcheggio. Si sentiva il cuore pesante. In appena due settimane, si era abituato a mangiare insieme a lei, a lavorare fianco a fianco a lei con il suo passatempo preferito, il baseball. Ora, sentiva un grande vuoto.

Si fece la doccia, si cambiò e andò in albergo. Mentre metteva in valigia i suoi vestiti, ricevette un messaggio. Da parte di Jake Lawrence.

Arrivato a casa. Che la festa abbia inizio!

L'unica festa che Matt avrebbe voluto era con Dusty Carmichael. Sospirò e rispose.

Torno a casa domani.

Si sentì più felice ricordandosi dei suoi amici. Non erano Dusty, ma meglio di niente. Cenò nella sua camera e guardò un film da donne.

Quando pensò a cosa avrebbero detto i ragazzi se l'avessero saputo, sorrise tra sé. Dusty Carmichael aveva colpito Matt. Forse i suoi giorni da porco coinquilino maschilista dei Nighthawks erano finiti?

* * * *

Matt non si preoccupò di disfare la valigia quando arrivò al suo appartamento. Sarebbe dovuto andare a Paradise, in Florida, per l'allenamento primaverile tra cinque giorni. Prese tutto ciò che gli sarebbe servito per le sette settimane successive.

Mise in un'altra valigia dei vestiti, un paio di libri, prodotti da bagno, qualche film e le fasce elastiche Ace. Il suo volo sarebbe partito dall'aeroporto LaGuardia mercoledì mattina. Doveva presentarsi agli allenamenti giovedì alle otto in punto.

Lanciatori e ricevitori si sarebbero presentati per primi. Non vedeva l'ora di incontrare Dan e di sapere come andavano le cose con la ragazza degli hot dog. Accidenti, doveva smetterla di chiamarla in quel modo!

Di buon mattino, preparò i soldi e pagò un paio di mesi in anticipo, in quanto sarebbe stato in Florida fino ad aprile. C'erano sempre tantissime cose da fare prima di lasciare la città. Cinque giorni non erano mai sufficienti per sistemare le cose e preparare la valigia.

Prima di partire, Matt fece in modo di andare a cena da Freddie un paio di volte. A Tommy, che gestiva il locale, piaceva tenersi in contatto con i Nighthawks, anche in bassa stagione.

Gli interni facevano un salto al locale di tanto in tanto, anche quando non dovevano giocare. Non si poteva mai sapere chi ci sarebbe stato e avrebbero passato del tempo tra amici senza preoccuparsi di essere troppo ubriachi per la partita del giorno dopo.

Il ristorante era un luogo di incontro per i giocatori, una casa lontano da casa. Lì potevano gustare del buon cibo e godersi l'atmosfera goliardica del locale. Il proprietario aveva sempre un tavolo per loro e offriva loro una birra di tanto in tanto.

Il mercoledì, si accertò di chiamare suo padre prima di partire per l'aeroporto. Le conversazioni con Tom Jackson erano piene di silenzi. Suo padre beveva ancora ed era ancora in fin di vita. Matt si arrabbiava molto ogni volta che veniva a sapere che suo padre non aveva smesso di bere. Accidenti, quell'uomo avrebbe potuto salvarsi la vita, ma non faceva mai ciò che era necessario.

Lo uccideva sentire la sua voce sbronza dall'altra parte della cornetta, mentre fingeva di essere sobrio. Tom guardava tutte le partite di Matt in televisione e faceva il tifo per i Nighthawks. Sembrava fare tutto ciò che ogni padre orgoglioso avrebbe fatto, seguendo la carriera del proprio figlio, tutto tranne smettere di bere e comportarsi da vero padre.

Matt mandava denaro ogni mese per integrare la previdenza sociale e la piccola pensione di suo padre. Suo padre aveva fatto il custode per quarant'anni, prima di cominciare a ubriacarsi e di perdere il lavoro. I consulenti avevano spiegato al ricevitore che il suo denaro serviva solo a permettere a suo padre di continuare a bere, ma il ragazzo non aveva il coraggio di interrompere.

"Con chi giocherete la prima partita di precampionato, figliolo?"

"Non lo so. Ci daranno il programma giovedì."

"Beh, buona fortuna. Sei il migliore della Lega, Matt. Non dimenticarlo."

"Grazie, papà."

Silenzio.

"Devo andare adesso. L'aereo parte tra poco."

"Stammi bene."

"Anche tu, papà. Anche tu."

Matt temeva il giorno in cui avrebbe ricevuto la telefonata con la quale gli comunicavano che suo padre era stato ritrovato morto. Quel pensiero gli faceva controllare il display ad ogni telefonata, ringraziando Dio quando era un amico a chiamare.

All'aeroporto, i ragazzi si riunirono al gate. Matt guardò mentre caricavano i loro bagagli. Ognuno dei suoi compagni di squadra gli strinse la mano o gli diede una pacca sulla spalla. In aereo, ascoltò le loro storie su quello che era successo in bassa stagione — amori, problemi, parenti, tutto. Erano come i suoi fratelli. Li considerava la sua famiglia, in quanto praticamente non aveva una famiglia sua.

La sua mente vagava, pensando a Tom, fino a quando li chiamarono per l'imbarco. I ragazzi salirono in aereo, presero posto con i loro amici, allacciandosi le cinture e rilassandosi per il viaggio. Barker Garland si sedette nel posto vuoto accanto a Matt.

"Parlami del campo sportivo. Com'è andata?" chiese il general manager.

"Benissimo!"

Sorridendo, Bark domandò, "E con quella ragazza? Quella in cui ti sei imbattuto? Avete chiarito?"

Matt si sentì arrossire. "Sì. Sì. Tutto bene."

"Ho immaginato che fossi riuscito a risolvere la situazione quando non ho ricevuto nessuna chiamata per tirarti fuori di prigione."

"Circa un migliaio di scuse sono servite allo scopo."

"Ne valeva la pena? Voglio dire, una giocatrice professionista avrebbe potuto avere il fisico di Babe Ruth." Garland fece una risatina.

Matt disse la verità. "Ne valeva la pena. Assolutamente!"

"Ho ricevuto molti riscontri sul vostro programma. Ai genitori e ai bambini è piaciuto molto. Hai fatto un ottimo lavoro."

"Anche Dusty. Lavoro di squadra."

Bark annuì. "Certo, certo. Anche lei. Stiamo valutando se ripetere il campo sportivo ogni anno. Ho avuto molti nuovi contatti. Ti interesserebbe rifarlo l'anno prossimo?"

"Con Dusty?"

"Certo, con lei, se vuoi."

"Lo rifarei. È stato divertente."

Bark sorrise e lanciò una lunga occhiata al suo giocatore. “Quindi, è così con lei?”

Matt sapeva che stava arrossendo. “Non esattamente. Beh, forse. Almeno da parte mia.”

Bark gli diede una pacca sulla spalla. “Bene. Organizzerò tutto per voi due per il campo sportivo dell’anno prossimo.” Poi si alzò. “Buona fortuna, Matt. Metticela tutta.”

“È quello che intendo fare,” rispose, prendendo il suo libro.

“Vieni. Giochiamo a hearts,” disse Nat Owen, tirando la manica di Matt.

Matt sorrise tra sé. Sarebbe passato ancora molto tempo, ma avrebbe rivisto Dusty Carmichael per il campo sportivo del prossimo inverno. Magari, allora il programma avrebbe incluso anche un po’ di tempo tra le lenzuola. Almeno poteva sperare. “Arrivo, Nat.”

“Bene. Perché l’ultima volta ti ho battuto in circa un quarto d’ora e sono in crisi d’astinenza.”

“Ti piacerebbe, coglione. Scommettiamo!” Matt si sedette su una lussuosa poltrona accanto al suo amico.

* * * *

Giovedì mattina, i ragazzi si sedettero in tribuna mentre Barker Garland parlava.

“Durante queste prime due settimane vi controllerò. Dovete mettervi in forma per la stagione. Quindi, dovrete fare dei pasti regolari e fare esercizio. Mangerete qui per colazione e per pranzo. Riceverete una lista degli alimenti concessi e proibiti. Seguite la lista. Bart Casper si occuperà di pesarvi oggi. Poi, Vic Steele stabilirà un programma di esercizi. Forza, ragazzi. Quest’anno dobbiamo vincere la World Series!”

I giocatori si alzarono, lamentandosi delle restrizioni alimentari mentre raggiungevano lo spogliatoio per essere pesati.

"Non devi spogliarti, Bronc. Tieniti pure le mutande, d'accordo?" Bart Casper regolò la bilancia per il robusto esterno. Annotò il suo peso in una tabella. "Devi perdere dieci chili."

Tutti i giocatori furono pesati. La maggior parte erano sovrappeso, ma solo di pochi chili. Poi, andarono in sala pesi, dove l'allenatore Vic Steele consegnò ad ognuno di loro una scheda con un programma di allenamento personalizzato. Gli allenamenti erano personalizzati a seconda del loro ruolo, con dei programmi speciali per i giocatori che svolgevano più di un ruolo.

"Tutti in campo. Inizieremo ogni allenamento con una corsa. Andiamo."

Matt seguì i suoi amici a grandi passi. Non si era allenato molto in palestra durante l'inverno, a causa del freddo, delle partite di hockey sul ghiaccio in tv e del suo canale porno preferito. Nelle giornate invernali in cui la tv via cavo non funzionava, leggeva dei libri che aveva comprato alcuni anni prima, consigliati dalla sua fidanzatina del college.

Sangue e adrenalina gli scorrevano nelle vene, migliorando il suo umore. Dio, era bello tornare a muoversi, rimettersi in forma. Iniziò a sudare sotto le braccia e sul petto, inzuppando la sua canottiera. Jake Lawrence guidava il gruppo, seguito da Bobby Hernandez, poi da Skip Quincy e da Nat Owen. Matt e Dan Alexander chiudevano la fila.

Quando finirono, si asciugarono, bevvero enormi quantità d'acqua e si sedettero in tribuna aspettando che Bark ritornasse.

"Faremo qualcosa di diverso quest'anno. Scambieremo i giocatori. Non eravamo preparati agli infortuni dell'anno scorso. Quindi, ognuno di voi si allenerà per giocare in almeno due posizioni. Interni, esterni non importa. Ogni posizione deve essere coperta. Oltre ai lanci, una difesa forte è la nostra arma più importante. L'anno scorso non l'abbiamo avuta. È per questo che abbiamo perso la World Series. Stavolta non succederà. Consultate Bart Casper per sapere quale sarà la vostra seconda posizione. Ricevitori e lanciatori sono esonerati. Ci vediamo domani."

I ragazzi raggiunsero le docce.

"Dove andiamo a cena?" Jake si asciugò il petto.

"Al Mariner," rispose Bobby.

"Come mai non devi sostituire nessuno, Matt?" chiese Nat.

"Perché i ricevitori sono migliori di tutti gli altri e nessuno può fare quello che facciamo noi," disse Matt, sorridendo.

"Fanculo. Chiunque può fare il ricevitore. Cerca di non montarti la testa," intervenne Skip.

"Siete solo gelosi," rispose Matt.

"Cazzate. Quello di prima base è il ruolo più difficile. Con alcuni dei lanci di merda che ho ricevuto, ho imparato a fare la spaccata," disse Nat.

"Intendi dire che in bassa stagione ti dedichi al balletto?" ribatté Matt.

"Vuoi andare fuori? Ti faccio vedere io chi ha le palle, coglione."

"Con una mano legata dietro la schiena, fammi una sega," lo provocò Matt.

"Forza, forza, ragazzi. Smettetela con queste stronzate. Andiamo. Ho bisogno di una bistecca," disse Jake, uscendo dalla doccia.

"Fa parte della lista?" domandò Skip.

"Fa parte della mia lista. Muovetevi le chiappe." Jake si diresse al suo armadietto.

Quando finirono di vestirsi, ognuno di loro prese la sua auto in affitto e raggiunse il Mariner. Matt fu l'ultimo ad arrivare. Fu felice di vedere la sedia vuota al tavolo sapendo che era per lui. Ora Dan viveva con la donna che amava, quindi non era incluso.

Matt si sedette, atteso da un bicchiere di birra. Ne bevve un sorso. La birra era concessa in piccole quantità. Due di loro ordinarono bistecche, gli altri hamburger. "Quando ci daranno il programma?" chiese Nat.

"Bark ha detto che ce lo daranno domani," rispose Matt. "Perché ti interessa?"

"Ho conosciuto una ragazza che non si perde mai una partita dei Cincinnati Blues."

"Davvero? Dove?"

"Sono andato in un villaggio turistico. Quelli dove tutto è incluso." rispose Nat.

"Veramente? Ed era inclusa anche la ragazza?" domandò Matt.

"Molto divertente. Non fare il coglione. Perché non sei venuto?"

"Era a febbraio?"

"Sì," disse Nat.

"Ero impegnato al campo sportivo per bambini."

"Ah, già. Com'è andata?"

Jake, Skip, e Bobby scoppiarono a ridere.

"Non lo sai?" disse Skip a Nat.

"Non so cosa?"

"Chiudete la bocca," disse Matt, sentendosi arrossire.

"Matt si è imbattuto in una ragazza nuda nello spogliatoio," disse Bobby.

"Non era nuda!" protestò Matt.

"Non è quello che ho sentito dire," sorrise Jake.

"Porca troia! Veramente? Era sexy?" chiese Nat, sollevando le sopracciglia.

"Chiudete quella bocca," disse Matt, digrignando i denti e diventando rosso in volto.

"Ho sentito dire che gli ha lanciato qualcosa. E che l'ha chiamato stupratore," disse Bobby.

"Non è vero!"

"Allora, raccontaci. Era sexy? E chi era?" Skip si rivolse al ricevitore.

"Si chiama Dusty. Pensavo che fosse un ragazzo. Abbiamo fatto il campo sportivo insieme. Tutto qui"

"E ti sei fatto anche lei?" domandò Nat.

"No. Non mi sono *fatto* anche lei. Anche lei gioca"

"Ci scommetto." Jake strizzò l'occhio.

"È una giocatrice professionista di softball. Abbiamo insegnato ai bambini insieme," disse Matt.

"Davvero? E cos'altro le hai insegnato?" ridacchiò Bobby.

Matt lanciò il suo tovagliolo sul tavolo e si alzò in piedi. "Vaffanculo!"

I ragazzi scoppiarono a ridere.

"Forza, forza, Matt. Non prendertela," disse Jake.

Matt andò di corsa nel bagno degli uomini. Si sentiva umiliato. Poi, si ricordò il suo seno, fresco subito dopo la doccia, libero, con le goccioline d'acqua che vi scivolavano sopra. Ebbe un sussulto e deglutì a vuoto. Sorrise a quel ricordo. Lei avrebbe fatto vergognare qualunque modella da copertina. Sospirò e ritornò al tavolo.

"Raccontaci, Matt. Cosa hai visto?" chiese Skip, tagliando la carne.

Matt sorrise. "Siete gelosi. Scommetto che non avete mai visto un seno come il suo così da vicino."

I ragazzi lo fissarono.

* * * *

Col passare delle settimane, gli interni finirono di allenarsi a ricevere i lanci lunghi. Poi, furono spostati dalla prima base alla terza, dalla seconda base alla prima e all'interbase, finché non riuscirono a raggiungere piuttosto velocemente ogni posizione. Agli esterni non piaceva il lavoro di piedi e presidiavano le basi, imparando a prendere velocemente la palla. I ricevitori avevano i loro ostacoli da superare.

Bart Casper chiamò Matt e altri due giocatori per un allenamento speciale. "Celebreremo sui lanci a un giocatore che sta rubando la terza base. Ma prima, esercitatevi ad afferrare la palla col guanto. Ricordate di afferrare la palla lungo le cuciture. Andiamo."

I tre si misero in fila. Bart iniziò a lanciare la palla a ognuno di loro, che la afferrava con il guanto, poi si sporgeva per recuperarla, senza guardare, e la rilanciava all'allenatore.

"Dovrete riuscire a farlo velocemente, come se foste bendati."

I ragazzi annuirono. Matt adorava quest'allenamento. Era arrugginito. Uno degli altri giocatori lo batté nel recupero della palla le prime due volte. Poi, Matt si riscaldò. Si esercitarono nella sequenza del passo e lancio, poi nel salto pivot e nello slancio all'indietro e tiro.

"Ricordate di tenere ben saldi i piedi! Se i vostri piedi non sono saldi, non siete in equilibrio, e il vostro lancio mancherà di potenza."

Giorno dopo giorno, i ragazzi si allenavano la mattina e si esercitavano il pomeriggio. Alle cinque, andavano insieme al ristorante o al take-away e poi tornavano nella bella casa che avevano preso in affitto. Oltre a tantissime camere da letto e ai bagni, c'era una grande piscina rettangolare. Matt faceva cinquanta vasche ogni sera prima di andare a letto, anche nei giorni in cui era tremendamente stanco. Aveva già perso i chili in più alla fine della seconda settimana. Dopo quattro settimane, era perfettamente in forma.

Mentre si rilassava con una bottiglia d'acqua vicino alla piscina, ricevette un messaggio da parte di Dusty.

Dicevi davvero quando mi ha chiesto di venire a trovarti?

Lui rispose immediatamente.

Sì! Quando puoi venire?

Questo weekend?

Magnifico! Vuoi stare qui o ti prenoto una stanza in albergo?

Fa ciò che ritieni meglio. Prendo il volo delle otto di venerdì.

Mandami un messaggio con le informazioni sul tuo volo. Vengo a prenderti all'aeroporto.

Matt era eccitato per la notizia. "Hey, ragazzi!"

I suoi amici lo guardarono.

"Dusty viene qui questo weekend. Vuole assistere agli allenamenti primaverili. Starà qui."

"Con te?" chiese Nat.

"No. Nella camera degli ospiti."

"Mostrerà anche a noi le sue magnifiche tette?" domandò Jake .

"Se dite solo una parola, vi mando in ospedale!" Matt si alzò dalla sedia.

Jake scoppiò a ridere. "Non preoccuparti per me, Matt."

"Già. È anche ora che tu vada a letto con qualcuno," disse Skip, dirigendosi in cucina.

"Non è così."

"Magari sarai fortunato," disse Bobby.

Matt rimase in silenzio. Aveva sognato la stessa cosa e non poté negarlo quando i suoi amici cominciarono a indagare. Pregò tutti loro di tenere la bocca chiusa ma, in base al loro comportamento passato, probabilmente l'avrebbero messo in imbarazzo almeno un centinaio di volte al giorno. Si lamentò tra sé. "E tenete sui pantaloni"

"Non vuoi che lei controlli la nostra attrezzatura prima di vedere la tua?" ridacchiò Nat.

Oh, sì, non sarebbe stato facile. Deglutì e si ritirò in camera sua. Si tolse le scarpe e si distese sul letto matrimoniale. Intrecciandosi le dita dietro la testa, iniziò a pensare a Dusty. Per quanto lo volesse, non poteva iniziare a provarci con lei immediatamente. Doveva trattarla come una collega. Fece una smorfia con la bocca mentre pensava come mostrarle il suo allenamento primaverile.

Prima di tutto, doveva ottenere il permesso di Garland di far assistere Dusty. Poi, doveva accertarsi che nessuno andasse in giro nudo dove lei potesse vederlo. Non era preoccupato dello stadio. I ragazzi si cambiavano nello spogliatoio. Ma in casa sarebbe stato diverso. Succedeva spesso che camminassero nudi e bagnati intorno alla piscina.

Prese in considerazione di pagare i ragazzi per restare vestiti, ma nessuno aveva bisogno di soldi, quindi non avrebbe funzionato. Decise che l'avrebbe avvertita e che avrebbe ricordato loro di fare attenzione un centinaio di volte. Tutto questo avrebbe dovuto funzionare. Tirò fuori un foglio di carta dalla scrivania e prese una penna. Dove poteva portarla? Lei era più interessata a come i lanciatori si tenessero in forma per la stagione. Sarebbe stato facile, perché sarebbe stato lì anche lui.

Le mandò un messaggio.

Vuoi allenarti? Magari vuoi correre insieme alla squadra?

Nessuna risposta. Controllò l'orologio. Erano le undici. Probabilmente stava dormendo. Si infilò nudo tra le lenzuola e spense la lampada sul comodino. Considerando le buffonate dei suoi amici, Dusty gli avrebbe ancora parlato alla fine del weekend?

Non aveva una risposta.

Capitolo Quattro

Matt arrivò allo stadio presto per parlare in privato con Barker Garland. Vide Dan Alexander fare colazione da solo. Matt si riempì il piatto al buffet e si sedette accanto al suo amico. Masticando, il lanciatore gli fece un cenno, poi aggiunse dello zucchero al suo caffè.

Matt si mise in bocca una forchettata di uova strapazzate e inghiottì prima di parlare. "Allora, come va?"

"Cosa? I miei lanci? Sai come va." Dan prese un pezzo di bacon.

"No, no con la ragazza...uh, degli hot, no, Holly?"

"Intendi dire la mia fidanzata?"

"Sì, sì. Proprio lei. Dov'è?" chiese Matt mentre divorava le patatine fritte fatte in casa.

"Alla grande. Sta dormendo."

"Voglio dire. Non ti senti in gabbia o niente del genere?"

"No."

"E fate l'amore?"

"Hey! Un ragazzo non parla di sesso con la donna che diventerà sua moglie."

"Ok. Scusa. Questa è una novità per me."

"Ho sentito di quel piccolo incidente con la ragazza che insegnava con te al campo sportivo," disse Dan, con gli occhi luccicanti.

"Fanculo. Le notizie si diffondono presto, vedo!"

"Holly dice che siamo delle vecchiette pettegole."

"Merda!"

"Ha ragione, lo sai," disse Dan. "Guarda quanto si è diffusa velocemente la notizia di te nello spogliatoio con la ragazza nuda."

"Sta venendo a trovarmi."

Dan alzò le sopracciglia. "A proposito di fare l'amore."

"Non è così. Noi siamo, siamo solo colleghi."

"È una professionista?"

"Sì. È nella squadra di softball femminile."

"Merda. E la porti qui?"

"Sì, allora? Dormirà nella stanza degli ospiti."

"Sei fuori di testa."

"Perché?"

"Perché tutti, e intendo dire proprio tutti, sanno che l'hai vista nuda negli spogliatoi."

"Non era nuda."

"No?"

"No. Solo in topless."

"Che differenza!"

"Tutti?"

"Anche Bart Casper e Vic Steele," disse Dan, fermandosi per finire il suo caffè.

"Merda. Cazzo. Maledizione. Ha già il biglietto dell'aereo." L'appetito di Matt svanì all'improvviso.

"Praticamente il tuo funerale. Come credi che la prenderà avendo sessanta ragazzi che le guardano costantemente il seno?"

"E io ho anche detto ai ragazzi che ha un seno magnifico," disse Matt, mettendosi le mani tra i capelli.

"Sei un idiota! E ora vuoi portarla qui? Sei totalmente pazzo, lo sai?"

"Non ci ho pensato."

"Non lo fai mai quando si tratta di donne."

"Lei è davvero stupenda, Dan."

"Non per molto. Dopo un'ora insieme ai ragazzi, scapperà urlando dallo stadio. E in casa? Sono così volgari. Quanti film porno avete nel soggiorno? Non reggerà più di dieci minuti."

"Merda." Matt si coprì gli occhi con la mano.

"Non è troppo tardi per prenderle una camera in albergo."

"Ma così penserà che voglio andare a letto con lei."

"E tu vuoi, non è vero?" Dan imburrò una fetta di pane.

"Sì, ma non è per questo che l'ho invitata."

"Hey, sono io, Dan. Il tuo migliore amico. Sii onesto con me."

Matt fissò il suo piatto.

"Non ti aspetterai mica che io creda che tu non ci speri?"

"Ok, ok, sì. Ci spero."

"Puoi mentire a te stesso, ma non a me. Io ti conosco, Matt."

"Non l'avevo preso in considerazione!" disse alzando una mano. "Merda. Sarà un disastro. Come se entrasse in un locale di spogliarello."

"Non è una situazione così disastrosa," disse Dan, dando una pacca sulla spalla al suo amico. "Dovrai solo evitare di lasciarla da sola e farla stare in albergo. Una sola notte in casa insieme agli altri e ti farà arrestare."

Matt finì a stento quello che aveva nel piatto. Dan ripulì il suo, passandoci sopra il pane per raccogliere il resto del tuorlo.

"Hey, forza, magari è quella giusta. Ma è ancora presto. Quant'è durato il campo sportivo?"

"Due settimane," disse Matt.

"Non ti puoi aspettare che venga letto con te dopo solo due settimane."

"Non lo faccio. Lei mi piace veramente. E capisce il baseball."

"È un cambiamento," disse Dan, finendo il suo caffè. "È stupendo quando trovi quella giusta." Prese i suoi piatti sporchi.

"Davvero?"

"Oh, sì," rispose il lanciatore, prendendo dell'altro caffè.

"Holly si sta ancora nascondendo da quel gangster?" chiese Matt.

"No. Hanno messo in prigione lui e due della sua gang. Solo uno è riuscito a scappare. Sanno soltanto che ha preso un aereo per il Sud America." Dan sorseggiò la sua bevanda.

"Allora è al sicuro?" domandò Matt.

"Sì. Nessuno di loro potrà uscire con la condizionale per almeno cinquant'anni."

"Che sollievo!"

"Puoi dirlo forte."

"Sono felice che tu abbia trovato quella giusta, Dan." Matt sorrise al suo amico.

"Grazie."

Matt mangiò l'ultimo pezzo di bacon. "Ti prenderò ancora a calci in culo in campo."

"Ci conto," disse Dan, sorridendo.

Matt finì, poi si diresse verso l'ufficio di Barker Garland. Bussò alla porta.

"Avanti."

Dopo avergli spiegato del suo invito a Dusty, Matt si sedette e ascoltò.

"Vuoi far venire qui quella ragazza che hai visto nuda per gli allenamenti primaverili?"

"Non è andata così. E non era nuda. C'è solo stato un malinteso."

"Qui tutti lo sanno. Pensi che sia giusto nei suoi confronti?"

"Ha già organizzato tutto. Ha anche comprato il suo biglietto aereo."

"Merda. Matt, non lo so." Bark scosse la testa.

"Intendo dire, perché non possiamo dimenticare quella storia e trattarla come qualunque altra persona, come qualunque giocatore di baseball? Vuole soltanto venire a vedere come ci alleniamo."

"Essendo il maschilista della squadra, devi anche chiederlo? Conosci i ragazzi." Barker si accarezzò il mento.

"Sì, sì. Quindi non sarebbe giusto, vero?"

"No."

"Allora mi sta dicendo che non può venire?"

"Non sto dicendo affatto questo. Non lo direi mai. Vorrei solo che tu pensassi a cosa potrebbe succedere se lei entrasse qui dentro."

"È troppo tardi per annullare tutto adesso. A meno che lei non lo proibisca, ovviamente."

"Mi dispiace, Matt. Non ti tirerò fuori da questa situazione. Mi ritroverei coinvolto in un incubo per le pubbliche relazioni. Riesci a immaginare i gruppi per le pari opportunità delle donne? Se i giornalisti lo venissero a sapere — e lo saprebbero — io sarei fritto. No, tu hai causato questo casino. E adesso dovrai affrontarlo da solo." Bark si alzò in piedi.

"Contavo sul suo aiuto."

"La prossima volta, sta più attento."

"È stato un caso," si lamentò Matt.

"Può succedere. Ma trova un modo per annullare la sua visita."

"Ma se dovesse venire, potrebbe assistere i nostri allenamenti?"

"Certo."

"Ok." Matt si alzò e si diresse verso la porta. "Merda," disse, quasi senza fiato. Cosa diavolo aveva combinato? Voleva solo fare qualcosa di bello per lei. Non avrebbe mai permesso che la umiliassero. Fanculo, cazzo, era nella merda fino al collo, e senza via d'uscita.

* * * *

Dusty aveva raccontato alle sue compagne di squadra del suo viaggio a Paradise per assistere agli allenamenti dei Nighthawks per la stagione. L'adrenalina le scorreva nelle vene all'idea di essere l'unica estranea ad essere al corrente dei loro segreti. Aveva promesso a Matt che non avrebbe parlato di nulla di ciò che avrebbe visto lì.

Il mercoledì prima del weekend, aveva i nervi a fior di pelle. Mangiò dei surgelati con Nicki nel loro appartamento. La sua amica le fece mille domande.

"Andrai a letto con Jackson?" chiese Nicki guardando Dusty.

"No."

"Perché no? È il momento perfetto!"

"No, non lo è. Prima di tutto, non lo conosco molto bene. Secondo, starò in casa sua con altri quattro ragazzi."

"Oh mio Dio! Potresti andare da un letto all'altro." Il volto di Nicki si illuminò.

"Sei una sgualdrinella matta, Nicki." Dusty scosse la testa.

"Che ci posso fare se mi piace il sesso? Questo mi rende una sgualdrina? Se fossi un ragazzo, sarei un playboy."

"Vero. Scusa. Non avrei dovuto chiamarti in quel modo."

"Tutto ok. So che non volevi dire qualcosa di brutto. Non capisco che cosa stai aspettando."

"Siamo amici. Più o meno."

"Perché avete fatto il campo sportivo insieme?"

"L'ho assillato dicendogli che è un maschilista. Non posso andare a letto con lui alla prima occasione, giusto?"

"Io lo farei."

"Tu faresti molte cose che io non farei mai."

"Sbagliato. *Ho fatto* molte cose che tu non faresti mai." Nicki ridacchiò.

Le ragazze parlarono di lavoro mentre mangiavano. Quando finirono, Dusty portò i piatti nel lavello e aprì il rubinetto.

"Cosa indosserai?" chiese Nicki.

"La mia uniforme."

"Cosa? Devi portarti qualcosa di sexy."

"No, non devo. L'uniforme è perfetta da indossare agli allenamenti."

"Sì, ma dopo?"

"Mmm. Non lo so."

"Lascia che ti aiuti."

Andarono in camera da letto. Dusty si stravaccò sul suo letto mentre Nicki apriva l'armadio.

"Hai delle cose molto carine qui dentro."

"Devo essere moderata."

"Sei fin troppo moderata. Devi lasciarti andare!" Nicki accese il telefono e si mise a ballare al suono della sua musica preferita. "Vediamo, due sere, giusto? Ti porterà a cena entrambe le sere." Nicki rovistò tra i vestiti.

Nicki frugò tra gli abiti, tirandone fuori diversi che Dusty disapprovò.

"Senti, non sei una suora. Non essere ridicola. Devi essere bella e sexy."

"Si tratta di baseball. Amicizia. Si è offerto volontario di farmi da ricevitore quando non è in trasferta a giocare. Cavolo! Non voglio rovinare tutto. È un giocatore di baseball professionista, non un ragazzo al bar."

"Ma è anche un uomo, giusto? E non ha anche già dato un'occhiata alla mercanzia?"

Dusty arrossì in viso. "Sì, e allora?"

"Un piccolo assaggio di quello che gli ha fatto venire l'acquolina in bocca prima."

"Non c'è qualcosa di un po' meno scollato?"

Nicki scosse la testa. "È questo lo stile giusto, amica mia."

Dusty alzò le spalle e scelse un vestito nero e uno viola scuro. Insieme, tirarono fuori dozzine di paia di scarpe con i tacchi fino a quando trovarono quelle giuste. La giocatrice tirò fuori la sua valigia e la mise sul letto. Nicki piegò ordinatamente i vestiti nella valigia. Aggiunsero l'uniforme, una camicia da notte, una vestaglia, un paio di jeans e altri due top.

"Matt mi ha mandato una foto della casa. C'è la piscina."

Gli occhi di Nicki si illuminarono. "È l'ora del bikini!"

Quando le ragazze finirono di fare la valigia, Dusty aprì due birre e ne diede una alla sua amica. Si sedettero a tavola a bere e a mangiare cracker e formaggio.

"Non pensi che Matt abbia raccontato a qualcuno del nostro primo incontro?" Dusty aggrottò le sopracciglia.

"Chiacchiere da uomini."

"Non parlano di donne, quindi. Giusto?"

Nicki scoppiò a ridere sputando un po' di birra. "Stai scherzando? Sono molto più pettegoli di noi! Parlano sempre di scopare, anche quando non l'hanno fatto."

"Ma Matt non lo farebbe. Voglio dire, è così poco professionale. Ed è stato solo un incidente."

"Non contarci" Nicki bevve un sorso di birra.

"Quindi credi che lo sappiano tutti?"

Nicki annuì. "Probabilmente."

"Oh, merda! Non ci vado." Dusty prese il telefono.

Nicki afferrò il braccio della sua amica. "Non ci provare! È un'occasione imperdibile."

"Fare sesso con un giocatore di baseball professionista?"

"No. Assistere agli allenamenti. Imparare qualcosa dai professionisti. Ti farà migliorare molto nella prossima stagione," disse Nicki.

"Ma tu hai detto..."

"Non ascoltarmi." Mise la mano sulla spalla della sua amica. "Vai. Che ti importa se lo sanno? Ti ha visto il seno. Che sarà mai? Gli altri no. Saranno gelosi."

"Ma io morirò. Io morirò."

"No, non lo farai. Le tette sono solo tette. Cresci. Se ti comporti da bambina, ti perderai tutto questo. Ti sei impegnata per tutta la vita per fare grandi cose nella lega. E ora, hai la possibilità di un vantaggio e vuoi rinunciarci perché un coglione ti ha visto le tette."

"Se la metti in questo modo..."

"Non aspettavi da sempre un'opportunità come questa?"

Dusty annuì.

"Allora vai. E non permettere a nessun idiota di intralciarti." Nicki diede una pacca sulla mano alla lanciatrice.

"Hai ragione."

"Sapevo che saresti stata d'accordo." Nicki sorrise prima di finire la sua birra.

"Ma se qualcuno apre la bocca..."

"Nessuno dirà niente. Ma ti guarderanno le tette, bambolina. Quindi preparati."

Dusty si coprì il viso con le mani. "Non so se riesco a farlo."

"Ci riuscirai, ci riuscirai. Devi riuscirci!"

Con espressione seria, Dusty rispose alla sua amica. "Hai ragione. Devo."

"Maledizione, non hai lasciato casa tua per farti un nome nel softball per nulla."

"No. Non è stato semplice."

"Ma guardati. Hai un lavoro che ti permette di giocare a softball. Sei brava. Giocherai nella formazione d'inizio."

"Lo spero."

"Lo farai. E questo è proprio l'aiuto di cui hai bisogno."

Dusty abbracciò la sua amica. "Sei la mia migliore amica."

"Sei una star. Vai. Non permettere a nessuno di intralciarti."

"Non lo farò. Grazie. L'hai detto tu. Le tette sono solo tette."

"Forza. Prendo un'altra birra," disse Nicki, dirigendosi verso il frigo.

* * * *

Matt passeggiava per l'aeroporto. La polizia l'aveva lasciato parcheggiare in un posto non consentito perché era Matt Jackson. Apprezzavano quanto avrebbe guadagnato la loro città grazie allo stadio dei Nighthawks e alle partite di precampionato. Controllò l'orologio per la terza volta in dieci minuti. *Forse non verrà. Forse ha cambiato idea. Dopo tutto, per lei sono solo un maschilista.* Gli si formò qualche goccia di sudore sulla fronte. Poi la vide.

I capelli ramati le oscillavano sulle spalle e

, con il suo grande sorriso e le sue curve da togliere il fiato, si diresse verso di lui. Il cuore gli balzò in gola. Dusty entrò dalla porta e lui le corse incontro, spalancando le braccia. Stringendole le braccia intorno, si perse nel suo abbraccio.

Aveva un buon profumo — fresco, con un tocco di lavanda. Ricordandosi che era un incontro professionale e non personale, le diede un bacio sulla testa. Si allontanò da lui.

"Già abbronzato?" notò lei.

"Il tempo è stato magnifico. Fresco e soleggiato. Ovviamente, gli abitanti di qui pensano che ci sia freddo," disse, con una risatina.

Matt prese la valigia e la accompagnò alla macchina. La mise nel bagagliaio e poi le aprì lo sportello.

Quando arrivarono in autostrada, lui si rilassò sul sedile. "Hai un aspetto magnifico."

"Grazie. Anche tu," rispose lei.

"Siccome è un po' tardi, pensavo di andare prima a cena e di andare a casa dopo. Hai fame?"

"Da morire! Ho mangiato solo uno yogurt durante il volo," disse, guardando fuori dal finestrino.

"Bene. Va bene al Mariner?"

"Grandioso!" sorrise.

"Potremmo cambiare leggermente i nostri piani. Intendo dire, sul tuo alloggio," disse, svoltando a destra.

"Oh?"

"Nel caso in cui le cose non funzionino a casa mia, ti ho prenotato una stanza in albergo. Voglio che tu stia comoda. Solo nel caso in cui dovesse servire. I ragazzi mi hanno detto che si comporteranno bene, ma sono ragazzi. Sai che intendo?"

Lei annuì. "Capito. Grazie."

Matt parcheggiò ed entrarono nel ristorante. Erano le otto, ma gli avevano tenuto il tavolo. Era un tavolo appartato in un angolino. Matt ordinò un ginger ale e una bistecca. Dusty ordinò del vino e del pagello.

Mentre aspettavano il cibo, mangiucchiarono un po' di pane e burro.

"Vi allenate nel weekend?" chiese.

"Questo è il baseball. Ci alleniamo e giochiamo tutti i giorni della settimana," disse.

"Bene."

"Bark Garland, il nostro general manager, mi ha dato il permesso di farti venire qui questo weekend. Quindi mangerai con la squadra. La colazione è domani mattina alle sette e mezza."

"Cominciate presto."

"Sì. Alcuni giorni. La domenica non cominciamo prima delle nove."

Matt aveva mangiato un sandwich prima, ma si buttò sulla sua bistecca con molta energia. Aveva sempre una fame da lupi quando stava con lei. Si chiedeva se quell'appetito non avesse a che fare solo col cibo. Lei era bellissima e sembrava felice di vederlo. Il lato prudente di Matt combatteva con il suo lato solitario. Cercò di non fraintendere il suo entusiasmo, ma era comunque speranzoso. Ma c'era qualcosa di veramente irresistibile in Dusty.

La casa non era lontana dal ristorante. Quando finirono di mangiare, Matt guidò verso il residence che condivideva con i suoi compagni di squadra. Uscì e le porse la mano.

Dusty spalancò gli occhi vedendolo. Era enorme e molto bello. "È magnifico. Dov'è la piscina?"

"Sul retro. Vieni. Te la mostro," disse, aprendo il bagagliaio e prendendo la sua valigia. Andarono sul retro della casa.

Skip e Bobby erano in piscina — nudi!

"Oops. Andiamocene," disse Matt, voltando Dusty dall'altra parte prima che potesse vedere il pacco dei suoi amici. Sentì i suoi compagni di squadra ridere in sottofondo.

"Ma si fanno il bagno nudi?" chiese lei.

"Uh, già. Immagino che si siano dimenticati che arrivavi oggi."

"La piscina è proprio dove possono vederla i vicini. Nuotate tutti nudi?"

"Di solito la sera. Quando nessuno può vedere."

"A meno che non abbiano una torcia," borbottò lei.

Matt si fermò, fissandola, con un'espressione interrogativa e le sopracciglia corrucciate. "Una torcia?"

Anche se era buio, la vide arrossire. "Intendevo dire che non è buio pesto e, se qualcuno accendesse una luce... Oh, lascia perdere".

"Andiamo dentro," disse lui, sorridendo. Cominciò a sudare sulla fronte. *Questo non doveva succedere. Li ucciderò. Primo strike.* "Forse staresti meglio in albergo?" chiese Matt, aprendo la porta.

"Sono già qui. È tardi."

"Ok. Se ne sei sicura." Aggrottò la fronte.

"Ne sono sicura. Non preoccuparti." Gli strinse l'avambraccio.

Matt percepì il suo tocco fino all'inguine. La accompagnò in camera sua. Era allegramente decorata di blu e bianco. Le finestre si affacciavano sulla strada. Lui fece un sospiro di sollievo quando vide che *non* davano sulla piscina.

"Molto carina," disse, mettendo la borsa sul letto matrimoniale.

"Hai anche il tuo bagno personale." Matt le mostrò il bagno e l'armadio.

"Grazie mille." Si mise in punta di piedi e gli diede un bacio sulla guancia, facendogli sentire i brividi.

"Vieni. Ti faccio vedere il resto della casa." La accompagnò nelle altre stanze, che riprendevano i colori delle spiagge della Florida: beige, arancione chiaro e verde acqua. In cucina vi erano dei banconi di granito e un tavolo abbastanza grande per sei persone. Stava per chiederle se volesse qualcosa, quando vide i suoi compagni di squadra, con l'asciugamano intorno alla vita, dirigersi verso di loro.

"È tardi. Forse vuoi andare a letto. Io mi alzo presto. Alle sei quasi tutti i giorni," disse, prendendola per le spalle, facendole fare mezzo giro e dirigendosi verso il corridoio.

Dusty sbadigliò e si lasciò guidare. "Hai ragione. Sono quasi le undici."

Le disse buona notte davanti alla porta e si voltò verso la cucina. Non aveva mai concluso un appuntamento in una camera da letto in casa sua senza entrarvi anche lui. Scuotendo la testa, interruppe i suoi amici, che stavano prendendo delle bottiglie d'acqua dal frigo.

"Vi spaccherei la faccia, coglioni!" disse Matt arrabbiato.

"Scusa. Io ho aspettato. Quando non l'ho vista, ho immaginato che i piani fossero cambiati," disse Skip, aprendo la sua bevanda.

"Sì. Fa caldo. Avevamo bisogno di una nuotata," aggiunse Bobby.

"Avrai bisogno di una tata se lo rifarai davanti a Dusty." Matt sbatté la porta del frigo.

"Era buio. Non vedeva niente," disse Bobby.

"Sapeva che eravate nudi. Non rifatelo. Sul serio"

"Quando riparte?" chiese Bobby.

"Domenica sera. Pensate che riuscirete a tenervi le mutande addosso fino ad allora?"

"Certo, certo, Matt. Scusa. Davvero. Non succederà più," disse Skip.

Matt borbottò qualcosa, poi si diresse in camera sua. Da solo tra le lenzuola, intrecciò le dita dietro la testa. Troppo teso per dormire, riusciva solo a pensare a Dusty. L'immagine di lei in topless nello spogliatoio gli ritornò in mente, facendolo sorridere.

Forse era arrivato il momento di rilassarsi e di lasciar entrare una donna nella sua vita. Respingeva le ragazze da troppo tempo ormai. Dopo l'abbandono di sua madre, la morte di sua sorella e il trasferimento della sua fidanzatina del liceo, Matt aveva deciso di essere sfortunato con le donne. Facevano solo soffrire, quindi preferiva restare da solo.

Fare l'idiota nei bar le teneva lontane. Dopo un po', era diventato più facile dire cose stupide ed essere troppo insistente. Alla fine di ogni serata faceva un sospiro di sollievo e andava in camera sua da solo. Gli bastava la compagnia dei suoi compagni di squadra, che lo definivano un completo coglione. Lo prendevano in giro, ma nessuno capiva che fingeva. Ormai era abituato a lottare con sé stesso, a fingere di essere un idiota insensibile e a stare da solo.

Era ora di smetterla? Era ora di far rientrare una donna nella sua vita e di credere che non gli avrebbe spezzato il cuore? In quel caso, Dusty sembrava di certo essere quella giusta. Sorrise tra sé. Chi avrebbe mai detto che sarebbe finito insieme a una lanciatrice? Mentre stava per addormentarsi, Matt decise che avrebbe fatto qualcosa con Dusty, se a lei fosse interessato.

* * * *

Il mattino dopo, la sveglia del cellulare di Dusty suonò alle sei. Balzò dentro la doccia, sorridendo come un'idiota. Si diede un pizzicotto per accertarsi che fosse sveglia. Stare in una bella casa con cinque giocatori di baseball professionisti non le sembrava reale. Allenarsi con loro nello stadio ed essere allenata dal ricevitore più importante della lega andava ben oltre i suoi sogni più grandi. La vita non poteva andarle meglio di così.

E poi c'era Matt Jackson, con i suoi meravigliosi occhi azzurri, le sue spalle larghe e le sue braccia forti. Era bellissimo. Era così sexy che le serviva un ventaglio tutte le volte che stava con lui. Il suo comportamento maschilista l'aveva confusa all'inizio, ma poi era andata oltre le apparenze. Al momento, tutto quello che avevano in comune era il baseball, ma lei sperava che tutto questo cambiasse.

Che cosa avrebbero detto i suoi genitori? La sua espressione aggrottata si trasformò velocemente in un sorriso sotto la doccia tiepida. Avevano insistito perché rinunciasse all'idea stupida di diventare una giocatrice di softball professionista e si trovasse un vero lavoro. Così, era andata via. Erano stupiti che se la fosse cavata da sola fino ad ora? Non lo sapeva, perché non parlava con loro dallo scorso Natale.

Quella breve conversazione era stata strana. Lei aveva cercato di concluderla al più presto senza essere del tutto scortese. Sarebbero rimasti impressionati di sapere che Matt Jackson fosse interessato a lei. E lo era. Lo percepiva. Dal modo in cui le aveva guardato il seno quando aveva fatto irruzione nello spogliatoio al modo in cui le aveva messo delicatamente il braccio intorno alle spalle e le aveva detto delle parole di incoraggiamento sui suoi lanci. Tutti segnali di una cotta.

Avrebbe lasciato Paradise camminando sulle nuvole, sperando in un invito a ritornare. Non aveva mai incontrato un uomo come lui prima d'allora. L'aveva fatta innamorare senza neanche saperlo, o almeno così credeva lei. Forse non era una perdente come le dicevano i suoi genitori, forse aveva appena vinto la lotteria — un'opportunità di praticare uno sport che le piaceva e di amare un uomo che lo praticava.

Si asciugò velocemente e indossò la sua uniforme delle Queens. Non poteva arrivare tardi all'allenamento. Si truccò leggermente, quasi certa che avrebbe comunque sudato sul campo, e si diresse alla porta d'ingresso.

Quando lui arrivò, tremendamente bello con un paio di pantaloni khaki, una maglietta dello stesso colore dei suoi occhi e una giacca sportiva grigio antracite, il suo corpo ebbe una reazione. Sentì il calore scorrerle nelle vene. Cercò di non guardargli la bocca, ma invano.

"Buongiorno," disse lui.

"Buongiorno." Lei si mise in punta di piedi e gli accarezzò una guancia, ruvida per la barba, con le labbra, poi lui si voltò e si incontrarono per un breve bacio.

"Ti sei svegliata presto." Lui arrossì e abbassò lo sguardo.

È timido, quant'è carino! "Non hai detto che la colazione è alle sette e mezza?" Cercò di nascondere il suo imbarazzo, ma perse l'equilibrio.

Lui sorrise. "L'ho detto. Andiamo," disse lui, guidandola verso l'auto, tenendole la mano sulla schiena.

La pelle di Dusty bruciava, e non per il sole della Florida.

Percorrendo una strada dritta, si sedette meglio e la guardò. "Mi piace la tua uniforme. È molto carina."

"Siamo giocatrici serie, ma alcune ragazze volevano qualcosa che ci distinguesse dai ragazzi."

"E funziona. Quella coroncina rosa sulla tasca. Molto carina."

"Grazie."

Matt accostò nel parcheggio. Dusty uscì dall'auto e alzò lo sguardo. Anche se se lo ricordava, lo stadio sembrava nuovo di zecca, scintillante al sole del mattino. Si sentiva eccitata. Si sarebbe allenata in uno stadio importante. Lui le prese la mano e si diresse verso lo sportello.

Interruppe i suoi pensieri. "Com'è la tua difesa?"

"Sono una lanciatrice. Non ho pensato molto alla mia difesa." La sua mano era calda e asciutta. Le sue dita forti le tenevano con dolcezza la mano.

"Ma qualche volta capita che una palla ti torni indietro, no?"

"Sì, e allora?"

"Non la perdi mai?" chiese Matt, aprendole lo sportello.

"Qualche volta. Voglio dire, di tanto in tanto non riesco a prenderla."

"Possiamo lavorarci"

"Veramente?"

"Sì." Le sorrise.

Dan Alexander fu il primo giocatore che incontrarono. Matt le lasciò la mano prima di presentargliela. Si accorse che il lanciatore stava cercando in tutti i modi di non guardarle il seno. Continuava a guardare il suo viso, il soffitto, le sue scarpe, tutto tranne il suo seno. Lei sorrise tra sé. La sua evasività la fece sentire molto più a disagio di quanto si sarebbe sentita se avesse semplicemente dato una bella occhiata per soddisfare la sua evidente curiosità.

"Hai un aspetto molto professionale," disse Dan. "Matt è un grande allenatore. Mi ha aiutato molto."

"Sono certa che potrò imparare tanto da lui," rispose.

Dan annuì e si allontanò.

"La colazione è da questa parte," disse Matt.

Entrarono nella sede del club. Un paio di giocatori erano già seduti a mangiare al lungo tavolo. Fecero un cenno a Matt e osservarono brevemente il seno di Dusty. Deglutì e si mise dietro a Matt, sperando di bloccare loro la vista.

La condusse a un buffet con piatti caldi e freddi. Lui riempì il suo piatto fino a farlo traboccare. Lei esitò. I suoi genitori le avevano insegnato a essere un'ospite educata e a non esagerare.

Matt guardò il suo piatto, che era mezzo vuoto. "Non sopravvivrai agli allenamenti se mangi in quel modo. Riempi il piatto."

Dusty seguì le sue istruzioni. Aveva fame e prese un bel po' di uova strapazzate, bacon, salsicce, pane tostato e frutta.

"Così va meglio," disse Matt, annuendo.

Trovò un posto lontano dagli altri. Dusty sospirò. Doveva abituarsi agli sguardi e lasciarli perdere, ma non sarebbe stato facile. Poi, quattro ragazzi lanciarono i loro berretti sulle sedie accanto a Matt e Dusty.

"Ecco i miei amici," disse.

Quando tornarono con i piatti pieni, Matt fece le presentazioni. I ragazzi non si fecereo problemi a guardarle il seno, ma non lo fecero molto a lungo.

Lei si sentì le mani sudate. *Sanno tutti che Matt mi ha vista nuda? Suppongo di sì. E poi dicono che le donne sono pettegole!*

Quando iniziarono a mangiare, la conversazione si concentrò sull'allenamento del giorno e sul programma delle partite di precampionato. I migliori amici di Matt sorridevano, annuivano e osservavano Dusty. Si sentiva come un maiale in premio a una fiera di paese. Quattro sguardi attenti la fissavano costantemente, dalla testa ai piedi.

Trattenne il respiro, pregando che la approvassero. Facendo parte di una squadra, sapeva quanto fossero importanti le opinioni dei compagni di squadra e credeva che Matt si sentisse allo stesso modo. Fece un mezzo sorriso a Jake Lawrence. L'ultima cosa che voleva era di essere accusata di flirtare con qualcuno di loro. Oh, erano dei bei ragazzi, ma niente in confronto a Matt Jackson.

Riuscì a mangiare tutto il cibo che le aveva fatto mettere nel piatto. Dopo due tazze di caffè, le sorrise e sollevò le sopracciglia. "Pronta?"

"Sì."

Insieme a Skip, Nat, Bobby e Jake, si diressero verso il campo.

"Facciamo prima qualche lancio. Il bullpen è da questa parte," disse Matt, tirandole il braccio.

Dusty si asciugò le mani, sudate per l'ansia, sulle cosce.

Matt indossò la sua attrezzatura da ricevitore mentre Dusty raggiungeva il monte di lancio. Accarezzò la palla da softball che si era portata, sperando di ammorbidirla un po'. Aveva bisogno di una buona presa e le mani sudate non erano d'aiuto. Ancora una volta, si asciugò le mani sull'uniforme. Quando alzò lo sguardo, vide Matt che la guardava. *Cavolo, questo non può essere sexy, giusto?*

"Ok, Dusty, fammi vedere cosa sai fare," urlò lui, accovacciandosi e sollevando il guanto.

Un paio di giocatori alle sue spalle, che lei non conosceva, scoppiarono a ridere. Uno dei due aggiunse, "Pensavo che l'avesse già fatto!"

Dusty si paralizzò. Aveva voglia di piangere. *Ma non piangerò.* Si sentì umiliata e incrociò le braccia sul petto. Poi serrò le labbra.

"Chiudi quella bocca, pezzo di merda!" urlò Matt ai suoi compagni di squadra. "Lascia perdere quei coglioni, Dusty. Lancia."

Lei fece un respiro profondo. Matt diede un paio di pugni sul guanto, poi lo tenne fermo. Con lo sguardo fisso sulla tasca del guanto, fece il suo swing.

"Alta e fuori," disse il ricevitore, restituendole la palla.

Dusty provò ancora e ancora e ancora. Ogni volta, il rumore della palla che colpiva il guanto di pelle si faceva più forte. Con la coda dell'occhio, vide un paio di giocatori dei Nighthawks seduti lì vicino, a guardare. Scosse la testa e si concentrò di nuovo su Matt.

Lei lanciava e lui riceveva. Lo fecero per quarantacinque minuti. Poi, Matt si fermò e alzò le braccia. Lei si fermò, mise la palla nel guanto e si asciugò il viso con l'altra mano. Aveva la bocca asciutta come la segatura. Un rumore di applausi raggiunse le sue orecchie. I ragazzi che avevano riso di lei stavano applaudendo. Erano solo quattro ragazzi, ma lei sorrise comunque.

"Non male per una ragazza."

Quelle parole ebbero lo stesso effetto di un fiammifero per la benzina. Senza pensarci, tirò fuori la palla dal suo guanto e gliela lanciò sui genitali.

Lui la afferrò con una mano. "Hey! Ma cosa fai?"

"Mi dispiace," disse, ma non era vero.

"Hey, hey, non vorrai far entrare qualcuno nell'elenco dei giocatori infortunati," disse Matt, facendo arrossire Dusty. "Lascialo perdere. È solo un idiota. Hai fatto bene."

"Sì?" Si chiuse un occhio per il sole e lo guardò.

"Sì. Forza." Ancora una volta, le afferrò il gomito e lei lo seguì fino al frigorifero che conteneva le bottiglie d'acqua. Gliene porse una, poi ne prese un'altra per sé. Dopo aver svuotato la sua, disse. "Esercitiamoci un po' con la difesa."

"Difesa?"

"Tutti i lanciatori devono giocare in difesa. Forza. Sarai più brava delle altre della tua lega."

"Ok."

Lo seguì dove i due difensori si stavano allenando. L'allenatore mandò una palla fuori e l'altro giocatore col guanto si mise a correre per prenderla.

"Devi essere veloce con le mani," disse Matt.

"Che vuol dire?"

"Vuol dire che devi essere veloce in difesa. Devi sapere come gestire la palla e mandarla al suo posto."

Lei annuì.

Matt afferrò una mazza e raggiunse la casa base. "Falla allenare con i ragazzi," disse all'allenatore.

"Per me va bene." Il giocatore prese la sua mazza e si diresse al frigorifero.

"Ok, ragazzi. Lasciate fare un tiro anche a Dusty. Va bene?"

I due annuirono.

"Voi chi siete?" chiese lei.

Si presentarono. Erano due novellini della minor league, scelti da Cal Crawley per avere più difensori a disposizione. Dusty aveva i nervi a fior di pelle. Non aveva mai giocato con dei giocatori professionisti prima d'allora. Sospirò. Forse quella sarebbe stata la sua rivalsa dopo aver obiettato a tutte le affermazioni secondo le quali lei giocava come una ragazza. Quella era l'occasione per dimostrare cosa sapesse fare contro dei ragazzi. Socchiuse gli occhi per il sole, allargò le gambe, indossò il guanto e si concentrò su Matt.

Lui lanciò la palla in aria e la colpì. Era così forte da non aver bisogno di lanciare per colpirla forte. Mirò intenzionalmente a terra. La palla molto più piccola passò davanti a Dusty e fu raccolta da uno dei ragazzi vicino a lei.

Palla dopo palla, correva ma non riusciva a prenderla.

A un certo punto, Matt alzò la mano. "Sei abituata a giocare con una palla più grande. Ok, ragazzi. Potete continuare senza di noi." La portò sull'outfield. "Dammi la tua palla"

Lei gliela porse.

Lui la pesò con la mano e annuì. "Ok. Proviamo con questa."

Lei indietreggiò e lui le lanciò la palla. La prese al primo colpo. Matt sorrise. Continunando, lui la lanciava, lei la prendeva, la tirava fuori dal guanto e gliela rilanciava.

"Stai andando alla grande."

Aveva sete. Era pronta a fermarsi, ma lui volle fare un altro lancio. Così, lei indietreggiò, ma la sua concentrazione stava venendo meno. Matt lanciò la palla, che arrivò a velocità. Lei si mise a correre per prenderla, ma la palla colpì una pietra e le rimbalzò dritta in faccia. Le colpì il seno e poi il mento. Lei si afferrò il seno e si mise in ginocchio.

Capitolo Cinque

Matt corse da Dusty, che si stringeva il seno in ginocchio. "Cavolo! Mi dispiace. Stai bene?"

Lei annuì, ma non sorrise. Ovviamente, non stava bene. Lui si mise a camminare, senza sapere cosa fare. Non poteva mica massaggiarglielo! Maledizione, odiava non poter fare nulla.

"Tutto bene," mormorò lei, in ginocchio. "Starò bene."

Un allenatore arrivò di corsa. Si chinò, mettendosi le mani sulle ginocchia. "Riesci a respirare?" le chiese.

"Sì."

"Forza. Ti porto a fare una radiografia." Le afferrò il gomito e la aiutò ad alzarsi. Matt le prese l'altro braccio. Andò con loro in infermeria.

"Fermati qui, Jackson," disse l'allenatore.

Matt annuì. "Sarò qui fuori quando avrete finito."

Cal Crawley diede una pacca sulla spalla a Matt. "Va ad esercitarti un po' con Dan, ok, Matt?"

"Ma devo aspettare —"

"Starà bene. Te la porto quando esce. Spero che non si sia fatta troppo male."

"Anche io. Non avrei mai dovuto portarla qui."

"Oh, probabilmente starà bene. È piuttosto forte. Per una ragazza, intendo dire," disse Cal.

"È piuttosto forte in generale," ribatté Matt.

Cal sorrise. "Voi ragazzi." scosse la testa e si diresse al bullpen seguito da Matt.

Matt si accovacciò e si mise il guanto. Dan lanciò la palla al suo amico.

Si riscaldarono per circa mezz'ora. Con la coda dell'occhio, guardò Dusty, in compagnia di Cal, mentre stava per raggiungerlo. Si alzò e fece cenno a Dan di fare una pausa.

"Come stai?" Aggrottò la fronte.

"Sto bene."

"Nessuna costola rotta. Nessuna causa legale," disse Cal.

Dusty gli lanciò un'occhiata.

Cal alzò le mani. "Stavo solo scherzando. Per fortuna era una palla da softball. Una palla più dura avrebbe causato più danni."

"Siediti qui. Puoi guardare Dan. Imparare qualche trucchetto. Te la sei cavata bene," disse Matt.

"Avevi ragione. Ho bisogno di esercitarmi di più sulla difesa. Voglio dire, se voglio far parte della formazione di inizio, devo essere la migliore in tutto, giusto?"

"Giusto." Le sorrise. Sentiva il bisogno disarmante di baciarla.

"Anche se sono una ragazza?" gli chiese, con un tono di voce provocante.

Matt si mise a ridere. "Soprattutto se sei una ragazza."

Dan gli diede un colpetto sulla spalla. "Riprendiamo prima che mi si raffreddino le braccia."

Ricominciarono ad esercitarsi. Dusty rimase seduta in panchina, sorseggiando una bottiglia d'acqua. Cal le portò un sandwich. Lo mangiò mentre guardava il lanciatore e il ricevitore all'opera. Dopo un'ora, fecero una pausa. Entrambi i ragazzi avevano le magliette molto sudate.

"Hey, devi essere speciale. Cal non mi dà tutte quelle attenzioni," disse Matt, asciugandosi il viso prima di prendere un'altra bottiglia d'acqua.

"Sta solo cercando di ammorbidirmi perché io non faccia causa," disse, asciugandosi le labbra con un tovagliolino.

Matt spalancò gli occhi.

"Sto scherzando!" Gli diede un colpetto sulla spalla.

Lui notò un piccolo graffio sul suo mento e lo toccò dolcemente. Lei trasalì.

"Sono stato io?" le chiese.

"No, è stata la palla."

"La palla che ho colpito io. Suppongo che dovrò portarti a cena stasera. Così non mi farai causa giusto?" Le fece un sorrisetto.

"Oh?" Lo guardò incuriosita per un attimo. "Giusto! Giusto. Sì. Potrebbe andare"

"Bene. Allora stasera Chez Olivier."

"Ristorante francese?"

"Il migliore," disse, avvicinandosi a lei abbastanza da passarle le dita tra i capelli. Lui osservò il suo viso — con alcune lentiggini sparse sul naso, i grandi occhi azzurri che guardavano i suoi, la pelle perfetta, leggermente arrossata dal sole. La sua bellezza risplendeva anche sotto lo strato di polvere e sporcizia causato dall'allenamento e l'uniforme larga che indossava.

Dusty infilò una falda della maglietta sotto i pantaloni e spostò il peso sull'altro piede. Matt le tolse una macchiolina dal naso col pollice.

"Forse dovrei andare a farmi una doccia," disse, continuando a guardarlo negli occhi.

Lui sorrise. "Buona idea. Io faccio una doccia veloce qui. Ti dispiace aspettarmi?"

Lei scosse la testa, spostandosi i capelli ramati sulle spalle. Se fossero stati da soli, lui l'avrebbe baciata. Invece, schioccò le labbra e abbassò lo sguardo. Lei gli toccò la guancia. Lui le prese per un attimo la mano, prima di dirigersi allo spogliatoio. Davanti alla porta, si fermò per guardarla. Lei ricambiò lo sguardo e alzò leggermente la mano.

* * * *

Il cibo di quell'elegante ristorante era sublime, ma Dusty si sentì quasi svenire quando vide tutte le posate che circondavano il suo piatto. Tre forchette, tre cucchiai — non aveva assolutamente idea di come usarli. Si sentì sopraffare dall'ansia. Una cosa è essere una ragazza che viene da una famiglia povera, ma un'altra è sembrare tale davanti a un giocatore di baseball della major league. Lei deglutì.

Matt si avvicinò sussurrando qualcosa. "Nemmeno io so quale forchetta usare. Non preoccuparti"

Sentendosi rassicurata, la paura la abbandonò. Non aveva viaggiato per il mondo e non era raffinata, ma non era necessario che il resto dell'umanità lo sapesse. La confessione di Matt la sollevò.

"Quindi, non racconterai a tutti che ho usato la forchetta sbagliata, vero?" gli chiese, prendendo un pezzetto di pane francese dal cestino.

"No, se nemmeno tu lo farai." Le fece un caloroso sorriso mentre il cameriere porgeva loro degli enormi menu.

Il menù era scritto sia in inglese che in francese. Lei lesse quello in inglese.

"Io ho mangiato una buona bistecca qui, e anche le capesante sono buone, se ti piacciono i frutti di mare," disse Matt.

Ordinarono entrambi bistecca e pommes frites.

"Sono vere patatine fritte, come le fanno in Francia!" Lei sorrise e ne prese qualcuna con la forchetta.

"Decisamente meglio del fast food."

Lei masticò e inghiottì. "Molto meglio."

"Qual è il tuo cibo preferito?" le chiese, tagliando un pezzo di bistecca.

"Mmm. Difficile da dire. Piatto principale? Dolce?"

"Entrambi. Uno per ognuno."

"Niente può battere una buona bistecca. Ma lo stufato di agnello è decisamente al secondo posto."

"Stufato di agnello! Amo lo stufato di agnello," disse, prima di mettersi un pezzo di carne in bocca.

Lei lo osservò masticare. Com'è possibile che sia sexy anche mentre mangia? Beh, cavolo, veder mangiare Matt Jackson la fece accendere. Sorrise tra sé per quello che Nicki le avrebbe detto. *Trascinalo sotto il tavolo e fallo impazzire.*

"Qualcosa di buffo? Dimmi," disse.

Non gli avrebbe mai confidato i suoi pensieri più intimi, ma la sola idea la fece arrossire. "Niente, niente."

"Non sembra niente," disse, sollevando un sopracciglio. "Stai arrossendo."

"Qual è il tuo dolce preferito?" gli chiese, cambiando argomento, pregando che il colorito della sua pelle ritornasse normale.

"Mmm. Questo è difficile. Mi piacciono i dolci italiani. Ma la torta al cioccolato col cuore fondente è difficile da battere. Soprattutto se c'è anche la panna montata."

"Tutto è più buono con la panna montata," disse lei.

Lui scoppiò a ridere. "Oh, sì. Sono d'accordo." Il suo sguardo sexy la fece arrossire ancora di più. Perché tutto con Matt Jackson aveva a che fare col sesso?

Quando finirono e lasciarono il ristorante, rinfrescato dall'aria condizionata, furono colpiti da un'ondata di aria calda e umida. Dusty riuscì a malapena a respirare finché non si azionò il condizionatore dell'auto.

"Cristo, c'è un caldo infernale!"

Lei annuì, guardando le luci ancora accese della città.

"Il Paradise chiude circa all'una. Ti va di fare una nuotata? Ne ho abbastanza dell'aria condizionata per oggi."

"In costume?"

"Certamente! Hai portato il tuo?"

"Certo."

"Magnifico. Il modo migliore per rinfrescarsi dopo una giornata calda."

E dopo una cena con un ragazzo sexy?

La casa era tranquilla quando tornarono. Gli amici di Matt erano in salone a guardare un film e a mangiare popcorn. Con il rumore delle pistole del film che stavano guardando, non li sentirono nemmeno rientrare. Dusty sgattaiolò nella sua stanza e indossò il suo bikini. Si mise sopra una T-shirt e si diresse verso il cortile sul retro.

Matt era già in piscina. "Prendi un asciugamano laggiù. Quella viola."

"Viola?"

"È per gli ospiti."

Lei annuì, prese l'asciugamano dalla sedia a sdraio e si sedette sul bordo della piscina, mettendo i piedi in acqua. Matt la raggiunse a nuoto. La fioca luce della luna creava un'atmosfera romantica. L'acqua le rinfrescò il sangue.

Lui si avvicinò al bordo e si sedette accanto a lei. Con l'acqua che gli sgocciolava dal petto e dalle spalle e i capelli bagnati e lucenti sotto la luna, le mozzava il fiato. I suoi addominali non erano piatti, ma era in forma, e i peli castani bagnati sul suo petto gli si attaccavano alla pelle. Le sue spalle erano le più larghe che avesse mai visto da vicino.

Mio Dio, quanto voleva toccarlo!

Lui le tirò la manica della maglietta. "Non ti fai un tuffo?"

Lei annuì e si tolse la maglietta. Un suo fischio la fece voltare. Sembrava quasi timido mentre osservava il suo corpo.

"Come se tu non l'avessi mai visto prima."

"È bello rinfrescarsi la memoria," rispose, guardandola lentamente.

Lei si mise a ridere.

"Fa caldo," disse lui.

Cavolo, sì, fa caldo. Fa ancora più caldo se resto seduta accanto a te.

"Entriamo," disse, toccandole il gomito prima di buttarsi in acqua. Lei si lasciò scivolare e iniziò a nuotare a cagnolino dietro di lui. Si diresse verso la parte meno profonda della piscina mentre Matt nuotava sul dorso. Sporse il collo per guardarlo. Facendo lo stile libero, vedeva ruotare le sue forti spalle ad ogni bracciata. Scalciando con le gambe, sembrava scivolare sull'acqua.

Essendo un eccellente nuotatrice, si sentiva a suo agio in piscina e decise di mostrargli ciò che sapeva fare. Dusty iniziò a nuotare nel suo stile preferito, la farfalla. Scivolò sull'acqua, facendo cinque vasche in pochissimo tempo, come quando aveva gareggiato al liceo e al college.

Quando si fermò, Matt era fermo nella parte più bassa della piscina, intento a guardarla. "Fottutamente perfetto. Oops. Scusami per il linguaggio. Sei una bravissima nuotatrice."

"Facevo le gare di nuoto a farfalla a scuola. Ho anche vinto un paio di medaglie."

"Un'atleta completa?"

"Diciamo di sì."

"Perché hai scelto il softball?"

"Non lo so. Me ne sono semplicemente innamorata. Il gioco di squadra. Non saprei."

"Sì, capisco. Nemmeno io ho mai una risposta quando le persone mi fanno questa domanda."

Lui le si avvicinò. Il fresco dell'acqua svanì all'improvviso mentre il calore del corpo di Matt raggiungeva il suo. Lui la guardò. Dusty fece un passo avanti, sollevando il mento e poggiandogli le mani sui pettorali. Toccarlo le diede i brividi.

"Hai freddo?" le chiese, riscaldandole il viso col suo respiro.

"Assolutamente no," disse lei.

Lui poggiò le labbra sulle sue dandole un dolce bacio. Lei gli mise le braccia intorno alla vita e lui continuò a baciarla, scatenando la sua passione. Il lavoro, la scuola , e il softball non le avevano lasciato molto tempo per l'amore. Dusty era come un uomo assetato nel deserto. I loro corpi si fusero, e lui rispose stringendo le braccia intorno a lei e abbracciandola.

Sapeva un po' di bistecca e di caffè — delizioso. L'odore del cloro mescolato ai residui del suo dopobarba speziato le stuzzicava il naso. Aveva la pelle morbida, ma i muscoli sotto di essa erano duri come la roccia. Gli mise le dita sulle spalle, godendosi il suo gemito.

Matt lasciò scivolare le mani sul suo sedere. Lo strinse e la spinse verso di sé. Si stava eccitando e, con la sola stoffa sottile dei costumi a separarli, lei se ne era perfettamente accorta. Anche se stava dentro l'acqua, sapeva che la sensazione di bagnato che aveva tra le gambe non dipendeva solo da quello.

Lui parlò per primo. "Mi dispiace. Non è per questo che ti ho chiesto di venire qui."

"Per questo cosa?"

"Per andare a letto con te."

"Oh."

"Sembri delusa."

"No, no. Solo che non ci vedo niente di male"

"No?" le chiese spalancando gli occhi.

"Voglio dire, quando due persone hanno così tanto in comune e sono attratte l'una dall'altra, cosa c'è di male se le cose vanno oltre?"

"Assolutamente niente. Non avevo idea che pensassi questo," disse.

"Non vado a letto con chiunque, ma con te... beh, è diverso."

"Lo stesso vale per te." Le mise il braccio intorno alle spalle e le spostò i capelli con le dita.

"Non sei un playboy?"

Lui si mise a ridere. "No. Non è il mio stile. Non sono un santo. Ho avuto qualche relazione breve. Ma non vado in giro per i locali alla ricerca di una scopata."

"Pensavo che lo facessero tutti gli atleti uomini."

"Ti sbagli," disse.

"Bene. Questo mi fa stare meglio."

"Tu sei speciale. Molto speciale. Ma devi saperlo." Il suo tono di voce era più intimo.

"Non fa mai male sentirselo dire"

"Sei una donna incredibile, meravigliosa e bellissima," sussurrò, abbassando di nuovo la bocca.

Dusty si lasciò andare, stringendo le gambe intorno alla sua vita. Lui lasciò scivolare la mano sul suo petto per toccarle il seno. Qualcosa dentro di lei esplose al suo tocco. Come un fiammifero con la benzina, il suo corpo si elettrizzò, pronto per amarlo.

Mentre stava per afferrare la sua asta, si sentì un forte tonfo, seguito da un altro e un altro ancora. La coppia alzò lo sguardo mentre tre dei Nighthawks si tuffarono dentro la piscina. Bobby Hernandez, Skip Quincy e Jake Lawrence li colsero di sorpresa. Matt imprecò sottovoce. Dusty si lasciò scivolare giù, ma rimase avvinghiata a lui perché la turbolenza dell'acqua minacciava di travolgerla.

"Che cavolo fate?" Matt guardò i suoi amici, che nuotavano sott'acqua ed emergevano come un branco di foche.

"Pensavamo che voi ragazzi voleste un po' di compagnia." ridacchiò Bobby.

"Pensavate male!" esclamò Matt infuriato.

"Accidenti! Troppo tardi. Scusate," disse Skip, alzando le spalle.

Dusty si diresse verso la scaletta. Uscì dalla piscina, percependo gli sguardi dei quattro ragazzi sul suo corpo quasi nudo. Afferrando l'asciugamano viola, se lo avvolse intorno al petto e si rivolse al ricevitore.

"Buona notte, Matt. Grazie per la bella giornata e per la meravigliosa cena." Sollevò la mano.

"Aspetta, Dusty! I ragazzi stanno andando via!"

Lei scosse la testa, spargendo dappertutto le gocce d'acqua, e svanì dentro la casa. Le ultime parole che sentì furono quelle di Matt.

"Maledetti bastardi! Me la pagherete per questo. Tutti voi!"

Il suono delle risate coprì la minaccia di Matt.

Dusty sorrise. Forse avevano fatto la cosa giusta. Forse quella casa non era il luogo ideale per avere un po' di intimità con Matt Jackson. Anche se non aveva perso la sua verginità nella casa di una confraternita, la somiglianza con quel posto era piuttosto evidente.

Nicki l'avrebbe rimproverata, ma Dusty aveva fatto la cosa giusta. *Adesso, abbiamo qualcosa da aspettare con impazienza, la prossima volta che ci incontreremo.* Ma quando succederà? Si morse il labbro per un secondo, ma poi si sentì fiduciosa. Matt Jackson la voleva. Ci sarebbe stata una prossima volta. Il suo corpo ebbe un brivido al solo pensiero.

* * * *

L'autocontrollo di Matt si scontrò con la sua rabbia. Finalmente era riuscito a toccare il corpo che aveva sognato per così tanto tempo e i suoi cosiddetti *amici* l'avevano interrotto. Non gli avevano permesso di realizzare il suo desiderio. Avrebbe voluto strappare loro il cuore dal petto.

I tre giocatori nuotavano nell'altra direzione quando videro l'espressione furiosa sul viso di Matt, mentre si muoveva verso di loro. La somiglianza con uno squalo affamato pronto a nutrirsi era molto vicina alla realtà.

Skip si spostò da una parte sul lato profondo della piscina, riuscendo a malapena a sfuggire agli artigli di Matt. "Hey, scusa. Non pensavo di aver interrotto qualcosa di serio." Indietreggiò, lasciandosi cadere su una sedia a sdraio.

"Credevo che stavate soltanto pomiciando. Niente di serio," disse Bobby, salendo la scaletta.

"Ovviamente, pomiciare per te è già qualcosa. Lo capisco. Scusa, amico." Jake sorrise al suo compagno di squadra, ma continuò a dirigersi verso la scaletta e salì qualche secondo prima di Matt.

"Non ti importa cosa stavamo facendo. Che cazzo! Finalmente trovo una ragazza che mi piace e voi idioti rovinate tutto". Scosse la testa, mentre la sua rabbia si trasformava in frustrazione.

"Non lo sapevamo," disse Skip, alzando le mani.

"Sono stato un idiota a portarla qui. Avrei dovuto prendere una stanza in albergo," borbottò Matt tra sé.

"Già! Un albergo sarebbe stato il posto giusto. Provare a fare sesso con lei in questo posto — proprio un'idea stupida. Ovviamente, se ci fossi riuscito, lo sapresti," disse Jake, avvolgendosi un asciugamano intorno alle spalle larghe.

"Vieni qui e ripetilo," ringhiò Matt, facendo un gesto con le dita.

"Non ci penso proprio. Ci tengo alle mie palle," disse Jake, mettendosi una mano sui genitali.

"Veramente, amico. Mi dispiace." Skip diede una pacca sulla spalla al suo amico.

"L'anno prossimo prenderò una casa solo per me," disse Matt.

Si scosse la mano di Skip di dosso, afferrò il suo asciugamano e si diresse ansimando verso la casa. Non era certo di cosa lo facesse arrabbiare di più, se essere interrotto o il fatto che Jake potesse avere ragione. Non avrebbe mai dovuto provarci con lei in quel luogo assurdo.

Avevano bisogno di privacy e lì sarebbe stato impossibile. Lei era timida, sfuggente, e lui l'aveva sottoposta alle risate umilianti dei suoi compagni di squadra. Mossa sbagliata. Secondo strike. Se avesse potuto prendersi a calci nel sedere, l'avrebbe fatto. Ma cosa gli era venuto in mente?

Dusty era troppo importante per essere soggetta ai fischi di quegli animali che definiva suoi amici. Sgocciolò sul pavimento passando davanti alla sua porta chiusa. Sospirò. L'indomani era domenica. Doveva allenarsi e non avrebbe avuto molto tempo da trascorrere con lei. Dopo, lei sarebbe andata via.

Aprì la doccia e passò il tempo a lavarsi via il cloro e a pensare a quando avrebbe potuto rivederla. Sarebbe successo a New York, dopo un paio di settimane. Si asciugò e si infilò nudo nel letto. Dopo aver regolato il condizionatore, spense la luce e guardò fuori dalla finestra.

Chi avrebbe mai pensato di trovare una donna con cui condividere il baseball? Gli ricordava molto sua sorella Marnie, in modo positivo. Tuttavia, aveva eliminato le donne dalla sua vita e aveva deciso di non rimettersi in gioco.

Vedere i suoi amici con delle donne settimana dopo settimana lo faceva diventare matto. Certo, era da solo, ma una ragazza incontrata in un bar, una storia di una notte, non faceva per lui. Quando Dan si era fidanzato con la ragazza degli hot dog — no, doveva chiamarla Holly— ne era rimasto sorpreso.

Convinto che non fosse all'altezza del lanciatore, era rimasto stupito scoprendo chi fosse veramente. Pur essendo ancora dubbioso, la felicità di Dan lo convinse che non si può mai sapere dove si può trovare la ragazza giusta.

Troppo prudente per definire Dusty "quella giusta," aveva comunque deciso di non scartarla immediatamente. Doveva capire come potessero andare le cose con lei, perché andavano troppo d'accordo per ignorare tutto. Ma cosa sapeva veramente di lei? Non molto. Non abbastanza.

Mentre stava a letto, promise a se stesso che non si sarebbe allontanato da lei a meno che non avesse avuto una buona ragione e fino a quando non avesse saputo di più su di lei. Fece un sorriso. Scoprire tutto su Dusty Carmichael sarebbe stato divertente. Chiuse gli occhi e lasciò che lei invadesse i suoi sogni come ormai faceva sempre, notte dopo notte.

Capitolo Sei

Dusty si svegliò alle sei. Si stiracchiò e si diresse verso il bagno, sperando che la doccia calda non le avrebbe fatto scaldare il sangue. Si era rigirata nel letto tutta la notte, svegliandosi diverse volte dopo aver fatto dei sogni sexy su Matt Jackson.

Fece il broncio, arrabbiata. Se avesse avuto la possibilità di continuare con lui, non si sarebbe svegliata così frustrata. Sbadigliò prima di mettersi sotto il getto d'acqua calda. Mentre si insaponava, la sua mente si mise a fantasticare, chiedendosi come sarebbe stato se Matt fosse entrato nella doccia con lei e l'avesse insaponata. Esitò e chiuse gli occhi, immaginandosi che lui fosse lì a insaponarla.

Restia a interrompere la sua fantasia, era arrivato il momento di chiudere l'acqua per essere pronta per lo stadio alle sette. La sua uniforme era terribilmente sporca, così indossò i jeans e una T-shirt. Era una maglietta dei Nighthawks che aveva comprato online. Si asciugò i capelli con l'asciugamano, poi si truccò. Essendosi fatta male, si sarebbe rilassata e avrebbe guardato gli allenamenti di Matt. Non si era fatta molto male, ma era una scusa per osservare quell'uomo, che era pura poesia in movimento.

Ancora una volta, arrivò alla porta prima di lui alle sette meno cinque. Le occhiaie scure sotto i suoi occhi indicavano che anche lui aveva trascorso una nottata difficile. Ridendo tra sé, si chiede perché ciò la rendesse felice.

"Che succede?"

"Sembra che tu non abbia dormito molto meglio di me," disse lei, prima di coprirsi la bocca con la mano.

La portò alla macchina. "Qualcosa che non andava con il letto?"

Gli uomini a volte sono proprio ottusi. "Sì, che tu non eri lì con me," rispose lei, scivolando sul sedile chiudendo lo sportello. Spalancò gli occhi, facendola ridere. *È davvero così ingenuo?* Si morse il labbro, avendo già detto troppo, ma impaziente di dire qualcos'altro.

Le fece un sorriso sexy mentre avviava l'auto. "Rimedieremo la prossima volta che ci vediamo," disse, prima di concentrarsi sulla strada.

"La prossima volta?" Lei chiuse la bocca, scioccata dalla sua sfacciataggine.

"Certo, la prossima volta. Perché ci sarà una prossima volta, vero?" Lui le lanciò un'occhiata.

"Mi stai chiedendo di uscire con te?" *Nicki sarebbe orgogliosa, ma mamma sarebbe sconvolta!*

"Sì. Quando, dove, non importa. Devi solo dirmi di sì."

"Non sei tu quello che è sempre impegnato?"

"Infatti lo sono. Starò qui fino al primo di aprile. Poi tornerò a New York per la prima partita della stagione. Vuoi tornare qui per un weekend?"

"Mmm, non esattamente. Due notti qui sono sufficienti."

Si mise a ridere. "Già. I miei compagni di squadra sono un po' matti, vero? Ho un appartamento a New York. Northern Manhattan. Vicino allo stadio. Potremmo andare a cena e poi andare lì."

"Sembra che tu abbia un piano. Quando?" *L'ho fatto un'altra volta! Tutta colpa tua, Nicki.*

"Devo prima dare un'occhiata al programma. Posso farmene dare una copia da Cal."

"Perfetto."

Si fermò a un semaforo rosso e le prese la mano. "Non voglio metterti fretta."

"Non lo stai facendo."

"Bene." Il suo sorriso caloroso le fece ribollire il sangue nelle vene.

Questo voleva dire metterle fretta? Forse un po', ma tra non molto lui sarebbe andato in trasferta e passare del tempo insieme sarebbe stato difficile. Sapeva che Nicki sarebbe rimasta sconvolta e impressionata. Dusty sorrise tra sé.

"Qualcosa di divertente?" le chiese.

"Niente."

"Forza. Spara."

"Di solito non sono così, così...ehm, con i ragazzi," balbettò.

"Sei una ragazza timida. L'ho capito. Ti avevo già catalogata in questo modo."

"Sì, lo sono."

"Allora, cosa c'è di diverso questa volta?"

"La mia amica, Nicki, è molto insistente. E poi ci sei tu." Chiuse immediatamente la bocca. Aveva già detto troppe cose imbarazzanti.

"Io?"

"Non ho altro da aggiungere," rispose, serrando le labbra.

Matt scoppiò a ridere. "Sei stupenda."

"Lo sono?"

"Lo sei." Le strinse la mano prima di entrare nel parcheggio.

Mano nella mano, entrarono nella sede del club e raggiunsero il buffet della colazione.

Cal Crawley si avvicinò a loro. "Complimenti per ieri, Dusty."

"Grazie, Coach."

L'uomo le guardò il diaframma. "Come vanno le tue costole?"

"Meglio oggi. Non è stato niente."

"Lieto di sentirtelo dire," disse, andando da un membro della sua squadra.

"Il vostro manager si ferma sempre a parlare con voi ragazzi?"

Matt annuì. "Le sue sono visite professionali."

Finirono di fare colazione e raggiunsero il campo.

"Mi dispiace che oggi farai solo da spettatrice. Il coach vuole che mi alleni."

"Nessun problema. Dopo la giornata di ieri, sono un po' indolenzita," disse.

"Le costole?"

"Un po'. I muscoli, tanto. Sono un po' fuori forma."

"Non per me," mormorò lui.

Gli diede dolcemente una pacca sulla spalla e lo seguì fino a una panchina.

"Perché non ti siedi qui? Io mi devo esercitare con i ragazzi per rubare la terza base."

"Posto perfetto."

Matt le accarezzò una guancia prima di indossare la sua attrezzatura da ricevitore. Bobby lo raggiunse. Poi arrivò Nat, oscillando una mazza da una parte all'altra.

"Devi esercitarti a rubare?" chiese Matt a Bobby.

Il secondo difensore annuì.

"Sarà un piacere mandarti fuori. E se dovessi colpirti sulla testa, beh, mi dispiace." Matt serrò le mascelle ripensando agli eventi della sera precedente.

"Non arrabbiarti," disse Bobby.

Jake si posizionò in terza base e Dan raggiunse il monte di lancio. Mentre Skip proteggeva la seconda base e teneva lo sguardo fisso sul lanciatore, Bobby ottenne un notevole vantaggio. Cal si sedette accanto a Dusty e urlò ai ragazzi. "Continuate!"

Dan lanciò. Nat, un battitore destrimano, prese la palla. Bobby si accovacciò, avanzando verso la terza base, poi iniziò a danzare tutt'intorno. Il lanciatore guardò Skip, fece un leggero cenno, poi gli lanciò una palla. Bobby si rituffò in seconda base.

"Non con la testa, Bobby!"

Il ragazzo annuì mentre si toglieva la terra dall'uniforme.

"Il modo più veloce per farsi uccidere," borbottò Cal.

Dusty rimase seduta in silenzio a guardare l'azione sul campo. Notò quanto fossero forti le cosce di Matt mentre stava accovacciato.

"Sta attento al segnale di Dan," urlò Cal. "È più difficile eliminare un giocatore in terza base quando il battitore è destrimano," sussurrò alla ragazza.

Lo sguardo di Dusty passò da Bobby a Dan, da Dan a Matt, poi di nuovo a Bobby. Dan si mise in posizione, si preparò e fece il suo lancio. Matt fece un salto, lanciando la sua maschera per terra mentre afferrava il lancio e lo scagliava in terza base. Bobby era partito come un fulmine, ma Matt riuscì a mandare lì la palla appena un secondo prima del corridore.

Usando il suo guanto, Jake fermò Bobby mentre scivolava, con i piedi in avanti, in terza base. Jake lo fermò sporgendosi su Bobby, evitando di essere colpito dai tacchetti. Sembravano essere passati solo due o tre secondi. Tuttavia, mentre guardava, era evidente che il lanciatore, il ricevitore e l'interbase fossero d'accordo e comunicassero con dei leggeri segnali che il corridore tra le basi non poteva cogliere.

"Fuori di un metro e mezzo. Ottimo lavoro, Matt," disse Cal, alzandosi e raggiungendo il successivo gruppo di giocatori che si sarebbero esercitati a scivolare in base.

Dusty rimase seduta, bevendo dell'acqua, a guardare i ragazzi continuare a eseguire gli stessi passaggi. Infine, l'allenatore, Vic Steele, richiese dieci minuti di pausa. Matt la raggiunse in panchina e aprì una bottiglia d'acqua.

"Sei bravissimo."

"Questione di esercizio", disse, prima di bere un lungo sorso.

Gli strinse i bicipiti. "Forti."

"Devono esserlo per mandare la palla in base prima che arrivi il corridore."

"Devi allenarti?"

"Quattro giorni alla settimana." Finì la sua bottiglia.

Dopo l'allenamento, Matt e Dusty andarono a fare una corsa. Poi, Matt si allenò un po' in palestra prima di andare a fare la doccia. Alle tre e mezza, lei entrò nella sua auto per andare in aeroporto per prendere l'aereo delle sei.

"Sono stata molto bene. È stata una giornata davvero interessante. Ho imparato molto sui ricevitori."

"Siamo molto più importanti di quanto credano alcuni tifosi."

"È un lavoro duro."

"Cavolo, devo fare attenzione ad ogni lancio, e non mi sostituiscono alla fine del sesto inning."

"Hai ragione. Avrò molto più rispetto per la mia ricevitrice d'ora in poi," disse.

Le diede una pacca sulla schiena. "Dovresti farlo."

Matt le sollevò la valigia per il controllo di sicurezza. Indugiò, mettendole il braccio sulle spalle. Mentre la fila iniziava a muoversi, Matt si abbassò per darle un rapido bacio sulla bocca. "Ricorda, a Pasqua. D'accordo? Nel weekend?"

"D'accordo! Faremo una grande cena a casa tua," disse lei.

"Domenica. Venerdì e sabato, sarai tutta per me."

"Ok. Grazie di tutto." Mise la valigia sul nastro trasportatore.

Matt aspettò che superasse il controllo di sicurezza. La salutò e lei gli sorrise.

In aereo, si addormentò.

Nel taxi che si faceva strada nel traffico di New York City, si consolò che mancassero solo quattro settimane alla Pasqua. Matt aveva una partita venerdì pomeriggio e sabato pomeriggio, ma la domenica era libero. Avrebbe preparato la valigia e sarebbe stata con lui venerdì sera, sarebbe andata alla partita di sabato e poi sarebbe stata di nuovo con lui.

Le vennero i brividi al solo pensiero. Non vedeva l'ora di raccontarlo a Nicki! Nel frattempo, avrebbe cercato qualche buona ricetta per la cena di Pasqua e si sarebbe esercitata prima del grande giorno.

* * * *

Dan Alexander avrebbe lanciato nella partita di apertura della stagione. La sua fidanzata, Holly, era tra gli spalti, come spettatrice, non per vendere hot dog. Matt indossò le sue attrezzature di protezione per le gambe e per il petto. Con la maschera in mano, raggiunse il campo per l'inno nazionale.

In piedi accanto a Dan, notò quanto fosse rilassato il lanciatore. La partita di apertura della stagione non era di certo la più importante dell'anno, ma di solito attirava una folla di tifosi, impazienti di vedere una partita dopo così tanti mesi di astinenza dal baseball.

La pressione era iniziata. Da quel giorno in poi, i ragazzi dovevano sforzarsi di dare il massimo ogni giorno. Guardando il suo amico, Matt non notò nessuna espressione preoccupata, nessun sopracciglio corrucciato. Dan cantò l'inno, poi sorrise. Di recente si comportava così sempre più spesso, facendo innervosire Matt. Dove diavolo erano finite le lamentele sulle donne e sui giocatori che cambiano squadra per guadagnare di più? Perché non si lamentava più di dover tenere il braccio caldo nei momenti di pioggia e della qualità degli hot dog venduti allo stadio? Le nuvole si accumulavano nel cielo, ma Dan sembrava non interessarsene.

Matt scosse la testa. Il suo amico era innamorato e nulla sembrava importargli. Il ricevitore avrebbe voluto sentirsi come lui. Per la prima volta nella loro amicizia, Matt era geloso. Ma, tra due settimane, avrebbe trascorso il suo weekend con Dusty.

Era nervoso. Ogni settimana, la sua mente immaginava ciò che sarebbe successo. Per la prima volta, pensò di aver trovato la ragazza giusta, quella adatta a lui — quella su cui poteva contare, che non l'avrebbe mai abbandonato, che non l'avrebbe lasciato per sempre, che non sarebbe morta.

Con una rapida scossa, si tolse quei pensieri dalla testa e si concentrò sulla partita. I Nighthawks giocavano contro i Baltimore Badgers. Questo significava che quel coglione di Basil Carter sarebbe stato il quarto battitore. Dan odiava l'ex giocatore degli Hawks per aver cambiato squadra, accettando un'offerta migliore da parte dei Badgers quando era diventato un free agent.

Matt raggiunse il monte di lancio insieme a Dan. "Basil Carter è il quarto battitore," disse.

"Fanculo. Sarà facile eliminarlo," disse Dan, accarezzando la palla con la mano.

Matt spalancò gli occhi mentre guardava il suo amico. "Se lo dici tu."

"Fidati. Andiamo. Sembra che stia per piovere."

Di certo, le piogge d'aprile costrinsero gli uomini della manutenzione a precipitarsi in campo con un telone per coprire l'infield mentre i giocatori aspettavano in panchina. La tradizione della prima partita della stagione era che ognuno dei giocatori mettesse del denaro in un berretto per partecipare alla loro gara su "chi riuscisse a scovare la ragazza più sexy tra gli spalti". Persino Cal mise venti dollari. Essendo un uomo *quasi* sposato, Dan era riluttante a partecipare, ma i suoi compagni di squadra insisterono.

"Sembra che il vecchio campione stia per cedere la sua corona," disse Jake Lawrence.

"Hey, sono fidanzato. Non sono mica morto. I miei occhi funzionano ancora."

"Certo, ma solo per guardare l'ex ragazza degli hot dog," disse Matt.

"Sei solo geloso." Dan mise dieci dollari.

"Sembra anche che il nostro re degli strike out abbia finalmente trovato una ragazza," intervenne Skip Quincy.

"Quella Dusty," disse Nat.

"Vedremo," borbottò Matt, mettendo una banconota da dieci dollari.

La gara ebbe inizio. I giocatori cercarono di non farsi notare troppo. I binocoli non erano permessi. Una volta, Nat Owen si era fatto prestare il binocolo da teatro di sua sorella, ma i ragazzi l'avevano scoperto e l'avevano squalificato — nonostante avesse trovato la donna più sexy, sicuramente una quinta misura.

Skip guardò da una punta all'altra degli spalti, osservando attentamente, cercando di non farsi notare, ma invano. Nat lo seguì. Bobby scovò la vincitrice, nascosta sotto un ombrello. Non poteva vederla in viso, ma quello che riusciva a vedere era di prima scelta, tanto da fargli vincere la posta.

Dan continuava a guardare l'orologio, poi alzava lo sguardo al cielo.

"Che succede?" chiese Matt, sganciandosi i parastinchi.

"Volevo portare Holly a una cena speciale. Nello stesso posto dove siamo andati per il nostro primo appuntamento. Ma se questa maledetta pioggia non si ferma, perderemo la nostra prenotazione."

"Se non smette di piovere, ci perderemo tutti la cena."

La pioggia si trasformò in una leggera pioggerellina dopo venti minuti, poi finalmente si fermò. Venne fuori il sole, ma faceva freddo. La maggior parte dei ragazzi indossavano magliette a manica lunga sotto le loro uniformi. Il lanciatore ne indossava una quasi sempre per tenere caldi i muscoli delle braccia.

Di ritorno al campo, Basil Carter andò al piatto. Fece a Matt un mezzo sorriso e un cenno con la testa mentre prendeva posizione. Ora che erano rivali, dovevano anche essere nemici? Dan vide Carter serrare la mascella. Per un attimo, Matt si ricordò una sera in cui era andato a caccia di ragazze con Basil. Era stata una serata memorabile. Come poteva odiarlo?

Matt fece cenno a Dan di fare un tiro a effetto, ricordandosi che Carter non era riuscito a colpire quel tipo di lancio la stagione precedente. Dan annuì leggermente e si preparò per il suo tiro. Eliminò il battitore con tre tiri a effetto. Matt sorrise. Era utile ricordare chi riuscisse a colpire cosa. Faceva parte del suo lavoro ed era il migliore in questo.

I Nighthawks vinsero due a uno contro i Badgers. Dopo aver fatto una doccia ed essersi cambiato, Matt si fermò all'uscita per firmare qualche autografo e chiacchierare con i tifosi.

"Beh, ciao," disse una voce familiare.

Si voltò e vide Dusty dietro di sé.

"Non potevo perdermi la partita di apertura."

Matt la abbracciò e la salutò con un bacio. Alcuni dei suoi compagni di squadra e dei tifosi si misero a fischiare, ma li lasciò perdere. "Perché non mi hai detto che saresti venuta?"

"Volevo farti una sorpresa."

"Ci sei riuscita, piccola. Ci sei riuscita," disse, con un enorme sorriso sul volto. "Hey, hai da fare stasera?"

"No."

"Andiamo a cena. C'è un posto che frequentano i ragazzi che si chiama Freddie. Ti va bene?"

"Perfetto."

Matt parcheggiò l'auto e aprì la porta sul retro del ristorante.

"Beh, per quanto è vero che respiro e sono vivo. Non credo ai miei occhi. Matt Jackson con una bella ragazza?" disse Tommy, il nipote di Freddie e proprietario del bar e del ristorante.

"Chiudi la bocca, Tommy. Lei è con me. Si chiama Dusty."

"Cosa prendete?"

* * * *

Mentre sorseggiava il loro caffè dopo cena al tavolo nell'angolo, Matt le prese la mano.

"Vieni a casa con me," disse a voce bassa per farsi sentire soltanto da lei.

Lei annuì. Nicki l'aveva convinta ad andare a letto con lui prima del fatidico weekend. Si ricordò la loro conversazione.

"E se fosse un cazzone? E ho detto fosse, non avesse," disse la sua amica.

"Impossibile"

"Invece è possibile. Grande atleta, grande ego. Potrebbe essere un egoista."

"Matt? Ne dubito"

"Meglio se lo scopri subito. Se non lo è, meglio così. Il vostro weekend sarà ancora migliore."

"E se lo fosse?"

"Dipende da te."

"Dipende tutto da me, no?"

"Suppongo di sì. Ma va a letto con lui e fallo subito!"

Nicki aveva ragione. E lei voleva farlo, quindi perché aspettare?

Matt mise qualche banconota sul tavolo, salutò Tommy e le aprì lo sportello della macchina.

Il suo appartamento non era sfarzoso. Era in un palazzo di sette piani.

"Non è grande, ma è carino," disse, posando le chiavi su un tavolino del piccolo ingresso e appendendo la giacca di Dusty a un gancio dietro la porta. "Ti faccio vedere la casa."

Una camera da letto, una bella cucina, un salone spazioso, ma niente di più. Si aspettava qualcosa di più grande, dato il suo successo. Voleva chiederglielo, ma non voleva sembrare né una ficcanaso né una cacciatrice di dote, così non lo fece.

L'ampia camera da letto aveva un letto king size. Le sue guance arrossirono quando lo vide. La stanza era decorata di bianco e blu. In effetti, l'intero appartamento era bianco e blu. Turchese scuro sulle pareti del salone, un blu coloniale chiaro in camera da letto e un allegro verde acqua nel bagno. Immaginò che fosse il suo colore preferito.

L'appartamento era in ordine, i mobili sobri. L'unico indizio che l'appartamento appartenesse a una persona ricca era il televisore gigante. Per il resto, aveva uno stile confortevole ma poco costoso. Il divano componibile e il tavolino da caffè la invitarono a sedersi e ad alzare i piedi.

"Non è lussuosa," disse.

"A me piace. È accogliente," lo interruppe.

Lui sorrise. Lei si tuffò sul divano.

"Vuoi qualcosa da bere? Magari un po' di vino?"

"Giusto un bicchierino. Hai del vino rosso?"

"Ho tutto quello che vuoi, tesoro," disse, aprendo un ben fornito mobiletto dei liquori.

Oh, sì, hai proprio tutto quello che voglio. Decisamente.

Portò due bicchierini di vino rosso al tavolo e si sedette accanto a lei. "Ti va di guardare un film?" le chiese, asciugandosi un po' di sudore dalla fronte.

"Certo. Ma non un porno," disse, sollevando la mano.

"Non ti farei mai guardare un porno."

"Bene."

Bevvero in un silenzio imbarazzante.

"Quand'è stata l'ultima volta che hai portato qui una ragazza?"

Lui si guardò le mani. "È passato un bel po' di tempo."

"Come mai?"

"Diciamo che mi sono preso una pausa dalle donne per un po'."

"Per qualche motivo in particolare? Qualcuno ti ha spezzato il cuore?"

"Puoi dirlo forte."

Gli mise la mano sul braccio. "Mi dispiace molto."

"Non ne parliamo. Parliamo di noi," disse Matt, avvicinandosi a lei, poggiando il braccio sullo schienale del divano.

Dusty posò il suo bicchiere e si accoccolò sulla sua spalla. Nonostante fosse alto un metro e ottanta, c'era qualcosa di adorabile in Matt Jackson. Gli appoggiò la mano sul petto.

Aveva aspettato abbastanza. Pensò che, sollevando il mento, gli avrebbe dato via libera. Matt posò le labbra sulle sue. Fu un bacio appassionato, bramoso. Mise le braccia intorno a lei, stringendola a sé. Le accarezzò il bordo delle labbra con la lingua e lei aprì la bocca. Iniziò a baciarla in modo più intenso, esplorandola con la lingua, facendo aumentare il calore del suo corpo.

Nella sua testa, non vedeva l'ora che lui la toccasse. Va bene andare piano, ma nemmeno aspettare il prossimo millennio. I suoi capezzoli desideravano sentire le sue mani. Lei indossava una morbida camicia di cotone rosa abbottonata davanti con una scollatura profonda. Sperando che si desse una mossa, gli spinse il seno sul forte petto.

Come un fiammifero con la benzina, il ragazzo si accese. Le mise le dita sotto la camicetta, facendogliele scivolare sul petto. Lui fece un gemito. Dio, quanto lo voleva.

"Non posso più resistere. Così è troppo piano," disse, alzandosi. Poi, la prese tra le braccia e la portò in camera da letto.

Capitolo Sette

Il suo cazzo non era così duro da tanto tempo. All'insaputa dei suoi amici, Matt aveva avuto qualche storiella di una notte negli anni passati. Hey, anche lui aveva i suoi bisogni, come tutti gli altri uomini. Ma con Dusty era diverso. La adagiò sul letto. Lei aggiustò i suoi lunghi capelli e si sedette. I loro sguardi si incontrarono. Lei si avvicinò a lui. Quando le prese la mano, lei gliela trascinò in basso.

Non si ricordava l'ultima volta in cui una donna l'aveva guardato con gli occhi pieni di desiderio. Si sentiva ribollire il sangue, così guardò il termostato. No, non c'erano tranta gradi nella stanza.

"Sei così bella," le disse, sbottonandole la camicetta.

Lei gli tirò fuori la camicia dai pantaloni, poi mise le dita sotto la stoffa. Trasalì per un attimo al tocco delicato delle sue dita sulla pelle nuda. Lei gli lanciò un'occhiata confusa.

"Soffro il solletico," disse, riconcentrandosi sulla sua camicetta. Quando finì di sbottonarla, lei se la tolse. Il suo seno seducente era sorretto da un reggiseno di pizzo bianco a scollo profondo. Si sentì l'acquolina in bocca mentre lo guardava.

Lei cercò i suoi occhi con lo sguardo. "Devo toglierlo o vuoi farlo tu?"

"Voglio farlo io." Si tolse la camicia dalla testa e la lanciò su una sedia, poi la raggiunse a letto. Lei spalancò gli occhi mentre lo guardava.

Sebbene non fosse alto come Dan o abbronzato come Jake, Matt era orgoglioso del suo corpo forte e slanciato, soprattutto delle sue braccia, muscolose e potenti. Tutti i ricevitori dovevano avere braccia forti, e lui si era allenato molto per ottenerle.

Le guance di Dusty arrossirono leggermente. Lui sentì una sensazione di orgoglio crescergli nel petto.

"Ora tocca a te," disse, mettendosi dietro di lei per sganciarle il reggiseno. Aveva un buon odore, di miele mescolato a un tocco di lavanda. Abbassò la testa per baciarle il collo. Tirando fuori la lingua, iniziò ad assaggiarla. Era deliziosa come il suo profumo. Con un movimento veloce, sganciò la barriera che gli impediva la vista e si sedette per vederla cadere.

Erano lì, solo per lui, belle come la prima volta che aveva messo gli occhi su di loro. Ora, poteva anche toccarle. Sorrise. "Bellissime." Mise le mani sulla sua soffice pelle. Dusty si sporse in avanti, afferrando le spalle di Matt.

Lui la baciò, prendendosi il suo tempo, esplorandola con la lingua. Poi, lasciò scivolare le labbra sulla sua mascella, poi sul collo e sempre più giù, fino ad assaporare il frutto proibito. Aspettava da tanto tempo di spogliarla.

Mentre le baciava il seno e le mordicchiava i capezzoli, lei gli aprì il bottone dei jeans e abbassò la cerniera. Lui sollevò la testa per riprendere la sua bocca. Lei gli mise le mani intorno alla vita e lo abbracciò. Matt si lasciò scivolare i jeans sui fianchi, poi sulle ginocchia. La sua erezione premeva sui suoi boxer.

"Ora tu," ansimò.

Lei si sbottonò i jeans, poi si tirò su per lasciarli scivolare e toglierseli. Indossava un paio di mutandine bianche di pizzo abbinate il reggiseno. Lui fece un gemito, con lo sguardo incollato alle sue mutandine.

"Togli anche quelle."

"Prima tu," disse, con un luccichio negli occhi.

Lui sorrise e si tolse i boxer, rivelando la sua asta dura.

"Wow," si lasciò scappare lei. Lei gli strinse le dita intorno.

"No, no. Toglile da lì," disse, spostandole la mano e tirandole giù le mutandine. Mentre lei se le toglieva, le chiese, "Sei protetta?"

"No. È passato tanto tempo. Intendo dire, non prendo la pillola, perché non ho una relazione. Non sono il tipo che passa da un letto all'altro." Evitò il suo sguardo mentre le sue guance arrossivano.

"Capisco. Tutto ok, piccola. Nessun problema. Ci penso io." Le prese la mano e se la avvicinò alle labbra. Poi, aprì il comodino e prese un preservativo.

Lei lo guardò, poi guardò lui. "Li compri a dozzine?"

Lui scoppiò a ridere. "Stai scherzando?"

Lei scosse la testa. "Pensavo che tutti gli atleti professionisti facessero molto sesso. Con tante donne."

"Non io," disse lui, guardandole le cosce. "Sono molto esigente." Le strinse le dita intorno alla gamba e la avvicinò a sé.

"Mi piace questo," sussurrò lei, facendo scorrere le dita tra i pochi peli scuri sul suo petto.

Lui le mise la mano sul seno poi avanzò lentamente verso il basso, apprezzando la morbidezza della sua pelle setosa. Si mise in ginocchio, la baciò, poi seguì la mano con le labbra. Si fermò sul suo seno, prendendo in bocca un capezzolo. Si sentiva sopraffatto dal bisogno di assaggiarla. Le accarezzò con la lingua il capezzolo duro, assaporando la sensazione della sua eccitazione e il suo dolce sapore. Lei gli passò le mani tra i capelli mentre lui si concentrava su un capezzolo, poi sull'altro.

Lui sollevò la testa, poi la guardò negli occhi. Lei stava quasi ansimando. Mise il viso tra i suoi seni, poi scese più in basso. Quando arrivò ai fianchi, le afferrò il sedere prima di stringerle le cosce.

"Bello!" disse lui, col viso ancora immerso nel suo addome. Girando la mano, le accarezzò il sesso col pollice. Lei iniziò a fremere.

"Ancora," sussurrò. Lui sollevò di nuovo la testa, cercandola con lo sguardo. I suoi occhi azzurri erano offuscati dal desiderio. Lei lasciò scivolare le mani sul suo petto, poi sul suo sedere, tirandolo verso di sé. Matt sentiva aumentare la pressione nel suo inguine. Il suo tocco lo faceva scaldare. Si chinò per assaggiare il suo sesso con la lingua. Era dolce. Doveva averla. Le toccò il sesso con la mano, poi vi lasciò scivolare le dita in mezzo. Mise dentro un dito, poi un altro. Era bagnata e le sue dita scivolarono facilmente dentro di lei.

"Sei pronta?" le chiese, facendo entrare ed uscire le dita.

Lei annuì, mordicchiandosi il labbro inferiore mentre muoveva i fianchi al suo ritmo. Lui aprì il preservativo e lo srotolò sul suo cazzo in erezione. Lei si tirò su e lo baciò, prendendogli la bocca, premendo il seno sui suoi pettorali. Lui le mise una mano sulla schiena per avvicinarla a sé. Con l'altra mano, le aprì le gambe e si mise in ginocchio.

Si bagnò con i suoi fluidi, poi scivolò dentro di lei. Lei ebbe un sussulto.

"È da tanto tempo, eh?" La cercò con lo sguardo.

"Oh, sì. Non fermarti."

Lui sorrise, continuando a spingere.

Lei fece un leggero sussurro, distesa sulla schiena, con gli occhi chiusi. Le avvicinò la fronte al petto e fece un profondo respiro. Settimana dopo settimana, aveva sognato questo momento. E ora che era lì, riusciva a malapena a credere che fosse vero. Aveva bisogno di assaporarlo. Alzandosi sulle ginocchia, le afferrò i fianchi, la tirò verso di sé, poi si fermò. Sentì un brivido attraversare il suo corpo.

"Piccola, piccola.

Quando aprì gli occhi, lei lo stava fissando, con gli occhi luccicanti di puro desiderio. Ogni nervo del suo corpo era teso e aveva la fronte e il petto sudati. La passione gli scorreva nelle vene. Muovendosi dentro e fuori di lei, non sapeva quanto avrebbe potuto resistere. E l'espressione sul suo viso lo faceva impazzire. Si avvicinò per accarezzarla.

Lei sollevò il mento e le sue gambe tremarono per un attimo.

"Oh, mio Dio! Matt!" urlò lei. I suoi fianchi ondeggiarono, assumendo il controllo delle sue mani, le sue ginocchia lo stringevano e i suoi occhi erano chiusi.

Il suo orgasmo lo mandò al settimo cielo. Sentì stringersi le palle mentre il calore gli attraversava tutto il corpo. Mise il viso tra i suoi seni, gemendo mentre veniva intensamente. Non si ricordava di essersi mai sentito così travolto da una donna. Aveva perso il controllo e aveva lasciato spazio al puro piacere in ogni punto del suo corpo. Alla fine, emise un forte gemito e la sua fronte iniziò a sudare.

Rendendosi conto di essere troppo pesante per rimanere a lungo su di lei, si sollevò. Il suo viso aveva assunto la più bella sfumatura di rosa che avesse mai visto. Il desiderio nei suoi occhi aveva ceduto il posto a un'espressione gentile e amorevole. Gli si sciolse il cuore. Le baciò la punta del naso, poi strofinò le labbra sulle sue.

"È stato meraviglioso," disse.

Lei gli sorrise, soddisfatta.

"Stai bene?" le chiese.

"Oh, cavolo, sì. Sei fantastico," rispose.

Sentendo che le era piaciuto, il suo cuore si riempì di gioia. Matt si alzò e andò in bagno per buttare il preservativo. Quando tornò, lei era seduta sul bordo del letto, intenta a mettersi le mutandine.

"Che stai facendo?"

"Mi sto vestendo."

"Perché?"

"E ora che io vada," disse.

"Dove?"

"A casa."

"Perché?"

"Forse perché vivo lì?"

"Resta. Per favore, resta. La partita domani è soltanto all'una. Non devo essere lì prima delle dieci. Resta questa notte." Le spostò i setosi capelli dal viso con le dita. Non sarebbe stata una storia di una notte. Per nessun motivo al mondo.

"Ok," disse lei, sbattendo rapidamente le palpebre e allontanandosi da lui.

Le accarezzò la guancia. "Cosa c'è che non va?"

"Non hai detto niente prima. Ho immaginato che volessi che io andassi via. Io non volevo, ma non so cosa fai di solito. Voglio dire, tu sei un atleta professionista. Probabilmente vai a letto con tantissime donne, e io non faccio molto spesso questo genere di cose, quindi non conosco la procedura. E non volevo trattenermi, perché se non mi avessi voluta qui —" Lei interruppe la sua raffica di parole, fece un profondo respiro e si coprì il viso con la mano.

"Oh, tesoro. No. Non dire così. Certo che voglio che resti," disse lui, stendendosi sul letto accanto a lei, abbracciandola. Quando lei gli mise la faccia sulla spalla nuda, lui sentì qualcosa di umido. *Merda! Sta piangendo.*

Lei tremava tra le sue braccia. La ragazza grande e grossa del baseball era crollata. Lui non se lo sarebbe mai aspettato e non aveva idea di cosa fare. La sua dichiarazione strappalacrime gli toccò le corde del cuore.

"Io non sono così, Dusty. Davvero."

Il corpo di lei si calmò. Sentire un'altra volta il suo seno sulla pelle riaccese il desiderio di Matt.

"Non lo pensavo. Ma non ero certa, e non volevo starti tra i piedi né essere insistente o niente del genere."

"Tranquilla, tranquilla. Vieni qui." Si distese sul letto, facendole cenno di raggiungerlo.

Lui aprì le braccia e lei si rannicchiò sul suo petto. Matt tirò su le coperte e le accarezzò i capelli. Cercò di allontanare i pensieri della minaccia che lei rappresentava per il suo cuore da duro. Era lì, calda, vogliosa e dolce. Aveva bisogno di lei. Quella notte, Matt avrebbe ceduto, avrebbe avuto ciò che voleva, senza negarsi.

Lui sorrise. Lei gli mise la mano sul petto, vi poggiò sopra la guancia e chiuse gli occhi. Il suo respiro ritmico e irregolare lo calmò, facendogli sentire le palpebre pesanti.

"Dormi?" sussurrò lui.

"Quasi."

"Oh. Bene. Buona notte, piccola."

"Buona notte." E, con un sospiro, si addormentò. Lui la seguì poco dopo.

* * * *

Dusty aprì gli occhi alle sei e mezza, come ogni giorno. Sentiva un peso intorno alla vita, e un leggero russare proveniva dal corpo accanto a lei. Lei era a pancia in giù e dava le spalle a Matt. Temeva di disturbarlo girandosi. La assecondò voltandosi, spostando il suo braccio e dandole spazio. Lei si mise sul fianco sinistro e osservò la sua schiena nuda.

Le sue spalle erano forti, i bicipiti imponenti. La parte superiore del suo corpo doveva essere molto forte per fare il ricevitore. Gliel'aveva raccontato in Florida. Un ricevitore ha bisogno di molta forza, flessibilità e agilità per accovacciarsi e lanciare. Lei non ci aveva mai pensato, ma doveva fare così per ogni lancio. Il ricevitore lancia la palla più spesso del lanciatore, più spesso di qualunque altro giocatore, in ogni partita.

Osservando il suo corpo, soffermandosi sul suo sedere che le faceva venire voglia di stringerlo, si fermò alle sue cosce. I suoi muscoli si mossero sotto le lenzuola mentre si spostava. Si distese sulla schiena, guardando la stanza. Il blu scuro delle pareti la calmava. Tra le due finestre, vi era un alto cassettone. I vestiti che si erano tolti trascinati dalla passione della sera prima erano caduti distrattamente su una sedia nell'angolo o sul pavimento.

Dusty ricordò la loro notte di fuoco. Non sapeva cosa aspettarsi dal ricevitore, ma lui si era dimostrato un amante energico e altruista. Sentì una fitta chiudendo le gambe. Forse a causa del bis che avevano fatto alle quattro del mattino. Matt sembrava insaziabile e lei non voleva certo perdere l'occasione di fare l'amore con lui.

Si sedette sul letto e gli guardò il viso, così innocente mentre dormiva. Intravide il bambino che era stato una volta, nascosto nell'anima dell'uomo che era diventato.

"Oh, piccola," sussurrò lui, spostandosi sull'altro fianco, mettendole il braccio intorno alla vita e tirandola verso di sé.

Dusty lo lasciò appoggiarsi sul suo seno. Il suo calore la avvolgeva come un morbido lenzuolo di flanella, allontanando il leggero fresco della sua pelle nuda. Le mise la mano sulla schiena, facendola raggomitolare, poi le diede un bacio sulla testa. Doveva ammettere che Matt si stava comportando bene *il giorno dopo*, come aveva fatto durante la loro notte d'amore.

Tirò su il lenzuolo. "Abbiamo tempo. Dormiamo ancora un po'."

Dusty cercò di restare sveglia, ma inutilmente. Il suo abbraccio era molto rasserenante.

Quando si risvegliò, erano le otto. Si sedette sul letto, si stiracchiò e sbadigliò. Era solo l'inizio di aprile e faceva ancora troppo freddo per dormire nudi. Si alzò dal letto. Andò in bagno, dove era appeso l'accappatoio di Matt, si lavò e si mise addosso il suo enorme maglione.

Matt grugnì, ma non si svegliò.

È lui che ha una partita oggi, non io. Andò in cucina. Nel frigorifero non c'era molto cibo, ma in compenso c'era molta birra. Riuscì a trovare le uova e il pane. Dopo aver apparecchiato la tavola, mise del burro in una padella e chiamò Matt.

"Hey, dormiglione. È ora di alzarsi."

Non sentendo nessuna risposta, andò in camera da letto. Quando si abbassò per scuoterlo, le afferrò saldamente il polso e la strattonò sul letto. Lei urlò. Lui le strinse le braccia intorno, poi la riempì di baci. Lei cercò di allontanarsi, sorridendo tutto il tempo, ma lui la tenne stretta e continuò a rotolarsi con lei sul materasso, fino a quando raggiunsero il bordo del letto, fermandosi appena prima di cadere per terra.

Quando la lasciò andare, lei si mise sopra di lui. Aprì le gambe, stringendo le cosce di Matt tra le sue ginocchia. Poi si sollevò, sorreggendosi sulle sue spalle. Lui rise insieme a lei. Gli diede scherzosamente una pacca sugli addominali prima di abbassarsi a baciarlo.

"Sei un bambino cattivo, molto cattivo," sospirò lei, sorridendo.

"Oh, tesoro. Sei fantastica," disse, quando lei si sollevò.

"Vieni. La colazione è quasi pronta." Lei si alzò e andò in cucina.

Ruppe le uova e le aggiunse nella padella con burro fuso, che si stava rosolando. Lui andò dietro di lei, mettendole le braccia intorno ai fianchi e baciandole il collo.

"Sei tu l'unica colazione che voglio," le sussurrò all'orecchio.

Lei sorrise. "Certo! Prova a dirlo a Cal Crawley quando devi giocare."

Lui scoppiò a ridere, e si allontanò a prendere i piatti dentro l'armadietto.

Lei lo seguì con lo sguardo. "Come mai hai solo due piatti?"

"Non mangio mai a casa. Non cucino. Tengo soltanto uova, latte e le cose essenziali."

"In caso di emergenza?"

"Sì, nel caso in cui una ragazza carina come te si fermi qui a fare colazione," disse, mordicchiandole l'orecchio.

"Sei fortunato che io sappia cucinare le uova."

"Pensavo che le ragazze nascessero sapendo già cucinare. Il loro posto non è in cucina?"

Lei si voltò e alzò la mano, ma lui la bloccò con la sua. Aggrottò la fronte quando vide il luccichio nei suoi occhi.

"Stavo quasi per lanciarti la padella."

"Non pensavi che dicessi sul serio, vero?"

"Non si sa mai con un maschilista."

"Hey! Pensavo che avessi capito che non sono maschilista. Stavo solo scherzando."

Lei gli sorrise. "Capito!"

Lui sollevò le sopracciglia e si avvicinò a lei, ma lei schizzò via e corse dall'altra parte della stanza. Il tavolo era rotondo e, per quanto ci provasse, non riuscì a prenderla. Sorridendo, si lasciò inseguire, per poi finire sul letto. Dopo un secondo fu sopra di lei, a farle il solletico. Urlò dalla gioia, ridendo fino alle lacrime.

"Così impari," disse lui, piegando le dita intorno ai suoi fianchi e abbassandosi per baciarla.

"Le uova. Le uova!" Scattò su in un lampo e corse in cucina. Spense il fuoco e tolse la padella. "Pfff. Appena in tempo. Spero che ti piacciano un po' bruciacchiate."

"Mi piacciono in qualunque modo tu le faccia, piccola."

Gli mise cinque uova nel piatto, poi prese il pane nel tostapane.

Matt preparò il caffè prima di sedersi a mangiare. Poi, si vestirono ed entrarono in macchina per andare alla partita, fermandosi prima alla biglietteria.

"Hey, Matt, come va?" gli chiese l'uomo dietro il bancone.

"Bene, Bert. E tu?"

"Non mi lamento. Cosa ti serve?"

"Un biglietto per la partita di oggi."

"Nel settore dei giocatori?"

Matt annuì. Diede il biglietto a Dusty.

"Grazie. Prenderò un hot dog."

"Non farlo. Non mangiare quelle schifezze. Forza. Sono certo che potrai mangiare con noi." Le tirò il braccio.

"Non dovrei. Non faccio parte della squadra."

"Sei la nostra mascotte, la cheerleader."

Lei scosse la testa, ma riuscì a trascinarla verso la porta.

Cal Crawley uscì. "Hey, Dusty. Come stai? Sei qui per veder giocare Matt?"

Lei annuì. "Lieta di incontrarla, signor Crawley."

"Cal. Tutti mi chiamano Cal."

"Può pranzare con noi, coach?"

"Certamente," disse il manager, tenendo aperta la porta.

"Dopotutto, anche tu sei una professionista," disse Matt.

Dusty gli prese la mano, intimidita.

* * * *

Gli interni salutarono Dusty e lanciarono delle occhiate incuriosite a Matt. Lei sorrise vedendolo arrossire. Quando si rese conto che i suoi compagni di squadra avevano capito che aveva passato la notte con Matt, anche lei si sentì imbarazzata.

Mentre Cal discuteva la strategia con la squadra mangiando hamburger e pasta, lei mangiò in silenzio, ascoltando il suo discorso di incoraggiamento. Avrebbe voluto che anche il suo coach fosse così positivo e incoraggiante. I Nighthawks avrebbero giocato contro i Philly Bucks, una squadra molto forte.

Dusty pulì il suo posto, strinse la mano di Matt e raggiunse la porta. Mentre le sue dita toccavano la maniglia, lui la raggiunse alle spalle.

"Vieni a casa mia anche stasera?"

Lei si voltò. "Stasera?"

"Sì. Potremmo prendere qualcosa da mangiare, magari anche un film. Puoi restare a dormire. E...beh, lo sai."

"Sì, lo so." sorrise. "Certo. Perché no? Gli allenamenti sono solo domani pomeriggio."

"Abbiamo una partita serale. Però potrei venire a guardarti per un'oretta."

"Sarebbe stupendo."

Lui annuì e la baciò rapidamente.

"Buona fortuna."

"Vinceremo. I Philly sono forti, ma noi siamo più forti." E, con quelle parole, Matt si voltò e raggiunse la squadra di corsa.

Dusty si sedette. Una ragazza carina si sedette due posti dopo di lei.

"Esci con qualcuno della squadra?" le chiese.

"In un certo senso. Sì, credo di sì. Dusty Carmichael," disse, porgendole la mano.

"Holly Merrill. La fidanzata di Dan Alexander."

"Oh, wow! Ragazza fortunata."

La biondina sorrise. "Sì, lo sono."

"Lo è anche lui," disse Dusty, osservando la sua nuova conoscenza.

"Grazie. Con chi esci?"

"Matt Jackson."

"Matt? Stai scherzando? Matt, veramente?" Holly spalancò la bocca.

"Sì. Cosa c'è di strano?"

"Solo che è il più imbranato con le donne di tutta la squadra."

Dusty scoppiò a ridere. "Capisco come mai abbia questa reputazione. È un vero tesoro."

"È il migliore amico di Dan."

"Davvero?"

Prima che potessero continuare, iniziarono a suonare l'inno nazionale e tutti si alzarono in piedi.

Dan Alexander raggiunse il monte di lancio. Si riscaldò facendo qualche lancio a Matt prima che il primo battitore dei Bucks raggiungesse il box. Dusty vide le labbra del ragazzo muoversi mentre guardava Matt. Non riusciva a vedere la bocca di Matt, perché la maschera glielo impediva. Matt annuì, poi si accovacciò. Le dita gli sparirono tra le gambe mentre faceva dei segnali a Dan.

Ecco lo swing e il lancio — uno strike!

Holly urlò, "Forza, Dan!" poi si coprì la bocca con la mano.

"Hey, è giusto fare il tifo per il tuo ragazzo."

"Qualche volta mi lascio trasportare. Dan dice che se fa uno strike al primo lancio, la partita andrà bene."

Dusty era concentrata su Matt. Lo guardava accovacciarsi, lasciar scivolare la mano tra le gambe per fare segnali al lanciatore e poi mettersi in posizione. Continuamente, si alzava, si abbassava, lanciava, quasi costantemente in movimento.

Dan annuiva o scuoteva la testa dopo che Matt gli faceva il segnale sul lancio che voleva. Il primo battitore fu eliminato. Matt fece un balzo e lanciò la palla in prima base. Ogni interno lanciava la palla al prossimo della fila, finché il terzo difensore la rilanciava a Matt.

Dopo due lanci fuori dall'area, Matt raggiunse il monte di lancio. Lui e Dan si avvicinarono. Anche se il Jumbotron li stava riprendendo, Matt si nascose la bocca dietro il guanto, in modo che nessuno potesse leggergli le labbra.

"Frequenti Matt da molto tempo?" chiese Holly, chiamando il ragazzo degli hot dog.

"No. Non da molto. Solo un paio di settimane."

"Come vi siete conosciuti?"

"Abbiamo fatto insieme un campo sportivo per bambini in Florida."

"Oh, no!"

"Cosa?" chiese Dusty, vedendo le guance di Holly arrossire.

"Quindi tu sei QUELLA Dusty? Quella dello spogliatoio?"

Ora fu Dusty ad arrossire. "Non so di cosa parli," mentì.

"Mi dispiace. Mi sarò sbagliata. Sembra che Matt si sia imbattuto in una ragazza che si cambiava nello spogliatoio e che si sia preso una brutta occhiataccia."

"Sì, ero io. Come fai a saperlo?"

Holly si sedette al suo posto, poi evitò di rispondere ordinando un hot dog per sé e uno anche per Dusty.

"No, grazie. Allora, dimmi. Lo sa tutta la squadra?"

"Temo proprio di sì. Queste notizie si diffondono presto."

"Maledetti coglioni," borbotto Dusty tra sé e sé.

"Gli uomini sono più pettegoli delle donne. E quando succede qualcosa di piccante come questo... Mi dispiace. Non intendevo dire..."

"Sì, invece. E sì, era piccante, no?" Sentì la rabbia ribollire dentro di lei.

Holly mise la mano sul braccio di Dusty. "Per favore, non arrabbiarti con me. Avrei dovuto tenere la bocca chiusa."

"Forse avresti dovuto, ma non avrebbe comunque impedito loro di parlare, diffondendo questa storia." Dusty si alzò in piedi. "Ora devo andare. Ho gli allenamenti."

"Per favore, non andartene a causa mia. È colpa mia. Se non avessi aperto la mia boccaccia, non ti sentiresti così adesso."

"Non è colpa tua se l'hanno detto a tutti."

"No. Comunque è passato. Lascia perdere. Ovviamente, c'era qualcosa in te. Voglio dire, Matt si è innamorato immediatamente di te," disse Holly, tirando la manica di Dusty.

"Sì, giusto. È il modo migliore per attirare l'attenzione di un ragazzo — sbattergli le tette in faccia la prima volta che lo incontri," rispose Dusty.

Nonostante si coprisse la bocca con la mano, Holly non riuscì ad evitare di sorridere.

Dusty si fermò e si sedette al suo posto.

"Però ha funzionato," disse Holly, sorridendo.

"Immagino di sì," rispose Dusty, mettendosi a ridere insieme alla sua nuova amica.

Capitolo Otto

Matt controllò il cerchio di attesa. Era quasi certo che, in equilibrio su un ginocchio, ci fosse quel coglione di Marty Callahan. Il ricevitore dei Bucks era un tipo muscoloso che deteneva anche il record dei punti battuti a casa. Il manager dei Philly l'aveva spostato in quarta posizione. Con un uomo in prima base per una papera, quei Bucks erano una minaccia.

Jackson si ricordò che a Cally piacevano i lanci bassi ed esterni. Gli piaceva anche essere chiamato "Marty" e odiava il soprannome "Cally." *Sembra un nome da donna*, aveva detto una sera il colosso a Matt da Freddie. Gli Hawks avevano permesso ad alcuni giocatori dei Bucks di raggiungerli nel loro locale preferito dopo una partita. I Nighthawks avevano vinto, quindi erano in vena di generosità. Dan Alexander, il lanciatore vincente, aveva anche offerto un giro di birra ai Philly.

Quella sera Matt si era inventato quell'odioso soprannome. Jake Lawrence lo chiamava "Smarty Marty," *(*) n.d.t* che al battitore non dispiaceva. Alle sue spalle, lo chiamavano "Farty Marty," ma non avevano il coraggio di dirglielo in faccia.

A dire la verità, Jackson era impressionato da un ricevitore che batteva per quarto. Non succedeva spesso. Matt era il quinto nella formazione, una posizione piuttosto frequente per i ricevitori. Era in quella posizione che Elston Howard degli Yankees aveva battuto per tanti anni.

Quando Callahan si avvicinò, Matt disse, "Hey, Cally. Come va?"

Il battitore fece una smorfia e lanciò un'occhiataccia al ricevitore.

"Niente da fare," disse l'arbitro. "Giocate."

Marty si mise la mazza sulla spalla. Matt mimò un tiro veloce, all'interno.

"Non è divertente, Jackson," borbottò il giocatore dei Bucks.

"Chi, io?" disse Matt, nascondendo un gestaccio con il guanto alla vista del suo avversario. Dan fece un tiro veloce esattamente dove Matt lo voleva. Callahan si lanciò per prenderlo, nonostante fosse fuori dalla sua zona sicura. L'arbitro gridò, "Strike!"

Matt ridacchiò dietro la maschera e fece segno a Dan di rifare la stessa cosa. Ancora una volta, il lanciatore colpì la palla perfettamente. "Strike!" urlò l'arbitro.

(*) n.d.t Smarty Marty, ovvero Marty il Furbo, in contrapposizione all'altro soprannome, Farty Marty, ovvero Marty lo scoreggione.

Il viso di Marty Callahan iniziò a sudare. Si asciugò con la manica. Matt riusciva a malapena a contenersi. Stavolta, fece cenno a Dan di fare una palla curva per colpire l'angolo inferiore interno. Dan annuì e lanciò la palla.

Marty fece un ampio swing e colpì la palla, che volò alla velocità della luce proprio nel guanto di Matt. La afferrò, poi inseguì il battitore. Marty seminò il ricevitore e gli lanciò un'occhiataccia prima di piegare la testa e di imprecare qualcosa mentre lasciava il box. Era andata. Il giocatore in prima base non era ancora riuscito a rubare nessuna base.

Matt raggiunse il monte di lancio. "Bel lavoro con Farty," disse.

Dan sorrise.

"A Joe Monk piace alta ed esterna. Gli piace colpire le palle singole. Se quello stronzo rubasse la seconda base, potrebbe essere un problema."

"Qual è il piano?"

"Devi tenerlo d'occhio. Se si allontana, ti mostro il pugno. Se si appoggia, alzo il guanto." Matt doveva tenerlo in prima base perché Dan era un lanciatore destrimano e non poteva guardare facilmente il corridore.

"Ok,"disse Dan.

"Perfetto."

Matt doveva tenere d'occhio il giocatore veloce in prima base, oltre ai lanci di Dan. Si accovacciò, facendo a Dan il segnale di una palla curva alta interna. Poi, guardò la prima base. Il giocatore che era lì si spostò lateralmente, avvicinandosi in seconda base, aumentando il suo vantaggio. Matt guardò il primo difensore, Nat Owen.

Il giocatore dei Bucks, piuttosto lontano dal sacco, si spostò verso la seconda base. Ora gli Hawks avevano la possibilità di eliminarlo. Il ricevitore guardò Dan negli occhi e sollevò il guanto. Il lanciatore roteò e lanciò la palla a Owen in prima base.

Il giocatore dei Bucks cercò di raggiungere la base, ma stare in direzione opposta non gli permetteva di stare in equilibrio, così il lancio veloce di Dan lo eliminò. Il corridore fu chiamato "fuori," e Matt sorrise. Due eliminati.

Fece cenno al lanciatore di fare un tiro basso e interno, ma Dan sbagliò, mandando una palla nella zona del battitore. La colpì forte e iniziò a correre. La palla raggiunse la pista di avvertimento, dove Chet Candelaria fece un salto e afferrò la palla con il guanto. La folla impazzì. La parte alta del quinto inning era finita e il punteggio era ancora zero a zero.

Matt non sarebbe andato alla battuta nella parte bassa dell'inning, così non si tolse la sua attrezzatura. Si sedette in panchina, aprì una bottiglia d'acqua e poi la trangugiò. Non sarebbe stato facile battere i Bucks ed era compito suo indirizzare Dan Alexander e accertarsi che i battitori non avessero nessuna palla buona da colpire. Fin qui tutto bene.

Ma gli altri Nighthawks non stavano facendo molto per aiutarlo. Avevano fatto due battute e niente corse. Dan era il primo battitore. Senza nessuno in base, un bunt non sarebbe stata una buona idea.

"Vado io," disse a Matt prima di dirigersi in casa base.

"Aspetto il tuo lancio," disse Matt, lasciandosi cadere sulla panchina.

Dan si mise la mazza sulla spalla e affrontò il lanciatore. Matt trattenne il respiro. Lui e Dan si erano esercitati alla battuta nell'ultimo mese. Sperava che il suo amico sarebbe riuscito a raggiungere la casa base. Matt incrociò le dita.

La palla passò e l'arbitro gridò "Punto!" Dan si sentì incoraggiato. Matt sussurrò tra sé, "Questa devi prenderla, amico."

Come se Dan riuscisse a sentirlo, il battitore prese il prossimo lancio, che era anche pessimo, facendo il secondo punto. La tensione crebbe fino a quando Matt la sentì arrivare in panchina. Il terzo lancio fu uno strike. Quarta base, uno swing e uno strike mancato.

Matt sapeva che il lanciatore dei Bucks si sarebbe stancato. Credeva che Dan avrebbe inseguito quei tiri di merda, quindi perché preoccuparsi di mirare in zona strike. La palla volò alta e ampia. L'incubo del lanciatore, conto pieno sul lanciatore avversario. Un lancio sbagliato, e avrebbe fatto raggiungere la base al battitore più debole della squadra.

Jackson vide il lanciatore dei Bucks asciugarsi il viso con la manica. Matt sorrise. Dan aveva giocato in modo perfetto e il giocatore sul monte di lancio era nervoso. Le cose erano cambiate nel baseball. Adesso c'erano alcuni lanciatori bravi a battere. Il tipo sul monte di lancio non sapeva se Dan fosse uno di loro. I Bucks dovevano correre il rischio su quel lancio.

Dan era tranquillo. Non si doveva nemmeno preoccupare dello swing. A meno che il lancio si fosse rivelato un'offerta che non poteva rifiutare. Matt gli aveva spiegato che alcuni lanciatori danno il meglio sotto pressione, ma sicuramente non la maggior parte. Così, Dan

Alexander prese la mazza e pregò che il lanciatore sbagliasse il suo lancio.

Era il momento di eliminare il quarto! Dan lasciò cadere la mazza e raggiunse la prima base, sorridendo come una iena. Matt applaudì e fischio al suo amico. Il volto di Cal Crawley si oscurò e la sua fronte si aggrottò. Matt guardò il manager e percepì la sua preoccupazione.

Ora, Dan, il miglior lanciatore dei Nighthawks, avrebbe raggiunto di corsa le basi. Poteva succedergli qualunque cosa lì. Poteva essere colpito da una palla, farsi male scivolando, cadere o scontrarsi con un difensore. Crawley tirò fuori un altro chewing gum e iniziò a masticare nervosamente.

Il manager doveva prendere una decisione immediata — se far entrare in gioco un corridore di rimpiazzo, facendo uscire Dan, o se lasciare Alexander in campo e sperare per il meglio. Matt sapeva che i Bucks erano molto forti. Se Crawley avesse fatto uscire Dan, i Bucks avrebbero avuto più possibilità di fare punto. Cal doveva lasciare il lanciatore in campo se voleva vincere.

Quando giocava nella minor league, Matt si chiedeva perchè ogni partita sembrava così importante per il suo manager. Dopo tutto, avevano giocato più di centosessanta partite. Così, l'aveva chiesto a Cal.

"Se non ti importa nulla di una partita, diventa troppo facile. Troppo facile dire che è solo una partita. E, prima che tu te ne accorga, lo dici il venti, il trenta, il quaranta per cento delle volte. E così che si finisce in cantina. Se vuoi andare ai playoff ed entrare nella World Series, devi giocare ogni partita come se fosse la partita più importante dell'anno."

Matt capì che la loro migliore possibilità di vincere era che Dan Alexander restasse in campo. Chiaramente, Cal continuò a masticare la sua gomma, ma non raggiunse mai la prima base per sostituire il lanciatore con un corridore di rimpiazzo. I membri della squadra si scambiarono delle occhiate. Bobby Hernandez mormorò una breve preghiera.

Nat Owen, il primo difensore, raggiunse il piatto. Nat era un giocatore che batteva molte palle a terra. Poteva ritenersi fortunato a fare una mezza dozzina di homerun in una stagione. Ma era bravo ad andare in base. I Nighthawks lo chiamavano il "Re della Prima Base," e non solo perché la occupava, ma anche perché faceva molti più singoli di ogni altro giocatore della squadra.

Dan ottenne un piccolo vantaggio. Matt sperò che il suo amico fosse abbastanza furbo da non cercare di fare nulla di stupido, come rubare la seconda base. Il lanciatore dei Bucks era mancino, quindi poteva tenere d'occhio Dan. Anche se non lo fosse stato, sarebbe stata una mossa stupida che avrebbe potuto mettere a repentaglio la sua carriera.

Matt vide Nat stringere gli occhi. Gli sguardi di tutta la squadra erano puntati sul box del battitore.

"Primo strike!" gridò l'arbitro.

Matt vide Nat serrare la mascella. "Porca miseria! Vuole fare un fuoricampo," disse a Skip Quincy, seduto accanto a lui.

"Cavolo, sarebbe anche l'ora che lo facesse comunque, no?"

"Già da tre anni," rispose Matt.

I ragazzi rimasero in silenzio durante il lancio della palla. Nat agitò la mazza e colpì forte. *Crack!* La palla si alzò in volo. Andò sempre più in alto, sopra le teste degli interni. Dan non sapeva cosa fare. Cal urlò, "Corri, Dan! Corri!"

La palla iniziò a precipitare. L'esterno centro iniziò a correre velocissimo, riuscendo quasi a prenderla, ma era ancora troppo alta. Saltò in alto, ma la palla passò oltre e raggiunse gli spalti. Un fuoricampo da due punti per Nat Owen. I tifosi e i giocatori in panchina impazzirono.

I compagni di squadra si abbracciarono e si misero a ballare. Dan Alexander si prese del tempo per trotterellare da una base all'altra, seguito da Nat.

Il lanciatore lo aspettava in casa base. I ragazzi in panchina si riversarono in campo come formiche, affollandosi intorno a Nat e a Dan al loro ritorno. Il punteggio era di due a zero per gli Hawks. Ora, dovevano solo mantenere il loro vantaggio.

Bobby Hernandez e Skip Quincy fecero strike out. Una palla alta di Jake Lawrence fu presa dall'esterno centro, per il terzo strike out. All'inizio dell'inning successivo, Matt raggiunse il piatto con sicurezza. Potevano farcela, mantenendo il vantaggio sui Bucks. Un gioco da ragazzi. E sarebbe stato il primo, con la collaborazione di Dan. La vita poteva andare meglio di così? Matt pensò di no mentre si accovacciava dietro il piatto e faceva il suo segnale al lanciatore.

* * * *

Alla fine della partita, i Nighthawks avevano vinto, due a uno. La partita era stata molto tesa, quando il rimpiazzo, Moose Macafee, eliminò l'ultimo battitore. C'era un giocatore in base e Marty Callahan era sul cerchio di attesa. Se Macafee non avesse eliminato il battitore, la partita avrebbe potuto avere un risultato diverso.

Matt era stato molto in ansia durante la parte alta del nono, quando sembrava che i Bucks si fossero svegliati. Dan era stato sostituito nella parte alta dell'ottavo. Aveva giocato molto, ma Cal non faceva mai troppa pressione sui suoi titolari. Aveva bisogno di loro e li trattava come oro.

Jackson si tolse la maschera e si diresse alle docce. Zoppicava un po' perché un foul tip era rimbalzato per terra, colpendogli il collo del piede.

"Lascia che l'allenatore dia un'occhiata al tuo piede, Matt," disse Cal, dando una pacca sulla schiena al ricevitore. "Bella partita."

Matt aveva fatto un singolo, ma non era riuscito a portarlo in casa base. Eppure, era stato il sostegno della squadra, guidando Dan e senza fare errori in casa base. "Sto bene, Cal. So cosa fare. Freddo poi caldo."

"Ok, se ne sei certo. Preferirei comunque che Sam ci desse un'occhiata. Per accertarsi che non ci sia nulla di rotto."

"Ok. Dico a Dusty di aspettare."

"Glielo dico io. Ma fatti controllare," disse Cal, dirigendosi allo spogliatoio.

Dopo avergli dato dei colpetti, disse a Matt di scendere dal tavolo. "Sembra un brutto ematoma. Freddo poi caldo. Conosci la procedura. Stasera metti il piede in acqua tiepida."

"Posso giocare domani?"

"Partita serale?"

"Sì."

"Direi di sì," disse Sam, annuendo.

Matt si allacciò la scarpa, senza stringere. Cercò di non zoppicare, ma gli faceva male fare peso sul piede. Dusty lo stava aspettando fuori dallo spogliatoio.

"Eccoti," disse Matt.

"Alcuni di noi hanno il buon senso di aspettare *fuori* dallo spogliatoio senza entrare," disse.

Lui sorrise. "Certo, continua pure. Smetterai *mai* di ricordarmelo?"

"Probabilmente no. Stai zoppicando?"

"Sì. Mi sono preso una palla sul collo del piede. Starò bene."

"Lascia che ti aiuti." Dusty gli mise un braccio intorno alla vita.

"Posso camminare, posso camminare. Non sono un invalido."

"Scusa se ho cercato di aiutarti." Si allontanò, con un'espressione ferita.

"Scusa. Non intendevo dire questo. È che sto bene. Davvero. Fa solo un po' male. Tutto qui. Stasera lo terrò in acqua e domani starò bene."

"Vuoi cancellare la serata?"

"Stai scherzando? Non ho programmato nulla che implichi di stare in piedi." Ridacchiò.

Dusty gli diede una pacca sulla spalla.

"Hey, sta attenta. Sono ferito," si lamentò.

"Mannaggia a te! Sei l'uomo più irritante che io conosca!" Si allontanò.

"Stavo solo scherzando. Su, dai. Permettimi di offrirti la cena," disse, afferrandole il gomito.

"Ok. Da Freddie?"

"Perché no? Sono sorpreso che tu voglia andarci."

"I tuoi amici saranno lì."

"Giusto."

"Lo so."

"Sai cosa?" chiese, accompagnandola alla sua auto.

"Ho parlato con Holly oggi. Mi ha detto che tutti sanno del nostro incontro nello spogliatoio."

"Oh, merda. Ha detto così?"

"Già."

"Mi dispiace, piccola. Davvero. Voglio dire, non ti conoscevo. Ho chiamato il general manager e l'ho rimproverato di non avermi detto che Dusty fosse una ragazza. Credo che la notizia si sia diffusa."

"Puoi dirlo forte."

"Ok, mi farò perdonare. Con la bistecca più grande del ristorante di Tommy."

"E la migliore bottiglia di vino rosso?"

"Certo. E il dolce?"

"In camera da letto," sussurrò lei.

Lo sguardo di Matt si illuminò. "Perfetto." Mentre prendeva le chiavi dalla tasca, si chinò per baciarla. "Sei incredibile, Dusty."

"Anche tu. Ora andiamo. Sto morendo di fame."

"Agli ordini." Le aprì lo sportello e si sedette dietro il volante, ringraziando di essersi fatto male al piede sinistro. "Come ti è sembrata la partita?", le chiese uscendo dal parcheggio.

"Sei stato bravissimo. E Dan è un ottimo lanciatore. Non sarò mai così brava."

"Sì, lo sarai. Ma dovrai lavorarci"

"Stai scherzando, vero? Anche se ci lavorassi su, non diventerò mai brava come Dan Alexander."

"Magari non nel baseball, ma nei tuoi lanci veloci...sì, è possibile. Ti aiuterò io."

"Lo faresti?"

"Certo, piccola," disse, accarezzandole la guancia.

* * * *

Quando entrarono da Freddie, furono accolti da un enorme applauso. I suoi compagni di squadra furono educati con lei, facendole spazio per accalcarsi intorno al ricevitore. Anche se Matt zoppicava ancora un po', l'espressione di dolore abbandonò il suo viso mentre i suoi amici celebravano con lui la vittoria. Prima che Dusty se ne rendesse conto, si ritrovò in mano una bottiglia di birra, proprio come Matt. Fecero il brindisi, alcuni in modo osceno, ma la maggior parte per celebrare la vittoria. Non poteva incolparli di questo.

In silenzio, posò la birra e ordinò un soft drink. Uno dei due doveva essere sobrio per tornare all'appartamento di Matt, e di certo non sarebbe stato lui. Unirono i tavoli per sedersi tutti insieme. Aggiunsero qualche sedia. I giocatori si spostarono, per fare spazio a Jackson e alla sua donna. Dan e Holly si sedettero alla punta del tavolo. Lei fece l'occhiolino a Dusty e la salutò.

La folla rumorosa e lo spirito di squadra le ricordavano delle loro riunioni dopo una vittoria delle Queens. Sorrise tra sé, ricordandosi come le ragazze della sua squadra si comportassero in modo sconcio in quelle occasioni.

Si sentì orgogliosa mentre i Nighthawks celebravano l'uomo che li aveva portati a vincere la partita. Nonostante lo prendessero spietatamente in giro, ogni giocatore riconosceva la sua importanza nel guidare i lanci e la difesa. Quando uno degli esterni non faceva attenzione o non sapeva se un giocatore della squadra avversaria fosse mancino o destrimano, Matt era lì per ricordarglielo.

Lei sorrise. Il volto di Matt era raggiante. Aveva ottenuto l'attenzione e il rispetto dei suoi compagni di squadra. Matt Jackson era un vero uomo, e lei sentì i brividi pregustandosi la loro notte di fuoco.

"Porta alla signora la bistecca più grande che hai, Tommy," urlò Matt al proprietario.

"No, no. Una media andrà bene," lo corresse Dusty, alzando le mani.

Tommy annuì. "Arriva subito. Cottura?"

"Media."

Scribacchiò qualcosa su un taccuino e si allontanò.

"Piccola, ti meriti ogni morso di quella bistecca," disse Matt, prima di rivolgersi ai suoi compagni di squadra. "E se qualcuno di voi osa dire qualcosa, anche una sola parola, su quello che è successo nello spogliatoio in Florida, può considerarsi un uomo morto! È chiaro?" gridò.

"Shh, Matt. Mi stai mettendo in imbarazzo," gli sussurrò all'orecchio.

"Non preoccuparti, tesoro. Non succederà più."

Tommy si avvicinò al tavolo con un vassoio di birre. Dusty lo guardò negli occhi e gli fece segnale di non portare altre birre a Matt. Il barista sorrise e ne tolse una.

La conversazione ritornò alla partita, poi al programma stabilito.

"Andiamo in trasferta la prossima settimana," le disse Matt, tagliando un pezzo della sua bistecca.

"Per quanto tempo?"

"Due settimane."

"Ok."

Mise la mano sulla sua, impedendole di prendere un succoso pezzo di carne.

"Mi aspetterai?" Strinse gli occhi e il suo volto si oscurò. La sua freddezza le diede i brividi.

"Che vuoi dire? Certo che ti aspetterò."

"Molte ragazze non lo fanno. Si trovano altri ragazzi. Noi staremo in trasferta a lungo. Dovrai passare delle notti da sola, se vorrai stare con me."

Lasciò scivolare la mano sulle sue dita. "E allora?"

"Potresti aver voglia di trovare un altro ragazzo. Qualcuno che stia tutto il tempo con te."

"Probabilmente sarebbe un tipo noioso. Preferisco avere te part time che qualche idiota a tempo pieno."

Si chinò e la baciò. Gli altri rimasero in silenzio. Lei spalancò gli occhi, sorpresa.

"È la risposta giusta." Matt continuò a mangiare, con un enorme sorriso sul volto.

"Inoltre, anch'io dovrò andare in trasferta."

Lui posò la forchetta. "Veramente?"

"Sì. Noi viaggiamo a luglio e ad agosto. Non tutto il tempo, ma qualche volta."

"Cavolo! Non ci avevo pensato."

Lei sollevò il mento. "Giochiamo contro altre squadre del nordest. Non è solo un hobby. Anche noi siamo professioniste."

"Lo so, lo so. Solo che non avevo pensato alle tue trasferte. Non mi piace molto." Corrugò la fronte mentre mangiava la sua bistecca.

"Non hanno chiesto la tua approvazione. Cos'è il giocatore professionista di baseball grande e cattivo non ama che le bambine vadano in trasferta?" Dusty posò il coltello.

"Aspetta un attimo!"

"Maschilista," gli disse.

"Ok, ok. Non avrei dovuto dirlo. Che posso farci se non mi piace stare lontano da te?"

"Quindi va bene che tu stia lontano da me ma non va bene che io stia lontano da te?" Aggrottò la fronte.

"Capito. Me la sono cercata. Mi dispiace. Ma significa che staremo tanto tempo lontani."

"È vero. Ma se deve funzionare, ce la faremo," disse, prendendo le posate, determinata a finire la sua cena.

"Come riesci ad essere così saggia?"

"Non frequentando gli uomini come te," disse lei, tirando su col naso.

Capì di aver esagerato dall'espressione del suo viso. Un'espressione ferita, che indugiava nel suo sguardo. Si riconcentrò sul cibo.

"Mi dispiace, Matt. È solo che quando cominci con questa roba... Cavolo, mi fai imbestialire."

"Credi di essere più intelligente di me?" La guardò negli occhi.

"No, no. Non ho detto questo."

"Sì, l'hai detto."

Gli diede una pacca sull'avambraccio. "Mi dispiace molto. No, non penso di essere più intelligente di te. Credo che tu sia molto intelligente e il miglior ricevitore della Major League."

Un'espressione sollevata apparve sul suo viso. "Credo che siamo entrambi intelligenti."

"Anch'io."

"Finito?" le chiese. Strizzò un po' gli occhi, serrando la bocca.

"Ti fa male il piede?"

"Come hai fatto a capirlo?" Si sedette meglio sulla sua sedia.

"Andiamocene." Dusty gli prese la mano e salutò il resto della squadra. Matt si mise a zoppicare dietro di lei. Gli porse la mano. "Le chiavi."

"Cosa?"

"Le chiavi. Ti fa male il piede e hai bevuto troppa birra per guidare. Conosco la strada. Guido io."

Lui sembrava intimidito, ma non discusse. Lei sospirò, aspettandosi il peggio. Lui le mise le chiavi in mano e le aprì lo sportello.

"Guida con attenzione. Merce preziosa a bordo," disse, sfiorandole le labbra con le sue.

Capitolo Nove

Quando entrarono nell'appartamento, il piede gli pulsava. La scarpa sembrava troppo stretta. Ovviamente, il piede gli si era gonfiato. Si sedette sul divano e si slacciò la scarpa. Togliendosela, fece un sospiro di sollievo, sentendo un po' meno dolore.

"Ti fa male?"

Annuì.

"Fammi vedere." Si mise in ginocchio e gli tolse delicatamente il calzino. Anche il suo tocco leggero gli faceva male. Mentre lo sfilava, lui sibilò. Una volta tolto il calzino, vide un enorme livido rosso e viola sul collo del piede.

"Torno subito," disse lei.

Lui si distese sul divano e appoggiò la gamba sul tavolino. Tenerla sollevata avrebbe diminuito il gonfiore.

Dusty tornò con una borsa di ghiaccio e una ciotola di acqua calda. "Come ha detto il tipo — freddo, poi caldo, poi freddo, poi caldo."

Lui si mise più comodo mentre lei si poggiava il piede sul grembo, applicandovi prima l'acqua fredda e poi quella calda per due minuti ciascuna, alternandole. Gli porse un bicchiere d'acqua e due pillole.

"Prendile. Ridurranno il gonfiore."

"Ibuprofene?"

Lei annuì. Lui fece come ordinato. Per essere un ragazzo grande e cattivo, non gli dispiaceva che si prendesse cura di lui. Gli piaceva, anche. Gli ricordava la piccola Marnie e il modo in cui lo incerottava dopo una brutta partita di calcio, un allenamento di baseball o una scazzottata.

Sì, era stato una testa calda da giovane. Ma la morte di sua sorella aveva cambiato tutto. Perdendola, tutto il suo coraggio aveva ceduto il posto alla tristezza. Ora, se qualche bullo cercava di azzuffarsi con lui, ci rideva semplicemente sopra e si allontanava.

Una volta finita la terapia con l'acqua calda e fredda, lei gli fece un dolce massaggio. Lui si alzò e andò in camera da letto. Matt si tolse i vestiti e si mise a letto, con il piede fuori dalle coperte. Lei gli accarezzò il polpaccio e la caviglia, ma anche le dita. Si intrecciò le dita dietro la testa. Poi chiuse lentamente gli occhi.

La terapia, la medicina, il massaggio e la birra avevano alleviato un po' il dolore. Si rilassò sul materasso. Girandosi su un fianco, si sistemò il cuscino sotto la testa e si addormentò prima di dare a Dusty il bacio della buona notte.

Quando si girò, il suo corpo si risvegliò. Era buio pesto nella stanza. Sentì qualcosa di caldo e morbido sul suo corpo. Le toccò i capelli con le dita. Le fece scorrere tra le ciocche, godendosi quel tocco setoso. Lei era nuda. Le lasciò scivolare la mano sul seno e strinse. Lei fece un gemito, stringendogli le dita tra le sue.

Con il suo sedere appoggiato sulla coscia, il suo pene si indurì. Matt adorava il sesso notturno. Era l'esperienza più spontanea, come diceva sempre. Quella notte era perfetta. Il piede gli si era gonfiato, l'effetto della birra era passato e il suo corpo rispondeva a quello di lei, tutto nudo e vulnerabile al suo fianco.

Lui si chinò, e le sue labbra incontrarono la sua pelle. Lei si stiracchiò leggermente, gemendo nel sonno.

"Non è un sogno, piccola. Sono io," sussurrò.

Lei si voltò, sorridente. Gli accarezzò i capelli con le dita, fermandosi sulla nuca e tirandolo verso di sé. "Amami," sussurrò, mezza addormentata.

"È quello che sto facendo," disse.

Lei sospirò e lui si spostò, mettendosi sopra di lei e separandole le gambe con un ginocchio. Appoggiò la bocca sulla sua, dolcemente, poi sempre più forte, fino a svegliarla totalmente.

"Voglio che tu senta quello che sta succedendo," disse.

"Mmm," disse lei, aprendo gli occhi.

"Hey, bellezza."

"Hey, bellezza." Gli mise le braccia intorno al collo.

"Al buio sei bella come alla luce," disse, baciandole il collo.

Dusty inarcò la schiena, premendogli il seno sul petto.

"Tesoro, quando fai questa cosa..."

"Cosa? Che succede?" gli chiese, facendogli scivolare la mano sul fianco, fino a raggiungergli l'anca, per poi spostare le dita all'interno e toccare la sua asta.

"Oh, mio Dio. Così mi fai venire. Accidenti. Cavolo, piccola." Prese un preservativo.

Lei gli morse una spalla e sollevò le gambe. "Allora approfittiamone"

Matt si spostò e, con decisione, entrò dentro di lei.

"Oh mio Dio!" sospirò Dusty.

"Oddio," sussurrò. Tutto era caldo, bagnato, sensuale e setoso. Era più eccitato che mai e cercava di distogliere la sua attenzione dalla creatura sensuale che muoveva ritmicamente i fianchi sotto di lui.

"Sapevi che la cinciallegra e la capinera appartengono alla stessa famiglia?" disse.

"Ma cosa stai dicendo?"

"Mi impedisce di venire," ammise.

Dusty scoppiò a ridere.

"Più a lungo parlo di uccelli, più riesco a durare."

"Matt, tesoro. Non ho bisogno che tu vada avanti tutta la notte senza venire. Anzi...sta zitto!"

Il calore del suo corpo aumentò, la loro pelle diventava più umida e scivolosa mentre lei si muoveva più velocemente, più intensamente, e lui teneva il suo stesso ritmo. Tutti i pensieri le abbandonarono la testa. Il suo corpo, il suo seducente profumo di muschio, il tocco della sua pelle riempirono la mente di Matt finché il suo corpo cedette, spinto dal desiderio, eccitandosi sempre di più mentre entrava dentro di lei, sempre più intensamente, col cuore che gli batteva all'impazzata.

"Oh, Dio! Matt!" urlò lei, continuando a muovere i fianchi.

Lui piegò la testa, lasciando scivolare il sudore sulla spalla di Dusty, concentrandosi sul suo orgasmo. La ragazza timida e controllata si era lasciata trascinare dalla passione, e lui adorava il suo trasporto. Prima ancora che lei potesse finire, il corpo di Matt prese il controllo, con le palle irrigidite e il battito a mille, preannunciando un orgasmo cosmico.

Dopo aver trattenuto il respiro, Matt rotolò giù, poi si alzò, andando verso il bagno. Oh, Dio, adorava fare l'amore con lei. Adorava tutto di lei. Tirando lo sciacquone, la parola "amore" gli si formò in testa. No, no, non era innamorato di lei. Gli piaceva fare l'amore con lei. Sì. E giocare a palla con lei. E mangiare insieme a lei. Ma non era innamorato di lei. Matt Jackson non ama nessuna ragazza. Né ora, né mai. Nessuna eccezione.

Ritornò a letto, la baciò e si distese su un fianco, dandole le spalle.

"Buona notte," sussurrò lei.

"Notte." Lui chiuse gli occhi, determinato a dormire. Ma sentirla accanto a sé, sentire il suo profumo e ricordare il sapore della sua pelle lo teneva sveglio. La sentì sospirare. Sembrava che si sentisse sola. *Beh, chi se ne frega. Dopo il sesso, i ragazzi si girano dall'altra parte e si mettono a dormire. Lo sanno tutti.* E, se voleva stare con lui, avrebbe fatto bene ad abituarsi.

"Matt?" disse appoggiandogli la mano sulla spalla.

"Eh?"

"Come va il tuo piede?"

"Bene. Domani potrò giocare. Grazie di tutto. Ora mi metto a dormire."

Non intendeva essere così burbero. Il letto si affossò per un attimo mentre lei si allontanò. Sentì il fruscio delle coperte mentre le tirava su, un leggero singhiozzo, poi più niente.

L'aveva fatto di nuovo. Aveva ferito i suoi sentimenti. Era solo un animale. Non aveva tatto con una ragazza come Dusty. A lei piaceva apparire forte, ma dentro era tenera come il burro. E chi era lui? Il grosso lupo cattivo. Le avrebbe spezzato il cuore. Lo faceva sempre, e lei l'avrebbe lasciato, come le altre prima di lei. Se lo meritava. Era un coglione e Dusty sarebbe stata meglio con un ragazzo gentile, non con un idiota come Matt Jackson.

Si mise il braccio dietro la schiena, cercando di sentirla. Le sfiorò la coscia con le dita. La strinse un po', poi lasciò scivolare il braccio sotto le coperte. Si addormentò prima che lei potesse rispondere.

* * * *

L'ultima tappa della loro trasferta era Pittsburgh. In quella città c'erano molti fantasmi per Matt Jackson. Era nato lì e suo padre ci viveva ancora. La casetta dove aveva vissuto esisteva ancora. Il luogo dove giocava da ragazzo, dove sua madre aveva fatto le valigie e dal quale un giorno era andata via, per non tornare mai più.

Aveva amato quella casa, fino alla sua partenza. Poi, tutto era diventato difficile, e il campetto dove giocava, il cortile dove andava a caccia di rane e la strada dove giocava a pallone durante le serate estive erano diventati cenere.

Matt aveva dovuto andare avanti. Dopo la partenza di sua madre, suo padre bevve per due mesi. Matt aveva undici anni e Marnie ne aveva soltanto tre. Il ragazzo aveva cercato di fare da padre e da madre alla sorellina. Ma era un bambino anche lui e non avrebbe voluto crescere così velocemente.

Marnie pianse per sua madre ogni notte per intere settimane, finché Matt credette che avrebbe perso la testa. Alla fine perse la pazienza e iniziò a lanciare oggetti nella stanza della sorellina fino a spaventarla. Lei aveva cominciato a urlare, e suo padre era intervenuto e l'aveva picchiato. Ciò aveva soltanto aumentato il pianto di Marnie. Aveva pregato suo padre di fermarsi. Era stato l'episodio più brutto di tutta la sua vita, insieme alla volta in cui suo padre gli aveva detto che sua madre non sarebbe mai più tornata.

I suoi ricordi felici avevano ceduto il posto alla tristezza e alla rabbia. Quando accettò le sue responsabilità da adulto, finalmente fece pace con suo padre. Matt si occupava di cucinare, perché suo padre era già ubriaco prima di cena. Accompagnava la sorellina a scuola e andava anche a prenderla. Le preparava il pranzo e imitava la firma di suo padre sulle sue pagelle.

In qualche modo, suo padre riuscì a tenersi il suo lavoro. Matt credeva che il suo capo fosse comprensivo perché anche sua moglie si ubriacava. Matt non lo sapeva e non gli importava. Aveva bisogno che suo padre continuasse a lavorare per portare dei soldi a casa.

La vita era dura. Matt portò le sue frustrazioni sul campo da baseball. Colpire la palla lo aiutava a scaricare la rabbia e l'odio nei confronti dei suoi genitori. Si impegnava molto nello sport, e correva e sollevava i pesi in modo scrupoloso.

Quando anche la sua sorellina iniziò a dimostrare di avere talento per lo sport, Matt iniziò ad allenarla. Si allenavano insieme tutti i giorni. Lanciare, ricevere e battere. Marnie era un'atleta con un talento naturale, molto più di Matt. Non lo avrebbe ammesso con molte persone, ma non poteva negare il suo evidente talento.

La portò a eccellere, spinto dal desiderio che sua sorella potesse avere qualcosa che le appartenesse, per potersi mantenere e avere una sua vita. E ci riuscì. Fu presa come lanciatrice nelle Pittsburgh Pythons. All'età di diciott'anni, era già una star.

Era molto orgoglioso di lei e il suo sguardo si illuminava ogni volta che ne parlava. Lui era già entrato nei Nighthawks ed era diventato anche lui una star. Poi, Marnie conobbe un ragazzo. Un altro giocatore. Si innamorò molto e diceva di volerlo sposare.

Preso dal panico perché il benessere della sua sorellina sarebbe finito nelle mani di un "coglione qualunque," come definiva il suo ragazzo, Matt si era opposto. Avevano litigato pesantemente la sera che avrebbe giocato a Pittsburgh. Anche lui avrebbe giocato lì. Si incontrarono per cena dopo la partita.

La cena si concluse con una lite. Marnie gli diede uno schiaffo sul viso e se ne andò. Iniziò a piovere quando salì sul pullman. La pioggia si era trasformata in una burrasca con venti molto forti prima che raggiungessero la Pennsylvania Turnpike. Il pullman sbandò, scivolando sulla strada bagnata e fangosa, cadendo in un burrone. La metà delle ragazze sul pullman persero la vita. Marnie era una delle vittime.

Arrabbiato e ubriaco, suo padre gli diede la colpa della sua morte. Matt ne fu devastato. Si prese un congedo di malattia per sei mesi. Solo un'intensa terapia lo aiutò a uscire dalla sua profonda depressione. Lei era stata la sua intima amica, più una figlia che una sorella.

Ogni anno, la squadra andava a Pittsburgh per giocare tre o quattro partite. Matt si sentiva pronto per quella visita. Aveva fatto pace con suo padre, che stava lentamente morendo. Ma odiava ritornare nella città che gli ricordava tutto ciò che aveva perso.

Nessuno dei suoi compagni di squadra sapeva cosa fosse successo. Sapevano che aveva perduto sua sorella, ma nessuno sospettava il dolore di quella perdita, tranne forse Dan Alexander. I due ragazzi erano molto intimi e Matt non riusciva a nascondere niente al suo amico.

Matt era teso mentre il pullman si dirigeva verso l'aeroporto. Si imbarcarono sull'aereo diretti verso la città d'acciaio. Matt prese una birra e una rivista, ma non riusciva a concentrarsi.

"Ci serve il quarto per giocare a hearts. Forza, Matt," disse Skip Quincy.

"No."

"Dai. Non fare così."

"Giocate senza di me. Chiedetelo a Dan. Lui non sta facendo niente."

"A noi piace giocare con te. Tu perdi più di lui."

Non era il momento di scherzare, e Matt si innervosì. "Vaffanculo, Quincy. Maledetto coglione. Lasciami in pace!" Matt si allontanò e andò a sedersi accanto al finestrino.

"Ok, ok. Calmati. Accidenti," Skip sgattaiolò via, tornando alla sua partita di carte.

Dan si sedette accanto a Matt. "Tutto bene?"

"Pittsburgh. Sai di che si tratta."

"Sì. Lo so," disse Dan, dando una pacca sulla spalla al suo amico. "Non buttarti giù. Abbiamo bisogno di te domani."

"Ci sarò. Niente può impedirmi di giocare."

"Viene anche Dusty?"

"No."

"Come mai?"

"Non volevo che venisse. È Pittsburgh. Non voglio che sappia niente di tutta questa storia."

"Ok. È la tua vita."

Matt annuì, poi riprese a guardare fuori dal finestrino per guardare il percorso dell'aereo. La partita era prevista per le undici. Aveva deciso di andare a trovare suo padre per cena. I Nighthawks dovevano giocare una serie di tre partite, quindi Matt sarebbe rimasto in albergo per qualche giorno.

I Pittsburgh Wolves non erano la squadra più forte contro la quale i Nighthawks avessero giocato, ma ogni partita richiedeva concentrazione totale. Matt era felice di mettere da parte i ricordi spiacevoli di quella città e di concentrarsi sulla partita.

Manuel Gonzalez avrebbe lanciato nella prima partita e Dan Alexander nella terza. Matt mantenne la concentrazione e guidò agevolmente il lanciatore nell'ordine delle battute. Gli Hawks vinsero, cinque a due. Il ricevitore si fece una doccia e si vestì prima delle tre e mezza. Si diresse verso il parcheggio.

"Vieni, Matt. Andiamo al Texas de Brazil. Bistecche. Carne. Molta carne," disse Jake Lawrence.

"Andateci voi. Devo andare in un posto."

"Cosa c'è di più importante della carne rossa?"

Matt si mise a ridere. "Non oggi, amico."

"Ok, ma non sai che ti perdi." Jake raggiunse la sua auto.

"Lo so," sussurrò Matt tra sé.

Essendo abbastanza vicino, sentì Jake lamentarsi con Dan. "Dove diavolo va quando veniamo a Pittsburgh? Tutte le volte. Praticamente scompare."

"Sono cose personali, Jake. Non preoccuparti. Sta bene."

"Se lo dici tu."

Matt ringraziò in silenzio il suo amico per aver interrotto l'interrogatorio. Non voleva che qualcuno sapesse del suo dolore personale. La pietà lo metteva in imbarazzo. Si sedette dietro il volante e guidò fino al cimitero di Allegheny, dov'era sepolta Marnie. Pagava lui per la sua tomba e la sua manutenzione. Mentre andava, si fermò a comprare dei fiori. Le rose, quando riusciva a trovarle, erano i suoi fiori preferiti.

Mise i fiori sulla tomba e si sedette su una panchina lì vicino. Lui aveva trent'anni adesso. Lei era morta da due anni. Sorrise tra sé. Il mese scorso avrebbe compiuto ventidue anni.

Qualche volta, gli piaceva semplicemente restare seduto lì. Altre volte, le parlava come se fosse ancora viva. Quello era uno di quei giorni.

"Sto giocando bene in questa stagione. Alle battute non vado bene come potrei. Sì, sì, lo so. Devo allenarmi di più. Magari posso farlo insieme a Dan. Se riesco a battere i suoi lanci, andrà tutto bene."

Le raccontò la partita, quasi passaggio per passaggio. Marnie adorava sentire i suoi commenti su chi avesse giocato bene e chi no. Lei sosteneva di imparare dagli errori e dai meriti dei suoi compagni di squadra. La sua attenzione lo riempiva di orgoglio. Così, aveva continuato a farlo, anche se lei non era lì per commentare. La sentiva nella sua testa. Sì, la conosceva molto bene.

Alla fine, alzò lo sguardo al cielo. Vi erano alcune nuvole sparse. Un cardinale rosso si posò sulla sua tomba. La creatura lo guardò per un po'. Matt si avvicinò. L'uccellino spostò la testa da una parte all'altra, guardò Matt un'altra volta, poi volò via.

"Lo so. Vuoi sapere come va la mia vita amorosa, giusto? Sapevo che me l'avresti chiesto. Hai sempre voluto che mi sposassi. Non succederà mai, Marnie."

Rimase in silenzio, come se stesse ascoltando la sua voce.

"Sì, ho conosciuto una ragazza. È stupenda. E gioca a palla, come te. No, no, non è quella giusta. Ho cercato di spiegartelo l'altra volta, non ci sarà mai 'quella giusta.' Non per me. Donne. Troppe sofferenze."

Singhiozzò e distolse lo sguardo. "Magari se riuscissi a trovare una donna come te, beh, sarebbe diverso. Ma hanno buttato via lo stampo, sorellina. Non succederà mai. Dusty si avvicina un po'. Il modo in cui si è presa cura del mio piede. Niente di preoccupante. Sto bene adesso. Solo perché lei mi ha curato. Proprio come avresti fatto tu." Guardò l'orologio.

"Devo andare. Ceno con papà stasera. D'accordo, lo prometto. Niente urla. Ok, cucciola. Tornerò presto" Si alzò in piedi, fece un respiro profondo e andò verso la sua auto. "Alla prossima," sospirò.

Andare a trovare Marnie lo aiutava. Lo aiutava sempre. Ma passare del tempo con suo padre dopo... beh, due passi avanti, uno indietro. Raggiunse con la sua auto in affitto Mifflin Mobile Court, dove viveva suo padre.

La maggior parte delle case mobili erano in buone condizioni. Quella di suo padre era decente, grazie al tuttofare e alla domestica che Matt aveva assunto. Ci andavano ogni due settimane, riparavano le cose, cucinavano e ripulivano. E il ricevitore pagava il conto. Suo padre aveva una piccola pensione e la previdenza sociale, ma non guadagnava abbastanza da arrivare a fine mese.

Bussò alla porta e suo padre aprì. Era più alto di Matt ed era magro. Aveva gli occhi infiammati e sottili capelli grigi. Le spalle larghe, ma ossute.

"Ciao, papà. Sei pronto?"

"Pensavo che avremmo mangiato qui. Oggi è venuta Grendel. Ha preparato lo stufato. Entra. Mettiti comodo," disse Tom Jackson, allontanandosi dalla porta.

Matt entrò, lieto che fosse venuta la domestica. Almeno non ci sarebbe stata la muffa in bagno e una tonnellata di piatti sporchi nel lavello. C'era un buon profumo. Sorrise. Doveva essere anche una brava cuoca.

"Beviamo qualcosa," disse suo padre, porgendogli una bottiglia di gin.

Matt alzò la mano. "No, grazie, papà. Non bevo quando devo guidare. E nemmeno tu dovresti bere."

"Beh, ci sono un sacco di cose che tutti noi non dovremmo fare, ma le facciamo lo stesso." Se ne versò mezzo bicchiere e bevve un sorso.

"Ti ucciderà, lo sai," disse Matt, accomodandosi su una poltrona in finta pelle.

"E allora? Per quale motivo dovrei vivere? A chi importa se muoio? A te?"

"Ne abbiamo già parlato migliaia di volte."

"Già. Quindi smettiamola"

"Ho promesso a Marnie che non avremmo litigato. Quindi, parliamo di baseball."

"Marnie? È morta. Non può parlarti."

"Io vado a far visita alla sua tomba, papà."

"Dovrei farlo anch'io. Sono un padre di merda. Lo sono sempre stato." Bevve un altro sorso, come per voler affogare quelle parole amare.

"Perché non abbiamo una conversazione piacevole? Che mi dici di quegli Yankees, eh?"

"Ieri avete vinto. Siete stati bravi," disse suo padre, portandosi il bicchiere alle labbra.

"Non è stato molto difficile. I Wolves non sono male, ma noi siamo più bravi."

"Hai sempre avuto fiducia in te stesso. Dio solo sa da dove cavolo la prendi. Sicuramente non da tua madre, né da me."

"Papà, possiamo parlare di qualcosa di piacevole? Cosa mi racconti?"

"Niente. Proprio un cazzo di niente. Ti sei portato a letto qualche ragazza di recente?"

Matt fece una smorfia. "Ho una ragazza."

"È sexy?"

"Sì. Ed è anche simpatica. Gioca a pallone, come Marnie."

"Te la scopi?"

"Papà, non è una domanda appropriata."

"Beh, lo fai? Scommetto di sì." Suo padre ridacchiò.

"Non sono affari tuoi. Accidenti. Merda. Non sai quando stare zitto?"

"Lo stufato è pronto. Andiamo a mangiare." Tom si alzò dalla sedia barcollando.

Matt afferrò il braccio ossuto di suo padre per reggerlo. "Perché non ti siedi? Ci penso io," disse il ricevitore.

"Buona idea." Tom si tuffò su una sedia di metallo accanto al tavolino che considerava la sua cucina.

Matt andò ai fornelli. Prese due delle tre ciotole che erano dentro l'armadietto e le riempì di stufato. Aprendo un cassetto, cercò di trovare due forchette e due coltelli. Scosse la testa. Vivere così era vergognoso. L'ultima volta che Matt aveva dato a suo padre abbastanza denaro da trasferirsi in un posto migliore, lui l'aveva speso tutto in due mesi per ubriacarsi.

Il fegato di suo padre stava cedendo. Non gli restava ancora molto da vivere, secondo il suo medico. Sicuramente non era il candidato adatto per un trapianto. Matt si imbronciò ricordando quella conversazione. Tom era presente ed ebbe una crisi quando il medico gli disse di non poterlo inserire nella lista dei donatori.

Matt non era abituato a restare con le mani in mano. Livellò le porzioni nelle due ciotole. Era un uomo d'azione, fuori e dentro il campo. Si prendeva cura della sua vita. Durante la bassa stagione, aveva frequentato un breve corso di gestione del denaro per imparare a gestire le sue finanze. Aveva imparato piuttosto bene. Vedere suo padre rovinarsi la vita bevendo lo uccideva. Aveva molta rabbia dentro. Chissà cosa avrebbe fatto Marnie per vivere ancora tutti quegli anni!

Portò le ciotole a tavola e sperò che suo padre facesse silenzio mentre mangiavano.

"È una bravissima cuoca," disse suo padre, mettendosi in bocca un pezzo di carne.

Matt era d'accordo. Quando finì di mangiare, sparecchiò, lavo i piatti e li asciugò. Facendo un sospiro di sollievo, raggiunse la porta.

"È stato bello vederti, papà," mentì, indossando la sua giacca sulle robuste spalle.

"Dimmi, figliolo, puoi prestarmi venti dollari?"

Ogni volta che andava a trovarlo, cercava di andar via prima che suo padre gli chiedesse dei soldi. Ma il vecchio l'aveva raggiunto davanti la porta.

"Certo, papà," disse, prendendo una banconota spiegazzata dal portafoglio.

"Fa attenzione. Non farti male," gli disse suo padre.

"Non lo farò. Evita di bere, papà."

"Lo farò, lo farò. Ti voglio bene, figliolo."

"Anch'io ti voglio bene." Le ultime due bugie gli lasciarono l'amaro in bocca. Uscì dal parcheggio e accelerò. Aveva bisogno di fare una doccia.

Quando tornò in albergo, alzò la mano per salutare i suoi amici, ma non si fermò a parlare con loro. Aprì l'acqua calda e rimase sotto la doccia per quindici minuti. Si vestì e salì sul pullman, sedendosi vicino al finestrino, per osservare il panorama. Dan si sedette accanto a lui e gli diede una pacca sulla spalla.

Matt gli fece un mezzo sorriso e un leggero cenno con la testa.

"Ho capito. Sono felice che tu sia tornato."

"Anch'io."

Quella fu la fine della loro conversazione fino a quando raggiunsero lo stadio.

Capitolo Dieci

Anche se i Nighthawks erano tornati dalla loro trasferta, la squadra di Dusty non era ancora tornata, per completare le partite a nord dello stato di New York. Matt le aveva telefonato ogni giorno. La chiamava subito mentre beveva il caffè al mattino. Parlare con lei era diventata un'abitudine, come la sua tazza di caffè java. Essendo testardo come un mulo, non avrebbe mai ammesso di sentire la sua mancanza.

Andando verso lo spogliatoio per prepararsi per una partita, ricevette un messaggio.

Torno a casa domani sera. Mi manchi.

Fece un enorme sorriso.

"Che succede?" domandò Dan.

"Dusty torna a casa domani."

"Magnifico! Noi resteremo qui una settimana prima della prossima trasferta."

"Sì. Sto pensando di chiederle di venire a vivere con me."

"Venire a vivere con te?" Dan fece un'espressione stupita. "Pensavo che non volessi una storia seria."

"Infatti. Ma è molto più comodo di farla andare avanti e indietro tra casa mia e casa sua nel Queens. Inoltre, vive in un buco che definisce appartamento con altre tre ragazze."

"Mi sembra una cosa piuttosto seria."

"No. Ci stiamo solo frequentando. Tutto qui. Non penserà che sia una cosa seria, vero?"

Dan annuì. "Oh sì che lo farà. Poi si aspetterà un anello di fidanzamento."

"Cosa? Non se ne parla. Non se ne parla proprio, amico."

"Allora non chiederle di venire a vivere con te."

Matt si asciugò il sudore dalla fronte. Aveva evitato un proiettile. Eppure, era comunque fastidioso aspettare che arrivasse a casa sua in metropolitana.

"Forse sei un po' viziato, amico," disse Dan, con un sorrisino.

"Davvero?"

Il suo amico sospirò. "Oh, sì!"

Matt scoppiò a ridere. "Ok, Ok."

I ragazzi si allacciarono le scarpe e si diressero verso il campo. I Baltimore Badgers erano in città. Erano una squadra forte da battere, ma il ricevitore era fiducioso. Dan non avrebbe iniziato a giocare quel giorno, ma il giorno dopo. Dopo, ci sarebbe stata un'altra partita e gli Hawks avrebbero avuto un giorno di riposo.

"Vado a vedere la partita di Dusty domenica. Vuoi venire?"

"Certo."

"Porta anche Holly."

"Hey, Dusty gioca? Dove?" chiese Skip Quincy, in piedi accanto a Matt per l'inno nazionale.

I ragazzi rimasero in silenzio durante l'inno. Ma la voce si diffuse. Durante la parte bassa del primo inning, anche gli interni della squadra dissero che sarebbero andati a vedere la partita di Dusty. Sebbene Matt volesse passare del tempo da solo con la sua ragazza, forse sarebbe stato un bene per la sua squadra avere il sostegno dei Nighthawks.

"Ok, ragazzi. Vi manderò un messaggio con le indicazioni."

"Stronzate. Affitta un furgoncino," disse Nat Owen.

"Non se ne parla."

"Che ne dici di una grossa auto Uber?" chiese Jake Lawrence. "Dopotutto, è la tua ragazza."

"Giusto. Giusto," disse Matt, agitando la mano. "Ci vediamo a casa mia a mezzogiorno. La partita è alle due."

Nat Owen fu il primo a giocare. Bobby Hernandez si diresse verso il cerchio di attesa. Nat camminò e Bobby colpì un singolo tra la seconda e la terza base. La gara iniziò. Alla fine del primo inning, i Nighthawks erano in vantaggio, tre a zero. Ma i Badgers, come il tasso da cui prendevano il nome, erano tenaci. Non avrebbero mollato.

Chip Sanderson era al lancio. Aveva qualche problema con le palle curve ed eliminò due giocatori nella parte alta del terzo inning. Matt raggiunse a grandi passi il monte di lancio.

"Non lo so, Matt. Ma oggi vinceremo noi."

"Comincia con il tuo tiro a effetto, poi prosegui con un tiro veloce," disse Matt.

Chip annuì, e il ricevitore gli diede una pacca sulla spalla prima di ritornare sul piatto.

Matt gli fece un segnale per fare il tiro a effetto. Il battitore aveva cercato una palla curva, così non riuscì a colpirla. Bastarono solo quattro lanci a Chip per eliminarlo. Un'occhiata al lanciatore e Matt vide ritornare la sua fiducia.

In piedi sul cerchio di attesa, Matt guardò Jake colpire un doppio per regola di campo. Il ricevitore prese il suo posto sul piatto. Il punteggio era pari, tre a tre. Il battitore fece un respiro profondo, strinse gli occhi e guardò il lanciatore.

La prima palla gli passò vicino e fu uno strike. Jake si diresse verso la terza base, aumentando il suo vantaggio. Matt colse il segnale. Il corridore stava procedendo. Strinse la presa sulla mazza e allineò le spalle.

Il lancio fu alto ed esterno. Il battitore colpì con tutta la sua forza e l'idiota si diresse verso la parte sinistra del campo.

Jake iniziò a correre, raggiungendo la terza base prima che la palla passasse davanti all'esterno, cadesse e rimbalzasse tra gli spalti. Un altro doppio per regola di campo e un punto battuto a casa per Matt. Sorrise mentre tratteneva il respiro in seconda base.

Il punteggio rimase fermo a quattro a tre fino alla parte alta del nono inning. Sanderson aveva lasciato la partita all'ottavo. Cal fece entrare in partita Moose Macafee per le ultime sei battute e per assicurarsi la vittoria. Matt vide i Badgers lottare per colpire il tiro a effetto di Sanderson. Moose aveva un tiro micidiale, quindi il ricevitore invertì i lanci. Capì che i Baltimore si erano resi conto di ciò che sarebbe successo ed erano preparati. Doveva deviarli, e Moose era il giocatore perfetto per riuscirci.

Macafee eliminò i tre battitori in ordine nella parte alta dell'ottavo inning. Ora, mancavano solo tre lanci alla vittoria. Vincere la prima partita della serie contro una squadra così forte avrebbe dato ai Nighthawks un vantaggio psicologico. Matt digrignò i denti, fece un cenno a Moose e si mise in posizione.

La palla curva superò i primi due battitori. Ma il loro quarto battitore mirava a fare un grande slam. Ovviamente, Moose lanciò due palle. Il battitore spostò il piede e affrontò il lanciatore. Matt aveva una brutta sensazione. Chiamò una palla veloce, sperando di confondere l'avversario.

Il ragazzo agitò la mazza e colpì. La palla prese il volo. Matt si tolse la maschera e saltò in piedi. Chet Candelaria stava correndo all'indietro il più velocemente possibile. Era una gara tra l'uomo e la palla. L'esterno colpì la parete di protezione e proseguì. Fece un salto, col braccio totalmente esteso e la mano pronta per afferrare la palla.

La piccola sfera atterrò dritta nel guantone. Lui chiuse la mano intorno alla palla, cadendo a terra. Quando alzò il guanto per mostrare la palla, l'arbitro gridò "Fuori!" e i Nighthawks vinsero la partita.

Matt fece un salto, poi corse ad abbracciare il lanciatore. I ragazzi seduti in panchina si diedero il cinque ed esultarono mentre i Nighthawks uscivano dal campo. Matt fu circondato dai suoi amici, avendo permesso alla squadra di vincere la partita. Battere i Baltimore Badgers era una grande vittoria. Ora, dovevano mantenere quel livello. Con Dan nella prossima partita, Matt era fiducioso nelle loro possibilità di vincere la World Series.

* * * *

Dopo la partita, Matt prese un hamburger e una birra da Freddie con i suoi compagni di squadra. Ritornò a casa da solo, si tolse le scarpe, accese la tv per guardare la partita dei Mets e aprì una lattina di birra. Poi, si distese sul divano e chiamò Dusty.

"Ciao, tesoro, bentornata a casa."

"Ciao a te. Com'è andata oggi?"

"Abbiamo vinto." Matt bevve un sorso di birra.

"Fantastico! Congratulazioni!"

"Com'è andata in trasferta?" Distolse lo sguardo dallo schermo.

"Pari. Due vinte e due perse."

"Hai lanciato?"

"Una partita."

"Hai vinto?"

"Sì."

"Congratulazioni. Io e i ragazzi verremo ad assistere alla prossima partita."

"Veramente?"

"Sì." Matt sorrise.

"Non dovete. Voglio dire, è solo una squadra femminile."

"Certo che verremo. Sei nervosa?"

"Sì."

"Non esserlo. Cosa fai stasera? Vuoi venire da me?"

"Sono un po' stanca. Ed è un lungo viaggio."

"Oh, certo, certo."

"Domani?"

"Ceniamo insieme dopo la tua partita?"

"Per festeggiare o per consolarmi?

"Per festeggiare. Magari verranno anche i ragazzi. Hai qualche compagna di squadra carina?"

Lei si mise a ridere. "Forse."

"Portale. Potrebbe essere più facile stare insieme se passassi più tempo qui," disse, schiarendosi la gola, con lo stomaco in subbuglio per la paura.

"Più tempo li?"

"Se vivessi qui, insomma." Con la gola secca, bevve un altro sorso di birra.

"Vivere insieme a te?" Ebbe la sensazione di percepire la sua espressione stupita.

"Beh, magari non proprio vivere con me. Ma passare un paio di sere alla settimana qui?"

"Cosa stai dicendo?"

"Mi manchi." non avrebbe mai pensato di pronunciare quelle parole.

"Vuoi dire che sarebbe più facile fare sesso se io stessi lì tre notti alla settimana."

"Certo, ma non è questo che intendevo."

"No?" Il suo tono di voce avrebbe fatto congelare l'inferno.

"Hey, hey, non arrabbiarti. Pensavo che ti sarebbe piaciuta l'idea. Non avevo mai pensato di chiedere a una ragazza di stare qui tutto quel tempo."

"Oh, quindi ti stai abbassando al mio livello, giusto? Per poter fare sesso? Non credo proprio."

"Tesoro, per favore. Non arrabbiarti."

"Che cosa ti aspettavi?"

"Mi aspettavo che fossi felice e dicessi di sì."

"Ti aspettavi male. Senti, devo andare adesso."

"Ci vediamo domani?"

"Vieni alla partita e poi si vedrà," disse, poi mise giù il telefono.

Matt si alzò in piedi, imprecando, e raggiunse il frigorifero per prendere un'altra birra. *Forse i ragazzi hanno ragione. Forse non so parlare con le donne. Merda! Spero di non aver rovinato tutto.*

Alle dieci, si tolse i vestiti e scivolò tra le lenzuola. Il suo corpo era stanco, ma la sua mente era perfettamente sveglia. Intrecciò le dita dietro la testa e lanciò uno sguardo arrabbiato alla luna. Era arrabbiato con sé stesso. Perché faceva sempre cose stupide? Perché diceva sempre qualcosa che faceva infuriare le donne?

Conosceva la risposta, da sempre, ma aveva fatto sempre finta di niente. Non aveva mai avuto bisogno di affrontare la realtà, perché nessuna donna era stata veramente importante per lui. Ma ora c'era Dusty. Non aveva mai conosciuto nessuna come lei prima. Aveva sacrificato tutto per il softball. La capiva, perché aveva fatto lo stesso per entrare nella major league.

Le donne lo avevano sempre deluso, come sua madre che l'aveva abbandonato. Dentro di sé, sospettava che se ne fosse andata a causa del suo cattivo comportamento. Litigavano sempre. Se avesse potuto cambiare le cose, si sarebbe comportato meglio. Forse allora sarebbe rimasta? E Marnie? Anche lei l'aveva abbandonato, morendo. Non era colpa sua anche di quello? Non era stato lui a farla entrare nella squadra di softball? Certo, il manager avrebbe dovuto cancellare il viaggio di ritorno a causa del cattivo tempo. Ma se Matt non avesse insistito a farla entrare nella lega, lei non sarebbe mai salita su quel pullman.

Non avrebbe mai smesso di provare il senso di colpa che aveva sentito quando era morta e si era arrabbiato così tanto da rompersi quasi la mano tirando un pugno sul muro. Si sentiva ancora amareggiato. Aveva bisogno di lei, l'unica persona sana della sua famiglia.

La sua fidanzatina del college, Stephanie, si era trasferita sulla costa occidentale salutandolo a malapena. Si aspettava che lei colmasse il suo vuoto, ma non era successo. Quando partì, svanì anche la sua speranza di trovare una donna che lo amasse. Alcuni ragazzi erano fortunati. Ovviamente, lui non era uno di loro. O magari semplicemente non era un tipo amabile — una possibilità che non voleva prendere in considerazione.

Ora, c'era Dusty. E aveva già parlato troppo, dicendo qualcosa che non avrebbe dovuto dire. Di certo, lei si sarebbe allontanata, come avevano fatto le altre, e lui sarebbe rimasto di nuovo da solo. La colpa era soltanto sua — e della sua boccaccia — per aver sprecato anche quest'ultima possibilità.

* * * *

Dusty si rimise il telefono in tasca e prese la sua attrezzatura da softball. Si diresse verso Hellgate Field ad Astoria, nel Queens, a circa dieci isolati a piedi. Oltre a risparmiare il biglietto dell'autobus, la passeggiata le avrebbe permesso di pensare. Aveva molte cose in mente.

"Ci vediamo al campo, Nicki," urlò Dusty, chiudendo la porta.

Chi cavolo crede di essere quell'idiota di Matt Jackson? Pensava di poterla avere a sua totale disposizione e di fare sesso quando voleva? Si sbagliava di grosso. Lei corrucciò la fronte. Più pensava alla sua richiesta, più si arrabbiava. Si sentiva davvero indignata. Come aveva fatto a credere di poter frequentare un atleta professionista? *Egoista, arrogante e pieno di sé, questo è Matt Jackson.*

Quando arrivò, salutò le sue compagne di squadra e prese la sua attrezzatura. Aprendo lo zaino, prese il guanto, la bottiglia d'acqua, l'asciugamano, la pallina e la protezione solare.

Nicki le si avvicinò correndo, ansimando e sbuffando. "Perché non mi hai aspettata?"

"Non sapevo che fossi pronta. Forza, prova a prendermi. Ho bisogno di riscaldarmi."

Nicki indossò la sua attrezzatura da ricevitrice e si diresse verso il piatto, proprio dietro Dusty. La lanciatrice aveva imparato come sfruttare la sua rabbia nei suoi lanci. Dopo che i suoi genitori le avevano dato un ultimatum sul trovarsi un lavoro che potesse darle un futuro o andarsene, aveva trascorso molte ore a lanciare in campo. Incanalava la sua rabbia nel braccio, facendo ogni volta lanci più veloci e più forti.

La manager della squadra, Marjorie, aveva notato il suo miglioramento e l'aveva inserita nella formazione di lancio, facendole anche aprire qualche partita un paio di volte. Dusty aveva confidato il suo segreto a Nicki. Le ragazze erano scoppiate a ridere per il fatto che l'atteggiamento dei genitori di Dusty avesse spinto la loro figlia verso il successo.

Poi arrivarono Lorna e Evie, le altre due compagne di stanza e di squadra di Dusty.

"Ti sei ubriacata?" chiese Dusty a Lorna, intenta a sbadigliare.

"No. Non ho bevuto, ho solo fatto tardi con Tommy."

"A trombare tutto il tempo. Non faceva che sorridere quando è tornata a casa." Evie ridacchiò.

"Spero che ti aiuti in campo," intervenne Dusty.

"Come sempre," disse Lorna, con un sorrisetto malizioso.

Le ragazze si prepararono per esercitarsi nella battuta, poi si divisero in gruppi — interne ed esterne — per esercitarsi in difesa. La partita successiva sarebbe stata con le loro arcinemiche, le Philadelphia Foxes.

"Domani sarai tu a lanciare, Carmichael," disse Marj, masticando una gomma.

"Ok." Le ginocchia le cedettero per un attimo. *Matt sarà lì. Merda. Mi vedrà lanciare. Probabilmente troverà mille errori.* Si sentiva i nervi a fior di pelle e la nausea le prese lo stomaco.

"Qualcosa non va?" le chiese Nicki mettendole un braccio intorno.

Dusty le spiegò.

"Devi esercitarti fino allo sfinimento. Porta qui le chiappe," disse Nicki, tirando la manica di Dusty.

Dusty si rese conto che si stava prendendo in giro. Le importava ciò che Matt Jackson pensava dei suoi lanci, di lei, dentro e fuori dal letto.

Le aveva invaso i pensieri e i sogni. Aveva osato sperare che potesse essere una storia seria, ma ora doveva mettere da parte quell'idea.

Ovviamente, a lui interessava solo il sesso, non una relazione seria. Si ripromise di non cedergli. La sua offerta la tentava. L'idea di stare con lui e di svegliarsi accanto a lui per tre giorni alla settimana la intrigava. Ma doveva resistere. Le sembrava di sentire le parole di sua madre —"*Se permetti a un uomo di usarti, perderai il rispetto di te stessa, e anche il suo.*

L'idea di sposare un atleta sarebbe stato l'avveramento di un sogno. Ma, dopo qualche mese, le aveva proposto qualcosa di totalmente diverso. Non poteva essere d'accordo, e la delusione che provava nel suo cuore la rendeva triste.

"Smettila di pensarci! Che cavolo fai? Non puoi permettere a quell'idiota di rovinarti la partita," disse Nicki, masticando la sua gomma mentre rilanciava la palla alla lanciatrice.

"Hai ragione."

Dusty si scacciò i pensieri di Matt Jackson dalla mente e strinse gli occhi. La sua mano afferrò la palla e ogni suo muscolo aspettava i suoi ordini. Le ci volle un po' di tempo per riprendersi. Dopo circa cinque lanci, il suo corpo iniziò a prendere il ritmo. I lanci erano sempre più facili, e continuava a colpire la zona strike. Più forti, più veloci — i suoi movimenti erano fluidi, e il suo umore migliorò. Riusciva ancora a farlo.

Dopo quattro ore, Marj diede loro le istruzioni su cosa mangiare e a che ora andare a dormire.

"Da sole! Da sole, ragazze. Domani vi voglio cariche e pronte."

Le quattro compagne di stanza tornarono a casa e prepararono per cena bistecca e insalata. Avevano bisogno di ogni possibile vantaggio contro le Foxes, e Nicki preparò una cena ad alto contenuto proteico. Dusty fece una doccia calda e si preparò per andare a letto.

"Aspetta!" esclamò Nicki.

"Cosa?"

"Una consegna. Per te."

Dusty sollevò le sopracciglia mentre andava in salotto.

* * * *

Quando Matt scese giù, i suoi amici lo stavano aspettando. Il furgoncino Uber arrivò dopo cinque minuti. L'autista aveva bisogno delle indicazioni per raggiungere Hellgate Field.

Nat Owen tirò fuori il cellulare. "Ho il GPS. Ripeti il nome."

Ragionando tutti insieme, riuscirono a trovare il posto giusto. Quando arrivarono, entrambe le squadre erano già lì e si stavano riscaldando. Matt cercò Dusty. Si sentiva lo stomaco in subbuglio mentre si chiedeva se gli avrebbe parlato. I suoi compagni di squadra non gli avrebbero mai permesso di dimenticarsi quanto era stato coglione quando avrebbero scoperto cosa aveva fatto. Non voleva perdere Dusty, ma forse era già troppo tardi.

La vide e alzò la mano. Lei sorrise e ricambiò il saluto. *Pfff!* Lanciò la palla al ricevitore e si avvicinò ai Nighthawks.

"Grazie per essere venuto," disse.

"Sono felice che tu mi parli ancora," sussurrò Matt, abbassandosi per darle un bacio sulla guancia.

"I fiori e il biglietto...beh, tutti si meritano una seconda possibilità, no?" I suoi occhi azzurri erano ancora più belli dell'ultima volta.

"Sei la migliore."

Si mise in punta di piedi per baciarlo.

"Conosci già tutti, no?" Indicò gli interni degli Hawks e Holly.

Lei annuì.

Una donna più grande, che indossava un'uniforme e un berretto, si avvicinò a loro. "Salve, sono Marjorie Stocker, la manager delle Queens." Gli porse la mano. Matt la strinse saldamente e le presentò i suoi compagni di squadra. "Non servono molto le presentazioni. Sono una vostra grande fan," disse. "Non che ci dispiaccia, ma come mai siete qui?"

"Sono un grande fan di Dusty Carmichael. Sono venuto a vederla lanciare," disse Matt.

"Dusty? Lei è la nostra star. Grazie per essere venuti. Apprezziamo la vostra fiducia." Marjorie sorrise, poi ritornò dalla squadra.

"Falle fuori, tesoro," disse Matt, abbracciando Dusty prima che seguisse la sua manager.

I ragazzi e Holly presero posto. Era una giornata di sole, ma un po' fredda per essere giugno. Holly si strinse a Dan.

"Tempo perfetto per una partita," disse Matt.

"Una partita di ragazze sexy," disse Jake, scuotendo la testa. "Solo tu potevi trovare una squadra simile, Jackson."

"Forse mi rispetterete di più," rispose Matt.

"Forse me le presenterai dopo la partita," disse Nat Owen, guardando il sedere della ricevitrice delle Queens.

"Anche a me," intervenne Skip.

"Calma, ragazzi. Calma. Uno alla volta. Abbiate pazienza fino alla fine della partita." Matt ridacchiò. Una donna con una tromba e una delle giocatrici raggiunsero il centrocampo. Marjorie annunciò "La bandiera adorna di stelle" e tutti si alzarono in piedi.

Matt corrugò la fronte mentre guardava Dusty che si riscaldava. Grazie al suo sguardo da ricevitore e al suo intuito, riuscì a percepire il suo nervosismo. I suoi movimenti erano convulsi, non fluidi. Si sentì una stretta allo stomaco. *La faccio innervosire stando qui? Ha bisogno di trovare il suo ritmo.*

La prima battitrice delle Foxes raggiunse il piatto. Dusty fece un respiro e mandò uno strike proprio nel mezzo. Eliminò la prima giocatrice e Matt emanò il respiro che stava trattenendo. Quando la seconda fece il suo swing e mandò fuori la palla, il sorriso di Jackson divenne più ampio. Sembrava che la signorina Carmichael avesse trovato il suo ritmo. Si rilassò quando lei eliminò l'altra squadra — tre up, tre down.

La partita finì velocemente. Dusty giocò tutti e sei gli inning, rinunciando a un fuori campo, eliminando otto battitrici e segnando due punti. Le Queens vinsero la partita, con un punteggio di quattro a due. Si accorse che, mentre i suoi lanci erano eccellenti, aveva bisogno di esercitarsi sulle battute. Aveva mandato la palla fuori tre volte. Pensava di poterla aiutare, come stava facendo con Dan. Una volta migliorate le battute, sarebbe stata la migliore della lega.

Dopo la partita, lei raggiunse gli spalti. Matt le si avvicinò.

"Allora? Che ne pensi?" gli chiese corrugando la fronte, con un'espressione incerta.

"Credo che tu sia la più incredibile lanciatrice di softball mai esistita."

"Sì, ma?"

Scoppiò a ridere. "Come fai a sapere che c'è un ma?"

"C'è sempre un ma nella mia vita."

"Devi esercitarti un po' di più sulle battute."

"Non capisco perché lo pensi. Solo perché ho mandato la palla fuori tre volte? Ti sei accorto che non riesco a prendere la palla a meno che non sia io a lanciare, giusto?"

Sorrise. "Diciamo che me ne sono accorto. Ma posso aiutarti a migliorare."

"Lo faresti?"

"Certamente. Così, sarai la migliore della lega."

Lei gli sorrise. "Lo pensi davvero?"

"Sei già la migliore della *mia* lega," disse, stringendola tra le sue braccia. Il loro abbraccio si trasformò in un bacio.

"Ah, Dusty?" La ricevitrice si avvicinò alla lanciatrice e le diede un colpetto su una spalla.

"Oh, Nicki! Ciao." Dusty arrossì.

"Non me li presenti?" Nicki si tolse l'attrezzatura mentre parlava.

"Certo, certo. Scusami."

"Capisco. Eri impegnata," disse Nicki scherzando, con un luccichio nei suoi occhi nocciola.

Dusty le presentò ogni membro della squadra. Matt fu sorpreso di vedere che il più timido di loro, Nat Owen, strinse la mano di Nicki più a lungo degli altri. Il ricevitore sorrise tra sé. Sapeva cosa voleva dire avere una ragazza che giocava — porca miseria. Forse Nat sarebbe stato il prossimo?

"Andiamo a cena?" le chiese.

Lei annuì. "Ma prima devo farmi la doccia."

"Torno a prenderti dopo."

"Non preoccuparti —"

Lui le mise un dito sulle labbra. "Nessun problema. Chiamami quando sei pronta."

"Possiamo andare da Freddie?"

"Certo, tesoro. Ovunque tu voglia."

"Adoro le sue bistecche."

Matt la baciò e raggiunse i suoi amici, che avevano riempito un altro furgoncino Uber.

"È sexy. Come mai ti frequenta, Jackson?" chiese Jake, prendendolo in giro.

"Perché scopiamo alla grande. Oops. Scusa, Holly."

"La sua compagna di stanza è uno schianto," disse Nat.

"Quale?" chiese Jake.

"Tutte," intervenne Skip.

Matt scoppiò a ridere. "Siete sempre i soliti."

"Oh, sì. E giocano anche loro," aggiunse Skip.

Nat fu l'ultimo a salire sul furgoncino.

"Forza, Owen."

"Arrivo, arrivo," disse, ma non era vero.

"Hey, domani sarà ancora qui."

"Chi?" disse Nat, salendo.

"Nicki, ecco chi. La ragazza che non hai fatto che guardare nell'ultima mezz'ora," disse Matt, sedendosi davanti e chiudendo lo sportello.

"Lei?"

"Già. Lei," rispose Matt.

"Davvero? Non me ne sono accorto," rispose Nat.

Una risatina risuonò nel veicolo mentre l'autista metteva in moto.

Capitolo Undici

Dusty si fece la doccia a casa e si infilò un paio di pantaloni neri attillati e una blusa bianca di seta a maniche corte. La balza della blusa faceva risaltare la sua pelle chiara, il suo collo esile e la sua magnifica scollatura. Sorrise tra sé. Matt amava il suo seno. Glielo guardava spesso e, quando erano a letto insieme, gli dedicava particolare attenzione. Ricordandosi il contatto col suo corpo, le vennero i brividi.

Si fermò per odorare l'enorme mazzo di rose rosa nel vaso accanto al suo letto. Matt gliele aveva mandate insieme a un biglietto. Si spruzzò del profumo sul collo, poi prese il biglietto.

Dusty –

Sei la luce della mia vita. Per favore, perdonami per la mia stupidità. Non intendevo offenderti. È che mi piace averti intorno, anche se non so come dirtelo.

Con amore,

Matt

Aveva firmato il biglietto "con amore," ma non le aveva detto di amarla. Non ancora. Lei lo amava? Forse. Bello, generoso, divertente e protettivo, rendendola la sua prima vera esperienza positiva con un uomo. Nicki continuava a dirle di guardarsi intorno. *"Con la tua bellezza, Dusty, puoi avere tutti gli uomini che vuoi. Non fissarti con lui."*

Certo, avere una relazione con Matt Jackson, il ricevitore dei New York Nighthawks, non voleva dire sistemarsi. Inoltre, a lei non importava molto di uscire con i ragazzi e le importava ancora meno di andare a letto con qualcuno. Nicki era molto più elastica su quell'aspetto rispetto a Dusty.

Sembrava che scattasse qualcosa quando stava con Matt. Aggrottò la fronte, sapendo di non avere molte informazioni su di lui. Cosa sapeva della sua infanzia? Era cresciuto felice? Triste? Da dove veniva? Aveva fratelli? Matt non le aveva mai parlato della sua vita. Come poteva avere una relazione con un ragazzo del quale non sapeva niente?

Con un'espressione seria, strinse gli occhi. Quell'appuntamento sarebbe stato una missione di accertamento dei fatti. Soggetto — Matt Jackson. Obiettivo — scavare nel suo passato. Prese il suo paio di orecchini preferiti dalla scatolina dei gioielli, si mise il rossetto, il fard, il mascara e l'eyeliner, poi si diresse verso la porta.

"Sei favolosa stasera!" esclamò Nicki.

"Stupenda!" disse Evie.

"Wow," urlò Lorna, alzando il pollice in segno di approvazione.

Prima di aprire la porta, le suonò il cellulare. Lesse il messaggio e sorrise. "Ha mandato una macchina a prendermi!"

"Questo è amore, tesoro," disse Nicki.

Dusty sorrise alle sue compagne di stanza prima di raggiungere l'androne e di entrare in una limousine. Guardò fuori dal finestrino mentre sentiva il battito aumentare per l'emozione della magnifica serata che l'attendeva. Ebbe un brivido lungo la schiena e le sue mani cominciarono a sudare. Dopo averle asciugate con un tovagliolino, appoggiò la schiena sul sedile, osservando il traffico, senza riuscire a smettere di sorridere.

Chi era Matt Jackson? Era il ragazzo imbranato che si era pentito di ciò che aveva detto quando le aveva chiesto di dormire da lui tre giorni alla settimana per fare sesso? O era il ragazzo premuroso che si era offerto di aiutarla ad allenarsi nelle battute e le aveva mandato un'auto che la portasse da Freddie? Dusty aveva avuto il cuore spezzato alcune volte al college, da ragazzi che dicevano di apprezzare le donne atlete, ma che non riuscivano a gestire il suo successo nel softball. La spingevano a sfidarli, per poi trovare una scusa quando perdevano.

Matt era l'unico ragazzo con cui era uscita ad essere orgogliosa dei suoi successi. Andare ad assistere alla sua partita, portando con sé i suoi compagni di squadra, aveva superato di gran lunga i fiori per conquistare il suo cuore. Dopo che i suoi genitori le avevano voltato le spalle, aveva bisogno di qualcuno che facesse il tifo per lei, che venisse alle sue partite, che supportasse il suo sogno. Poteva trovare tutto ciò in Matt?

Il telefono le squillò.

"Sei per strada, tesoro?" le chiese.

"Sì. È stato un gesto molto carino. Non dovevi farlo."

"Voglio che tu sia al sicuro. Inoltre, sei troppo bella per prendere la metropolitana da sola," disse, ridacchiando.

"Abbiamo appena attraversato il ponte Robert F. Kennedy."

"Ho prenotato un tavolo. Sono tutti qui. Vogliono congratularsi con te. Viene anche Nicki?"

"No, non l'hai invitata."

"Cavolo. Avrei dovuto farlo. Credo che Nat sia interessato."

"Allora, digli di chiamarla. Questa è la mia serata con te. Non voglio fare da cupido."

"Giusto. Glielo dirò. Hai il suo numero?"

Dusty gli diede il numero della sua compagna di stanza, poi riagganciò. Gli appoggiò la schiena sul sedile e ricominciò a pensare al misterioso Matt Jackson. Voleva davvero impegnarsi o avrebbe interferito con la sua carriera nel softball? Troppe domande le affollavano la mente. Forse, per quella serata, si sarebbe dimenticata tutto e si sarebbe divertita. Come se Dusty Carmichael, motivata lanciatrice di softball, potesse davvero essere così rilassata.

****

Matt bevve un sorso di birra e appoggiò la schiena sulla sua sedia. Pfff, se l'era cavata per un pelo con Dusty. L'aveva quasi persa per il suo comportamento da coglione. Intorno al grande tavolo, i suoi compagni di squadra ingurgitavano hamburger, accompagnandoli con la birra. L'unico che aveva portato con sé una ragazza era Dan Alexander. Il lanciatore e la sua fidanzata non volevano stare separati. Dovendo andare spesso in trasferta, cercavano di godersi il tempo che passavano insieme. Matt sorrise pensando alla loro scelta di trascorrere la serata con i Nighthawks.

Controllò l'orologio e guardò la porta. Proprio in quel momento, un'auto si fermò davanti al locale. *Dusty!* Si alzò dalla sedia per salutarla. Osservò il suo abbigliamento sensuale e la sua incredibile bellezza. Scosse la testa. Sì, era proprio un uomo fortunato.

Si chinò per strofinare le sue labbra con le sue. Lei lo guardò negli occhi, con lo sguardo luccicante. Pensava che si trattasse di attrazione sessuale, perché era certo che non potesse essere amore. Matt Jackson non era il tipo che si innamorava.

"Sei stupenda, piccola," le disse, accompagnandola al tavolo.

I Nighthawks sollevarono le mani e la salutarono.

Dan fu il primo a parlare. "Complimenti, Dusty. Ottima partita!"

"Portate una birra a questa ragazza," urlò Skip.

Lo sguardo di Matt indugiò un po' troppo a lungo sulla sua scollatura.

"Sono quassù," disse, sollevandogli il mento con un dito.

Le guance di Matt arrossirono. "Scusa. È che sono così belle. Ed è un eufemismo."

Lei scoppiò a ridere. "Calmati. Non siamo da soli. Non c'è bisogno che lo sappia tutto il mondo."

"Scusa, scusa." Iniziò a fissare il suo boccale e scosse la testa. Doveva portarla a casa al più presto.

"Cosa prendi?" le chiese Tommy.

"Un hamburger, cottura media, con formaggio. Senza cipolle," disse lei, lanciando un'occhiataccia a Matt.

"Arriva subito."

"Niente bistecca?" le chiese.

"Per cambiare," rispose lei.

La squadra mangiò e bevve, parlando di sport e di donne.

"Non immaginavo che così tante donne sexy giocassero a softball," disse Jake.

"Già. Ce ne erano alcune con cui vorrei uscire. Avete visto la ricevitrice? È super sexy," intervenne Skip.

"Sì, e sto pensando di chiederle di uscire," disse Nat, con tono stizzito.

"Beh scusami. Sei un tale playboy, Nat. Non farlo!"

Prima che i ragazzi iniziassero a litigare, Holly intervenne. "Sapete qual è il principale organo sessuale di un uomo?"

Gli interni arrossirono. Nessuno aprì la bocca. Tutti si limitarono a fissarla.

"Guardatevi! È il cervello! Il cervello, ragazzi!" Lei si mise a ridere.

I ragazzi fecero una risatina di sollievo. Dan li interruppe. "È una burlona!"

Dusty mangiava in silenzio, limitandosi a guardare. Matt si chiese se fosse timida. Di certo, era esitante all'interno del gruppo. Ma non gli importava. Meno parlava, più velocemente mangiava, così avrebbero potuto andarsene presto. La voleva tutta per sé.

Alle otto e mezza, Dusty finì di mangiare e bevve l'ultimo sorso di birra.

"Sei pronta?" le chiese.

"A casa tua?" Si asciugò le labbra con un tovagliolo.

"Ti va bene?"

"Certo."

Matt prese il portafogli in tasca. Mise sessanta dollari sul tavolo e si alzò.

"Noi andiamo, ragazzi."

I suoi amici gli lanciarono delle occhiate maliziose e li salutarono. Lui sperò che Dusty non se ne fosse accorta. A volte, i ragazzi erano davvero espliciti, e sì, anche lui lo era.

Lei si alzò. "Grazie mille per essere venuti alla partita oggi, ragazzi. Ci avete aiutate a vincere."

Loro negarono la loro parte nella vittoria delle Queens, ma ribadirono il loro sostegno nei suoi confronti e in quelli della squadra. Matt le mise la mano sulla schiena, toccando la sua blusa di seta. Si sentì travolto dal desiderio mentre si immaginava di toccare il tessuto sul resto del suo torso, per poi andare oltre. Chiamò un taxi e aprì lo sportello alla sua ragazza.

Salendo in ascensore, Matt la strinse a sé per abbracciarla. Lei gli mise le braccia intorno e appoggiò la testa sul suo petto. Lui si sentì riscaldare tutto il corpo. *Desiderio, non amore, giusto?*

Separandosi quando arrivarono al suo piano, lui le prese la mano e iniziò a correre verso il suo appartamento. A malapena capace di controllarsi, quando entrarono in casa, la tirò verso di sé mentre la sua bocca scendeva su di lei. Con una mano, lei iniziò a sbottonargli la camicia, mentre lui infilava le dita sotto la sua blusa per sentire la pelle vellutata della sua schiena.

Si tolsero i vestiti, spinti dal desiderio. Dusty sembrava eccitata quanto Matt. Quando rimasero in biancheria intima, se la mise sulle spalle e si diresse verso il letto. Lei rideva e gridava, aggrappandosi a lui,.

Lui la sculacciò dolcemente poi la mise giù e la afferrò, mettendola sul materasso.

"Vieni qui, ragazzone," disse, facendogli un cenno con le dita.

Lui salì sul letto e andò verso di lei a quattro zampe, ululando. Dusty scoppiò a ridere.

"Lo trovi divertente? Ti faccio vedere io cos'è divertente!"

"No, no!" Fece un urletto e ridacchiò. Si mise a cavalcioni su di lei e iniziò a farle il solletico sulla pancia finché lei iniziò a dargli dei colpi sul petto. "Basta! Basta!" sospirò.

Lui si fermò, stringendole le braccia intorno alla vita e avvicinandole le labbra al collo. Poi scese sul suo seno. Spostandole il reggiseno nero scollato, le afferrò un capezzolo con i denti.

"Hai un sapore così buono," sussurrò lui, senza rallentare nemmeno per un secondo.

Dusty era sotto di lui, e il suo respiro stava gradualmente tornando alla normalità, mentre con le dita si afferrava alle sue spalle.

Facendole scivolare una mano dietro la schiena, le aprì il reggiseno, poi fece scivolare le sue mutandine.

"Ora tocca a te," gli disse, tirando giù i suoi boxer.

Lui li lasciò cadere, mostrandole la sua erezione, restando in piedi a guardarla.

"Sei bellissima, lo sai?"

"Anche tu lo sei."

"No. Io non sono male. Ma tu, cavolo, potresti essere Miss America."

Lei scoppiò a ridere. "Come no!"

Lui sorrise. "Per me lo sei."

"Vieni qua. Perché sei così lontano?" gli chiese.

Matt le si avvicinò, abbracciandola mentre lei stringeva le braccia intorno a lui. Lei aprì le gambe, facendogli spazio. Lui la tirò verso di sé, guardandola negli occhi. Iniziò a baciarla, sempre più appassionatamente, esplorando la sua bocca.

Le mise una mano sul seno, poi iniziò a baciarla, scendendo sempre più giù. Stavolta proseguì, sollevandole la gamba, piegandole il ginocchio e lasciando scivolare la sua lingua dentro di lei. Dusty inarcò la schiena, iniziando ad ansimare.

"Oh mio Dio. Matt. Ancora," disse.

Lui sorrise, poi continuò.

"Non ce la faccio più. Forza. Fallo"

"No. Prima tu," rispose lui.

Determinato, non si fermò finché lei esplose in un orgasmo, urlando il suo nome, muovendo le anche. Stava per aprire il cassetto del comodino, ma la sua mano lo fermò.

"No. No. Non serve. Ho ricominciato a prendere la pillola," disse.

"Cavolo! Davvero? L'hai fatto per me? Stupendo," rispose, sollevandola sopra di sé. "Voglio vederti." La sollevò come se non pesasse niente, poi la abbassò sulla sua asta. Dusty lo guidò dentro di lei e ansimò quando lo sentì. Chiuse gli occhi mentre lui la teneva stretta.

"Oh, piccola, piccola, piccola," sussurrò, lasciando scivolare le mani sul suo seno.

Dusty si appoggiò con le mani ai suoi pettorali e iniziò a muoversi. Lentamente, torturandolo, su e giù, dentro e fuori.

"Più veloce, tesoro, più veloce," la supplicò.

"No. Voglio prendermi del tempo. Farti sudare."

"No, no. Davvero. Sono pronto."

"Lo so. Ma più aspetti, più sarà bello," disse, abbassandosi per far scorrere la lingua sulla sua pelle.

I suoi gemiti si facevano sempre più forti mentre lei manteneva un ritmo lento ma costante. Quando iniziò ad andare più veloce, la sua fronte iniziò a sudare. *È quasi pronta per il secondo orgasmo.*

"Vieni insieme a me," sussurrò lui.

"Non ce la faccio. Non riesco a fermarmi," sospirò lei, muovendosi sempre più veloce.

Lui le afferrò i fianchi, costringendola ad andare più veloce finché le sue palle si indurirono e si lasciò andare all'orgasmo. La sua forza, il puro piacere che sentiva in tutto il suo corpo, gli fece inarcare leggermente la schiena e la tenne stretta a lui. Era da tanto che non lo faceva da dietro. Era molto meglio di quanto si ricordasse. E poi, era con Dusty.

Lei si staccò da lui. Lui andò in bagno per pulirsi. Al suo ritorno, lei si stese su un fianco e gli fece cenno di raggiungerla.

"Parliamo un po'."

* * * *

Lui avrebbe solo voluto stringerla tra le sue braccia e addormentarsi. "Ok. Di cosa vuoi parlare?"

"Mi darai qualche consiglio sulla battuta?"

"Adesso?" Fece un'espressione stupita.

"Domani, prima dei tuoi allenamenti?"

"Certo, certo."

"Bene. Ora," disse lei, accoccolandosi a lui e abbracciandolo. "Parlami di te."

"Nulla da dire. Sono esattamente come mi vedi."

"Pff. Non ci credo"

"Ok, cosa vuoi sapere?" Le mise il braccio intorno alle spalle, avvicinandola a sé e iniziando ad accarezzarle i capelli con le dita.

"Tutto."

Lui si mise a ridere. "Da dove comincio?"

"Che ne pensi di cominciare da quando sei nato?"

"Sono nato. E ora sono qui. Fine della storia."

Lei si raddrizzò, allontanandosi da lui. "Evidentemente c'è qualcosa che non vuoi dirmi. Perché?"

La dolorosa verità affiorò nel suo cuore. "Non è molto interessante. Sono nato. Sono cresciuto. E ora sono un uomo e un giocatore professionista di baseball. Visto? Una vita noiosa."

Lei si sedette sul bordo del letto. "Oh, sì. Visto. Ho proprio visto. Non vuoi dirmelo. Non ti fidi di me o non so cosa. Ma va bene. Ho capito. Io vado bene per il letto, ma niente di più. Beh, questo non mi sta bene."

"Aspetta! Aspetta. Non vorrai andar via?" Lui si sedette.

"Sì che voglio. Matt, ci tengo a te, ci tengo davvero. Ma ci sono troppi punti interrogativi. Questo non mi basta. Qualunque cosa sia, non può essere così brutta da nascondermi il tuo passato. A meno che tu non sia un serial killer o sia stato sposato cinque volte."

"Niente del genere." Lui abbassò la testa. Lei era pronta ad andarsene se non si fosse spiegato. Come poteva ammettere di essere un tale disastro da essere stato abbandonato dalla sua stessa madre? Si sentiva gli occhi carichi di lacrime, ma fece un profondo respiro e le respinse. Se voleva lasciarlo per quel motivo, allora doveva lasciarla andare.

"Allora, di che si tratta? Vuoi parlarmene, per favore?" Si sedette accanto a lui e gli accarezzò la schiena. La sua voce dolce e gentile lo spinse a confessare.

Come se ci fosse un muro di cemento a separarli, lui fece fatica ad aprirsi. "La mia vita non ha niente di speciale."

"Ok. Nemmeno la mia."

"Prima tu."

"Oh, no! Stai di nuovo evitando la domanda. Forza. Ti ascolto."

"Ti dispiace se prendo una birra?" Stava per alzarsi quando lei lo tiro giù.

"Sì, mi dispiace. È solo un altro modo per rimandare. Smettila di fare così o uscirò immediatamente da quella porta — per sempre."

Fu preso dal panico. Non aveva mai avuto una ragazza come Dusty e non voleva perderla.

"Ok, ok. Ora ti racconto. Sono nato a Pittsburgh. Dopo otto anni, è nata anche mia sorella Marnie. Quando lei aveva tre anni e io ne avevo undici, mia madre se n'è andata. Non ci ha mai spiegato niente e non ci ha mai contattati da allora. Due anni fa, Marnie è morta in un incidente. Quando mia madre è andata via, mio padre ha cominciato a bere. Adesso è in dialisi e le sue condizioni di salute sono brutte. Io cerco di aiutarlo. Ecco tutto."

Sentendola sospirare, sapeva di averla sconvolta. "Oh mio Dio. Matt. Mi dispiace molto."

Alzò lo sguardo quando sentì tremare la sua voce. Lei aveva le lacrime agli occhi. "Te l'avevo detto che non era una bella storia."

"Terribile! Eri molto vicino a tua sorella?"

Matt sapeva di non riuscire nemmeno a parlare di Marnie senza piangere, e non avrebbe mai frignato come un neonato davanti alla donna che amava. *Cosa? Oh, merda. No, no, niente amore. Per favore, mio Dio.* "Sì."

"Parlami di lei." Dusty si rimise a letto e tirò su le coperte.

Lui rimase immobile per un attimo.

Lei batté la mano sul lenzuolo. "Forza, Matt, tesoro. Tesoro," disse dolcemente. "Prometto che non ti mordo. E non ho intenzione di andar via."

Lui la guardò. La dolcezza del suo volto lo calmò un po'. Forse stava dicendo la verità? Forse non sarebbe fuggita, non l'avrebbe considerato un perdente né un uomo detestabile? Forse... doveva accertarsene prima di perderla. Si mise sotto le coperte accanto a lei.

Lei si strinse a lui e iniziò ad accarezzargli il petto, facendogli scorrere le dita tra i peli scuri. "Parlami di Marnie. Com'era?"

"Era una bambina dolcissima," disse, fermandosi con la voce rotta dal pianto.

"Prenditi tutto il tempo che ti serve. Io starò qui tutta la notte."

"E giocava a softball. Era la migliore interbase della sua lega."

"Giocava a softball? Come me?" Dusty sollevò la testa.

"Sì. Proprio come te. Sono stato io ad insegnarglielo. Ho preso il posto di mia madre quando è andata via. Marnie era la migliore. Avresti dovuto vederla giocare. Cavolo, era impareggiabile. Puntava alla seconda base e poi lanciava in prima facendo un doppio gioco. Era la sua specialità. Nessuno poteva cavarsela con lei." Si fermò per fare un respiro profondo. Parlare di lei si rivelò più facile di quanto pensasse. La tristezza abbandonò le sue parole, lasciando il posto all'orgoglio.

"L'hai cresciuta tu?"

"Papà doveva lavorare. Dopo il lavoro, lui beveva. Quindi io ero un po' come suo padre. La accompagnavo a scuola al mattino. Le preparavo il pranzo. La aiutavo a fare i compiti. Andavo persino agli incontri con gli insegnanti."

"Wow."

"Era un po' discola, ma riuscivo a farla rigare dritto. Era brava."

"Immagino che ti manchi."

"Ogni giorno. Ogni giorno."

"Cosa le è successo?"

Lui si voltò su un fianco, dandole le spalle. "Non voglio parlare di quello che le è successo."

"Va bene."

"Sono andato in psicoterapia. Non ho voglia di parlarne."

"Lo capisco. Va tutto bene, tesoro." Gli diede una pacca sulla spalla.

Matt si voltò. "Grazie. Vieni qui." Lei gli si avvicinò e lui la strinse a sé. "Hai saputo quello che volevi?"

"Sì. Ora ti conosco molto meglio."

"Veramente?"

"Sì. Grazie per esserti confidato con me. Non deluderò la tua fiducia."

"Sei la migliore, Dusty."

"Anche tu. Anche tu."

Essersi tolto questo peso dal cuore fece rilassare Matt. Voleva dormire accanto a lei per il resto della sua vita. Sospirò, si strinse a lei e si addormentò in un secondo.

Alle due, si svegliò di soprassalto, madido di sudore, quando Dusty gli scosse una spalla. "Svegliati! Svegliati, Matt!"

Capitolo Dodici

Dusty non si era resa conto che anche lei stava sognando fino a quando non sentì dei rumori patetici. Chi mai si lamenterebbe al suo matrimonio con Matt Jackson? Probabilmente nessuno, eccetto un'ex ragazza. Dusty, che indossava un abito stupendo e sfarzoso, stava per iniziare a percorrere la navata quando si fermò, sentendo qualcuno che si lamentava. Si voltò.

Agitandosi nel letto, la urtò, e lei si svegliò di soprassalto. Il suo bel sogno svanì. Stava per rimproverare Matt per averla distolta dalla sua fantasia da miliardi di dollari, quando spalancò gli occhi. Il ragazzo stava avendo un incubo. I suoi lamenti si trasformarono in parole.

"No, no. No, Marnie. No, no, non farlo. Non salire scendi, scendi!" E prima che Dusty potesse battere ciglio, lui iniziò a urlare! "Scendi dal pullman! Marnie, scendi dal pullman!"

Il chiarore della luna faceva brillare il sudore che gli scivolava sul viso e sul collo. Si agitò, come se fosse in preda a un dolore lancinante. "Non farlo. Non farlo. Mi dispiace, mi dispiace," continuava a ripetere. Dusty lo toccò, e il suo corpo si contorse. Lui trasalì. Gli toccò la spalla con la mano in modo deciso.

"Matt. Matt. Matt! Svegliati. Svegliati! Stai sognando," disse lei, scuotendolo dolcemente.

Spalancò gli occhi e si distese sulla schiena. La luce della luna faceva brillare il sudore che aveva intorno agli occhi. Ma non era sudore, erano lacrime che gli scivolavano sul viso. Aveva pianto durante il sonno.

Lei gli accarezzò la guancia destra e gli diede un bacio su quella sinistra. "Tesoro, tesoro, stai avendo un incubo. Svegliati, tesoro," sussurrò.

Lui si sedette sul letto, coprendosi immediatamente il viso con le mani. "Dove sono?"

"Sei qui con me. È tutto ok, tesoro. Io sono qui." Gli accarezzò i bicipiti. Lui si allontanò, strofinandosi gli occhi con le mani. Lei lasciò scivolare le dita sul suo collo. "Va tutto bene."

"No, no. Non guardarmi."

"Matt. Hai avuto un incubo."

"Non guardarmi." continuava a nascondersi il viso.

Lei abbassò una mano. "Tesoro, va tutto bene. Anche gli uomini piangono qualche volta. Va tutto bene."

"Io non piango mai."

"Sì che lo fai. Tutti piangiamo."

Lui abbassò la testa. Aprì la bocca, senza emettere alcun suono.

"Cos'era? Il sogno. Cosa stavi sognando?"

"Quello che sogno sempre. Marnie."

"E che succedeva a Marnie?"

Lui si alzò dal letto e si diresse verso il bagno. Sentì scorrere l'acqua. Dopo pochi minuti, lui ritornò, sembrandole più simile al Matt che conosceva.

"Raccontami," disse lei, sollevando il cuscino contro la parete.

"No."

"Oh, avanti. Non è giusto. Hai un incubo terribile, mi svegli, sei totalmente sconvolto, ma non vuoi parlarmene?"

"Mi dispiace di averti svegliata."

"Matt. Per favore."

"No." Lui si sedette accanto a lei, fissandosi le gambe.

Lei avvicinò le dita e gli prese la mano con la sua. "Io ti amo. Non ti farei mai del male."

Alla parola "amore," alzò bruscamente la testa. "Tu non mi ami."

"Non dirmi quello che sento."

Lui aprì la bocca, ovviamente ripensandoci, e la richiuse senza dire una parola. Sospirò e le prese la mano con la sua. "Grazie," disse, a voce così bassa che lei era certa che non avesse detto niente, o che se lo fosse immaginato.

"Torna a letto. Abbracciami. E raccontami il tuo sogno."

Lui fece come gli aveva detto. Dopo che lei si appoggiò alla sua spalla, lui chiuse gli occhi. "Sono le due e mezza. Torniamo a dormire."

Un veloce colpo sui suoi addominali gli fece aprire gli occhi.

"No! Hai detto che mi avresti parlato del tuo sogno, e lo farai! Matt Jackson, sei un uomo testardo!"

Lui sospirò profondamente, poi disse. "Ok."

"Che è successo?"

"Sogno di essere lì quando Marnie sale sul pullman. Lei cammina verso il pullman e io le urlo di non salire. Ma non mi sente. Così urlo ancora più forte, ma lei ride e parla con le sue compagne di squadra e continua a non sentirmi." Si interruppe. Il suo petto si muoveva velocemente al ritmo del suo respiro.

"Continua"

"Poi, c'è un cancello. Ed è molto alto. E io sono dietro il cancello. E Marnie è sui gradini. Li sta salendo, e io le urlo di scendere, ma non mi ascolta. Non mi sente. Finalmente, si volta e mi saluta, sorridendomi. Mi manda un bacio, come faceva ogni volta che andava in trasferta. Ma questa volta, non tornerà."

Si interruppe di nuovo. Dusty passò il pollice sulla sua guancia irsuta. Era asciutta.

"C'era un brutto temporale. Il pullman vi si è trovato in mezzo. È slittato sulla strada e metà della squadra è morta sul colpo."

"L'incidente non è stato colpa tua."

A quelle parole, la allontanò e si alzò dal letto. "Non è vero. È stata colpa mia. È stata tutta colpa mia. Sono stata io a convincerla ad entrare nella squadra. Lei non voleva, all'inizio. Voleva fare danza. Le avevo detto che la danza era roba da femminucce e che doveva fare un vero sport. Così la convinsi a fare softball. Le feci da allenatore. La iscrissi alle selezioni," disse con la voce rotta dal pianto.

Dusty si sollevò, guardandolo.

Matt si mise in ginocchio. "Non lo capisci? Ne sono responsabile. Se l'avessi lasciata in pace, se le avessi lasciato fare quello che voleva, oggi sarebbe ancora viva. È stata colpa mia. Sono stato io a costringerla. Se non avesse iniziato a giocare a softball, non sarebbe morta. L'ho uccisa io. È stata tutta colpa mia."

Si coprì il viso con le mani e scoppiò a piangere, singhiozzando.

Dusty si alzò dal letto e si sedette al suo fianco. Gli mise le braccia intorno e lo abbracciò. Rimasero così senza parlare. Lei gli stava semplicemente dando il suo sostegno, accarezzandogli la schiena e coccolandolo.

"Mi dispiace," sussurrò lui. "Mi dispiace. Tu non ti meriti tutto questo."

"Zitto! Non osare scusarti con me. È un onore che tu stia condividendo tutto questo."

Lui rimase in silenzio, e presto si ritrovarono stretti in un abbraccio seduti sul tappeto. Dusty cambiò posizione, mettendogli le gambe intorno ai fianchi e appoggiandogli il sedere tra le ginocchia. Lui sospirò, accarezzandole la schiena.

"Non è colpa tua, Matt. Non lo è. Non l'hai obbligata a giocare a softball. Aveva talento. Era una star. Sono sicura che volesse farlo"

"Dopo appena tre mesi, ce l'aveva già nel sangue. Non dovevo ricordarle degli allenamenti, era lei a ricordarli a me."

"Visto? Gli incidenti possono succedere. Non possiamo tenere al sicuro le persone che amiamo. Non possiamo metterle sotto una campana di vetro."

Il suo respiro riprese un ritmo regolare.

"Per favore, perdona te stesso. Sono certa che lei non ti ritiene responsabile. E nemmeno tuo padre."

"Sarei sorpreso se non lo facesse"

Dusty si alzò, porgendogli la mano.

Lui si alzò senza il suo aiuto. "Per favore, non dirlo a nessuno."

"Certo che no. È una cosa privata."

Ritornarono a letto. "È tardi. Ho una partita domani."

Lei tirò su le coperte.

"Per favore, per favore, non amarmi," disse lui.

Gli occhi le si riempirono di lacrime. Aveva sperato che lui ricambiasse il suo sentimento. "Io amo chi voglio amare."

"Hey, non arrabbiarti con me."

"Qualcuno deve farlo," disse, voltandosi e dandogli le spalle, con le ginocchia in posizione fetale.

Matt la accarezzò, mettendole il braccio intorno alla vita.

Lei gli diede una gomitata. "Lasciami!"

"Come? Che cosa ho fatto?"

"Niente. Non preoccuparti. Dormi."

"Oh, oh, certo. Capisco, Dusty, non sono stato fortunato con le donne. Mia madre, Marnie, Stephanie... niente è andato bene. Evito di impegnarmi perché non mi merito una donna che mi ami, come te. Ti voglio? Cavolo, sì. Ma non ti merito."

Lei si voltò. "Tu ti meriti di essere amato."

Lui si sedette, fissandola senza dire niente.

"Ami i tuoi compagni di squadra. Sei una persona amabile. Ti meriti di essere amato in cambio."

"Anche tu. Da qualcuno che non sia un perdente con le donne."

Gli toccò il viso. "Ti sbagli. Ma non avrai amore se non dai il tuo"

"Non capisci come mi sento?"

Lei scosse la testa, con gli occhi pieni di lacrime.

Matt la guardò negli occhi prima che lei distogliesse lo sguardo. La strinse tra le braccia. "Oh, tesoro, sei la cosa migliore che mi sia mai successa. Non ti merito, ma ti voglio. Vuoi sapere se ti amo? Certo che ti amo. Ti ho amata fin dal primo momento."

Lei scoppiò a piangere, appoggiandogli il viso sul petto.

Lui iniziò ad accarezzarle i capelli. "Non piangere, tesoro. Tutto bene."

Lei si calmò e prese un fazzolettino dalla scatola sul comodino.

"Ora, dobbiamo tornare a dormire. Vieni vicino a me," disse lui.

Lei si mise accanto a lui e si voltò su un fianco. Lui iniziò ad accarezzarla. Lei fece un profondo sospiro e sorrise. *Ha detto che mi ama.* Abbracciati stretti nel bozzolo del loro amore, dormirono tranquilli fino al sorgere del sole.

* * * *

Il suono della sveglia penetrò nella coscienza di Matt. Era ora di svegliarsi e andare allo stadio. La partita era all'una, ma gli allenamenti cominciavano alle dieci. Stiracchiandosi le gambe, urtò il ginocchio di Dusty. *Merda*! Si era dimenticato di lei. I ricordi della notte che avevano condiviso gli ritornarono in mente, insieme all'umiliazione che provava per aver messo la sua anima a nudo. *Pensa che io sia un matto, un tipo strambo, uno mentalmente instabile.*

Impallidì quando si rese conto di non poter fuggire facilmente perché quella era casa sua, non di Dusty. Non avrebbe potuto inventarsi una scusa e sgattaiolare via in silenzio. Avrebbe dovuto affrontarla. Andò in bagno per lavarsi.

Si lavò i denti, poi si insaponò il viso. La sua mente cercò di ricordare tutto ciò che aveva detto. Era successo tardi, nel bel mezzo della notte. Era stanco, distrutto. Chiuse gli occhi per un attimo. "No, non posso averlo detto, vero?"

"Detto cosa?"

Aprì di colpo le palpebre. Allo specchio, vide una bella ragazza nuda, in piedi dietro di lui. Prese il rasoio, ignorando il leggero tremore della sua mano. “Niente.”

Lei si avvicinò, prese il rasoio e, con un saltello, si sedette sul bancone di fronte a lui. Matt non riusciva a distogliere lo sguardo dal suo corpo. Era così perfetta, con la sua morbida pelle chiara e le lentiggini sparse qua e là.

Poggiò la mano sul petto nudo. Il sangue gli pompava tra le gambe. *Dio, non ora!*

“Non vorrai mica fare l’idiota e ignorare e negare tutto quello che è successo questa notte, vero?”

“Come? Cos’è successo?”

“Sì. È proprio quello che stai facendo.” Lei scosse la testa. “Ti sei aperto con me. Riguardo a Marnie, alla sua vita, alla sua morte. Mi hai detto che mi hai amata fin dal primo momento.”

“Sei stata tu a dirmi di amarmi per prima!” Cercava di sembrare serio, ma guardandosi allo specchio si rese conto che avere il viso ricoperto di schiuma da barba impediva ad ogni uomo di avere l’aspetto da duro.

“L’ho fatto. Sì. Ed era proprio quello che intendevo. E tu?” Lei strinse gli occhi e lo fissò.

“Non sono una bugiarda.”

“Accidenti, non sconvolgermi con il tuo amore e la tua devozione. Lo intendevi davvero?”

Voleva negarlo, ma non potevo. “Certo che sì. Chi non ti amerebbe?”

Gli si avvicinò e lo baciò, sporcandosi di schiuma da barba. “Pfui!” disse lei, sputandola nel lavandino.

Lui scoppiò a ridere e le asciugò la bocca con l’asciugamano. “Dai, fammi fare la barba. Ho gli allenamenti.” Lui riprese il rasoio.

“Posso guardare?”

“Non se resti nuda.”

"Perché no?" chiese scuotendo il seno.

"Ecco perché," disse, toccandoglielo con la mano libera.

"Ok, ok. Gli uomini non hanno autocontrollo," mormorò.

"Non con te intorno."

"A proposito." Si fermò davanti alla porta e lo guardò. "Non racconterò a nessuno di questa notte."

"Grazie," disse lui, aprendo il rubinetto.

"Ma quello che mi hai detto. Mi fa. Mi fa..." Lui alzò lo sguardo, guardandola negli occhi. "Mi fa provare ancora più amore per te, non di meno ."

Felice di avere il viso ricoperto dalla schiuma da barba, si sentì arrossire le guance. Lei si ricordava tutto. Lui aveva tirato fuori tutti i suoi scheletri dal suo armadio e lei lo amava ancora di più per questo. Gli occhi di Matt si fecero lucidi per un attimo. Di certo non si meritava una donna come lei.

Si sentì sopraffatto dall'emozione. Le parole svanirono, lasciando il posto ai sentimenti. Posò il rasoio e appoggiò le mani sul bancone. Abbassò la testa e sbatté le palpebre furiosamente per trattenere le lacrime.

Dusty gli si avvicinò in silenzio. Si sollevò per baciargli la spalla. "Non montarti la testa," sussurrò.

Ridacchiò, dandole una pacca sul sedere. "Io non ti merito."

"Sì, invece." Lei si allontanò prima che la sua allegria li spingesse a fare l'amore.

* * * *

Matt non si sentì stanco durante gli allenamenti. Durante la partita, era più sveglio che mai, il che lo sorprese. Colse il segnale di uno dei Boston Bluejays di rubare la seconda base. Notò lo sguardo che si scambiò con il giocatore in prima base. *Vogliono fare una rubata doppia! Figlio di puttana.*

Il ricevitore sorrise tra sé. *Non credo.* Raggiunse il monte di lancio per suggerire il suo piano al lanciatore, Chip Sanderson. Accovacciandosi, Matt tenne lo sguardo fisso sul corridore in seconda base. Ovviamente, fece un cenno al giocatore in prima base. Jackson fece a Sanderson il segnale di un pitch-out, così lui lanciò a destra, dove il ricevitore aspettava il lancio.

Lanciò in terza base, dove Jake Lawrence raggiunse il rubatore. Poi, la lanciò a Skip Quincy, che copriva la seconda base ed eliminò il secondo corridore. Rubata doppia? No, due fuori. La folla insorse esultando e fischiando. La potenziale corsa in seconda base fu bloccata e si liberarono anche dell'idiota in prima base.

Matt aveva salvato la partita. Moose Macafee sarebbe entrato nel prossimo inning al posto di Chip, che aveva già lanciato per sette complicati inning contro la squadra di Boston. La parte bassa del settimo inning vide Matt alla battuta. Il punteggio era pari, quattro a quattro.

Fece qualche swing di riscaldamento per ammorbidire i muscoli e calmarsi i nervi. Il lanciatore di Boston era forte. I Nighthawks avevano segnato su una base, due singoli e un grande slam di Nat Owen. Il suo primo grande slam dell'intera stagione. Il resto del tempo, i Bluejays erano riusciti a confondere gli Hawks con la sua battuta a effetto e il suo change-up.

L'energia scorreva nelle vene di Matt. Poteva correre tra le basi all'indietro e battere ogni lancio. Sentì una scarica di adrenalina mentre prendeva posizione. Si concentrò, esaminando il lanciatore. *Lo stronzo deve essere stanco adesso.* Prese il primo lancio, segnando un punto.

Poi prese il secondo, segnando uno strike. Digrignò i denti e serrò la mascella. Iniziò ad oscillare la mazza avanti e indietro, sperando che il giocatore dei Bluejays sul monte di lancio credesse che quello era il suo swing. No, il suo era molto più ampio. Secondo punto. Uno strike e due punti. Ecco che arrivava il suo lancio. La danza tra il battitore e il lanciatore era quasi finita. Il lanciatore si asciugò il viso con la manica. Il suo sudore, non facendo particolarmente caldo, era il segnale che si stava stancando.

Jackson piantò i piedi, spinse indietro la mazza e spalancò gli occhi. Ed eccola lì, proprio in mezzo al piatto! Ogni muscolo delle braccia e del petto era teso al massimo potenziale mentre la mazza la colpiva con forza. Avrebbe giurato che il rumore della palla contro la mazza si potesse sentire fino a Cleveland.

La palla fu lanciata in aria e i piedi del ricevitore presero il volo. Ce l'aveva messa tutta e la palla andava sempre più in alto, sempre più veloce. Arrivando in base per primo, guardò l'esterno centro correre verso la pista di avvertimento, ma era un po' troppo tardi. La palla gli passò sopra la testa e raggiunse la seconda fila di spalti. *Figlio di puttana, un fuoricampo!*

Matt raggiunse le basi, sorridendo. Sì, quello stupido manager di Boston avrebbe dovuto sostituire il suo lanciatore al sesto inning. La squadra lo stava aspettando in panchina. La sua reputazione come miglior battitore della squadra era salva. Aveva segnato. Ora, dovevano solo fare in modo che i Jays non facessero altri punti per altri sei out e avrebbero vinto.

"Ottimo lavoro, Jackson," disse Crawley, facendo un leggero cenno con la testa.

Quasi non sentiva le pacche sulle spalle e i batti cinque dei suoi compagni di squadra. L'unica cosa che voleva fare era chiamare Dusty. Ma avrebbe dovuto aspettare la fine della partita. Aveva vinto per lei e voleva dirglielo. Voleva dirle quanto fosse meravigliosa, quanto la amasse. Perché diavolo le partite di baseball dovevano durare nove inning?

Moose Macafee fece il suo lavoro, tenendo a bada i Boston Bluejays. Aveva mancato due lanci, ma ogni giocatore si era fermato in prima base mentre il lanciatore eliminava i battitori uno dopo l'altro. Con l'ultimo swing e un lancio mancato, la partita fu vinta dai Nighthawks.

Cal Crawley sorrideva mentre seguiva i suoi giocatori nello spogliatoio. Matt riusciva a malapena a trattenersi.

Dan gli si avvicinò. "Congratulazioni, Matt. Continua così, amico," disse, dando al ricevitore una pacca sulla spalla.

"Sì. Grazie. Devo chiamare Dusty."

"Sarà orgogliosa di te."

"Credo che la sposerò."

"Come?" Dan spalancò gli occhi. "Sposarla? La conosci solo da tre mesi."

"Sei mesi."

"L'uomo che diceva sempre 'Io non mi sposerò mai' vuole fare il grande passo?"

"Mi sbagliavo. Non immaginavo che potesse esistere una ragazza come lei."

"Non stai correndo un po' troppo?"

"Voglio farlo prima che qualcuno lo faccia al mio posto," disse Matt, voltando l'angolo.

"Ne sei sicuro?"

"Non sono mai stato più sicuro di così. Ci fidanzeremo. Lei smetterà di giocare a softball, mi sposerà e la nostra sarà una vita perfetta."

Dan lanciò un'occhiata dubbiosa al suo amico.

"Come? Non credi nell'amore? A te è successo. Tu sei felice."

"Spero che funzioni, amico."

Matt si tirò fuori la maglia dai pantaloni mentre seguiva Dan nello spogliatoio. Non vedeva l'ora di comprarle un anello e di farle la proposta. Quello era il giorno più bello della sua vita.

* * * *

"Ti dispiace se mi faccio accompagnare da Holly a fare shopping?" chiese Matt a Dan mentre si insaponavano sotto la doccia.

"Cosa?"

"Voglio comprare un anello di fidanzamento. Ho bisogno dei consigli di una donna."

"Non hai una madre che possa accompagnarti?" Dan sollevò il viso sotto il getto d'acqua.

"No. Allora?" Matt si strofinò le braccia.

"Davvero? Mi dispiace. Ok. Certo. Posso venire anch'io?"

"Perché no? Tu le hai già comprato un anello, quindi sai come si fa, giusto?"

"In realtà, mi sono fatto accompagnare da Nancy, la moglie di Bud Magee."

Matt scoppiò a ridere. "Puoi lanciare la palla a centosessanta chilometri orari e non riesci a scegliere un anello?"

"Senti chi parla," ribatté Dan.

"Diventiamo due idioti quando si tratta di queste cose."

"Hai proprio ragione."

"Posso chiederglielo?" Matt chiuse l'acqua.

"Lo farò io."

I due ragazzi si asciugarono e indossarono le loro giacche sportive e le cravatte. Holly stava aspettando fuori. Matt si appoggiò alla parete di cemento, guardando il suo amico e aspettando.

"Matt ha bisogno di aiuto," disse Dan, dopo aver baciato la sua ragazza.

"Oh?"

"Vuole comprare un anello di fidanzamento per Dusty. Potresti aiutarlo a sceglierlo?"

"Certamente!"

"Grandioso."

"Vieni anche tu?" chiese, guardando i suoi occhi nocciola.

"Ovviamente. Non ti lascerei mai da sola con quel tipo," disse Dan, sorridendo.

"Molto divertente. Andiamo," disse Matt, dirigendosi verso la sua auto.

"Prendiamo la nostra," disse Holly. "Dovremmo andare nel Diamond District sulla Quarantasettesima Strada."

"Ok."

Matt seguì i suoi amici, senza ascoltare le loro chiacchiere. Aveva i nervi a fior di pelle. Non aveva mai programmato di comprare un anello di diamanti e non sapeva la cosa più importante. E se lei gli avesse detto di no? Non aveva mai preso in considerazione quella possibilità. Lei lo amava, quindi perché avrebbe dovuto rifiutare?

Aveva in mente un turbinio di idee, pensando al matrimonio e, magari, ad avere dei figli. Aveva messo da parte quei pensieri, avendo già fatto le sue scelte di vita, o almeno così pensava. E ora era lì, a riprendere in considerazione le opzioni che aveva precedentemente scartato, e tutto questo lo spaventava a morte.

Dan parcheggiò in un garage.

Holly fece da guida. "Forza, Matt, vieni qui."

Entrò in un edificio con tutte le finestre di vetro. Matt si fermò a guardare. C'erano tutti i tipi di diamanti sotto forma di anelli, braccialetti e collane. Tutto quel luccichio lo accecava. C'erano tantissimi diamanti e tutto sembrava di vetro.

"Ma cosa?"

"Lo so. È sconvolgente. Dan ha conosciuto un tipo gentile qui, Sam. Andiamo," disse lei, spingendolo verso l'entrata.

Matt le tenne la porta. Entrarono in un ampio spazio diviso in due aree separate, ognuna con le sue vetrine di gioielli e un uomo dietro ciascuna di esse, pronto a vendere. Holly diede un'occhiata in giro. I ragazzi sorrisero e fecero un cenno a Matt, che non sapeva come rispondere.

Sul retro, lei si fermò davanti a una vetrinetta, dietro la quale vi era un uomo dai capelli grigi che dava loro le spalle. Holly si schiarì la voce e lui si voltò. Guardò Holly e i suoi occhi si fermarono sul meraviglioso diamante che indossava.

"Mmm. Riconoscerei quell'anello dovunque. Ma lei non è Dan Alexander!" disse l'uomo, guardando Matt.

"Buongiorno, signor Weiss. No, non è lui. Lui è l'amico di Dan, Matt Jackson. Sta cercando un anello di fidanzamento," rispose Holly.

Il suo volto si illuminò. "Mi parli della sua ragazza, Matt."

Quella domanda inaspettata lo colse di sorpresa. "Ha i capelli rossi, in un certo senso. Credo che quel colore si chiami castano ramato. Occhi azzurri. Pelle chiara."

Il signor Weiss annuì. "Capisco. E quali sono i suoi hobby?"

Matt si sedette su un alto sgabello davanti al bancone e iniziò a parlare di Dusty.

"E ama il baseball. È una bravissima lanciatrice di softball. È un'atleta professionista. Almeno fino a quando ci sposeremo. Poi, smetterà."

"Ok. Credo di avere la cosa giusta per lei." andò sul retro e chiuse la porta.

Dan li raggiunse. "Sam?" chiese.

Holly annuì. "Sono certa che ti troverà un bellissimo anello."

"Ottima scelta. Ora, riguardo al nostro matrimonio," iniziò Dan.

"Dobbiamo parlarne adesso?"

"Se non adesso, quando?"

"Ok, ok."

Matt si sedette in silenzio, ascoltando.

"Mia madre e le mie sorelle non vogliono una cerimonia eccessiva. Ma i tuoi genitori vogliono qualcosa che finisca tra le pagine del New York Times," disse Dan, appoggiandosi sul bancone.

"Mamma ha già organizzato tutto. Ha prenotato una stanza al St. Regis e tutto il resto."

"Dobbiamo proprio farlo? Questa roba di lusso mi rende nervoso."

"Neanche a me piace. Ma dopo tutto quello che ho fatto e l'imbarazzo che ho causato loro, sono già fortunata che vogliano fare qualcosa."

"Non puoi tenerli un po' a freno?"

"Posso provarci. Ma di certo non si limiteranno a una cena informale nel bel mezzo del nulla, in Kansas," rispose lei.

"Indiana. Non Kansas. South Plains, Indiana. E non è così. Potremmo organizzare un bel matrimonio in chiesa, come hanno fatto le mie sorelle."

"E il ricevimento?"

"Scommetto che i Kiwanis ci lascerebbero usare casa loro."

Holly grugnì. "Stai scherzando. Vendono il caviale a South Plains? Quante persone ci vivono, un migliaio, forse?"

"La popolazione è di circa duemila persone. Non so se vendono il caviale. Non fare la stronza."

"Stronza? Io sarei una stronza?" Il suo viso iniziò ad arrossire.

"Non ho detto che sei una stronza. Ho detto "Non fare la stronza". So che non è una grande città o un posto di lusso. Ma è la mia città che stai insultando."

Holly sospirò. "Mi dispiace. Non voglio denigrare la tua città. Sono sicura che è un posto delizioso. Ma i miei genitori sono persone ricche e sofisticate. Non accetterebbero mai una cosa del genere."

"E io odio l'idea di indossare un abito da pinguino e di dover sorridere a migliaia di persone che non conosco e non rivedrò mai più. Non voglio condividere quella giornata con degli estranei. Non possiamo fare qualcosa di più intimo?"

La porta della stanza sul retro si aprì, e l'uomo con i capelli grigi uscì con un scatola di velluto nero in mano. "Credo di aver trovato proprio quello che vuole," disse.

Matt, scioccato per aver ascoltato Dan e Holly, alzò lo sguardo. La paura gli scorreva nelle vene. *Litigheremo in quel modo per un matrimonio?* Si ricordò che sua madre non era presente e che probabilmente a suo padre non sarebbe importato nulla. Quindi, Dusty avrebbe potuto fare tutto quello che voleva, e lui non avrebbe obiettato. Sollevato, sospirò.

"Ecco, ragazzo. Dia un'occhiata a questi. Questo è particolarmente adatto. Sono due diamanti intrecciati, con due baguette laterali. Rappresentano la vostra unione, voi due che diventate una cosa sola, e poi i bambini.", disse Sam con un luccichio negli occhi.

Matt si sentì arrossire e distolse lo sguardo. Avvicinandosi alla scatola di velluto, prese in mano l'anello che Sam aveva descritto. La sua bellezza gli tolse il fiato. Anche Holly rimase senza fiato. Lei guardò l'altra mezza dozzina di anelli nella scatola.

"Credo che abbia ragione, Matt. Questo è il migliore," disse Holly.

"Ti dispiacerebbe provarlo?" chiese Matt.

Lei guardò Dan. "Devo togliermi il tuo per provare questo. Ti va bene?"

"Certamente. Io ti ho comprato l'anello, ma non devi indossarlo se non vuoi."

Holly si mise le mani sui fianchi. "Non stai un po' esagerando? Sei stato tu a chiedermi di aiutare Matt. E ora fai i capricci perché devo togliermi il tuo anello per quarantacinque secondi?"

Dan distolse lo sguardo, arrossendo.

"Ascolta, Dan, se questo ti dà fastidio..." disse Matt.

L'uomo dai capelli grigi abbassò la testa.

"Scusi, Sam. Dan, è tutto ok. Posso decidere da solo."

"Ascoltati! Non mi sto mica fidanzando con Matt. L'anello non è nemmeno suo!" Holly alzò la voce.

"E io sono già sposato," intervenne Sam, celando un sorriso.

I tre si misero davanti a lui e si fermarono. Matt scoppiò a ridere per primo, seguito da Holly, poi da Dan.

"Ok, ok. Provalo," disse Dan. "Ti tengo il tuo."

Holly gli porse il suo anello. "Sta attento a non farlo cadere" Si infilò l'anello e si guardò la mano. Il gioiello luccicava sotto la luce. Girava e rigirava la mano, osservandolo.

Matt guardò l'anello, poi il viso di Holly, con la fronte corrugata. "Allora?"

"È stupendo."

"Ti piace davvero?"

"Lo adoro. Ovviamente, il mio mi piace di più," disse lanciando un'occhiata a Dan. "Ma questo sarebbe sicuramente la mia seconda scelta."

"Ovviamente, su di lei sarà diverso. Lei non ha le unghie lunghe o niente del genere. È un'atleta. Non può averle. Ma quando saremo sposati, smetterà di giocare a softball e si farà allungare le unghie. Quindi, penso che dopo sarà uguale."

Holly e Dan si scambiarono un'occhiata prima che lei si togliesse l'anello e lo restituisse a Sam.

"Quanto costa?" chiese Matt.

"Diecimila. Ma per un amico di Dan? Solo ottomila e cinquecento."

"Lo prendo" Tirò fuori un assegno e lo compilò.

"Vado a farle la garanzia e torno. Intanto pulisco anche l'anello."

Matt annuì. Il cuore gli batteva all'impazzata mentre seguiva i suoi amici fuori dal negozio. Litigavano ancora per il loro matrimonio mentre andavano verso la banca. Matt non ascoltava la maggior parte di ciò che dicevano, mentre il cuore gli batteva ancora più forte al pensiero di dare a Dusty il suo dono d'amore.

Sorrise tra sé immaginandosi la sua sorpresa. Cavolo, era sorpreso lui stesso. Probabilmente, i ragazzi avrebbero pensato che fosse diventato matto, ma non gli importava. Aveva sempre fatto quello che voleva, e stavolta non c'era niente di diverso.

Dopo un'ora, Sam consegnò l'anello a Matt, che strinse le sue lunghe dita intorno alla scatolina di velluto blu notte. Se la mise in tasca, continuando a tenerci la mano intorno per evitare di farla cadere. I tre ritornarono verso l'auto.

Matt chiamò Dusty nel tragitto verso lo stadio. "Possiamo vederci per cena stasera?"

"Certo. Pensavo che domani partissi per la trasferta?"

"Infatti. Ma voglio vederti stasera."

"Che succede?"

"È una sorpresa." Si mise la mano davanti alla bocca per evitare di rivelare il suo segreto.

"Bene. Dove?"

"Chez Maxim. È un ristorante francese. In stile anni cinquanta."

"Grande! Sembra un ristorante di lusso. Devo vestirmi elegante?"

"Sì. È un'occasione speciale."

"Ok. A stasera."

"A stasera, bellezza."

Pensava che il cuore gli sarebbe uscito dal corpo.

Capitolo Tredici

Le mani di Matt tremavano così tanto che non riusciva quasi a farsi il nodo alla cravatta. Dopo qualche imprecazione, ci riprovò, stavolta davanti allo specchio grande. Indossava un completo grigio scuro, una camicia bianca button-down e quella disgustosa cravatta dorata.

Si era fatto la barba. La barba può anche essere sexy, ma non è appropriata quando un ragazzo deve fare la proposta alla sua ragazza. Fare la proposta! Il solo pensiero di quelle parole gli faceva venire le palpitazioni. Respirando profondamente ed espirando lentamente, riprese il controllo per fare un perfetto nodo tiro a quattro alla sua cravatta.

Dopo aver spazzolato il completo con la mano, prese la scatolina blu, se la mise in tasca, prese le chiavi e raggiunse l'ascensore. Essendo un tipo semplice, Matt viveva in un edificio senza portiere, quindi uscì senza che nessuno lo vedesse. Il telefono gli squillò. Era un messaggio. Poi un altro e un altro ancora. Tutti quei messaggi lo stavano facendo diventare matto.

La sua auto Uber lo stava aspettando. Salì e chiuse lo sportello. Seduto sul sedile posteriore, tirò fuori il suo telefono. Ovviamente, erano gli interni.

Non fuggire

Non dimenticarti di metterti in ginocchio. Devi pregare perché una ragazza sexy come lei accetti di sposarti.

Non dire parolacce

Non piangere. Se deciderà di non sposarti, almeno non metterai in imbarazzo la squadra.

Se ti dice di no, dammi il suo numero.

Matt rise leggendo i loro messaggi stupidi. Poteva contare sulle stupidaggini che gli dicevano i suoi amici per farlo ridere. Sicuramente lo aiutavano a calmarsi. Non fece altro che sorridere fino alla West Side Highway.

Arrivò volontariamente in anticipo. Diede venti dollari di mancia al maître per avere un tavolo tranquillo e appartato, poi ordinò una bottiglia di champagne. Glielo portarono in un secchiello del ghiaccio. Il sommelier aprì la bottiglia e ne versò un bicchiere a Matt. Lo bevve velocemente per farsi coraggio. Aveva bisogno di sostegno, e il calore generato dalla bevanda frizzantina era di grande aiuto.

Guardò l'orologio. Lei sarebbe arrivata tra dieci minuti. Il tempo necessario per prepararsi prima dei play-off o di una partita della World Series — per riesaminare le ragioni per cui sarebbe andata bene, per fare un home run, rubare una base o qualunque cosa volesse. Ovviamente, stavolta era diverso.

Sposare un giocatore di baseball professionista significa non avere preoccupazioni economiche. Soprattutto con me. Ho risparmiato. Sono un ragazzo fedele. Non me ne vado a scopare in giro. La tratterò bene, le comprerò quello che vuole, la ascolterò. Sarò gentile con i suoi genitori, anche se probabilmente sono degli stronzi. Sarò un buon padre.

Quest'ultima affermazione gli fece sentire il bisogno di bere un altro flute di champagne. Come poteva diventare padre se lui aveva avuto un padre di merda? Che cosa ne sapeva? Niente. Ma lei lo avrebbe aiutato. Gli avrebbe insegnato cosa fare. Fece un altro respiro profondo e la fronte gli cominciò a sudare. Guardò di nuovo l'orologio.

Mentre cercava nella sua mente altre ragioni per le quali Dusty avrebbe dovuto accettare di sposarlo, lei arrivò. La guardò camminare per la sala, orgoglioso. Era bellissima, aggraziata e dolce. E lo amava. Poteva essere più fortunato di così?

Si alzò quando lei si avvicinò al tavolo. Indossava un vestito di seta turchese ed era sicuramente la donna più bella di tutta la sala. Si abbassò per baciarla, poi le spostò la sedia per farla sedere.

"Hai un aspetto magnifico," disse, sedendosi.

"Tu sei magnifica," disse, emozionato. Matt si sedette prima che gli cedessero le ginocchia. Prese un fazzoletto dalla tasca e si asciugò il viso.

"Qualcosa che non va?"

"No. Niente. Vuoi un po' di champagne?"

"Champagne? Deve essere un'occasione speciale. Non è il mio compleanno. È il tuo?"

Il sommelier si avvicinò immediatamente a Matt, versando lo champagne a Dusty e riempendo di nuovo il bicchiere di Matt. Lei sorseggiò quel liquido freddo.

"Le bollicine mi solleticano il naso. Allora, è il tuo compleanno?"

"No, no, niente del genere. Forse dovremmo prima ordinare." Il coraggio di Matt l'aveva abbandonato. Rimandare non sarebbe servito, ma gli era totalmente passato l'appetito.

"Ok," disse lei, aprendo il menu.

Datti una mossa, coglione! Mise la mano sulla sua. "No, aspetta."

Lei alzò lo sguardo. "Qualcosa non va, Matt?"

"No. No. Va tutto bene. Molto bene."

"Perfetto. Sto morendo di fame. Può aspettare?"

Lui le strinse il braccio. "Non può aspettare."

"Ok." Lei si sedette dritta, dandogli la sua totale attenzione.

Il discorso che aveva scritto e credeva di aver memorizzato aveva totalmente abbandonato la sua testa. Cercò di ricordare una parola chiave, ma invano. Non era una novità per il ricevitore. È quello che i battitori clutch fanno tutto il tempo. Tirano fuori un coniglio dal cappello. Quando si rese conto che la situazione era la stessa, si sentì di nuovo fiducioso.

"Sai cosa provo per te," iniziò a dire lui.

"Lo so. Puoi parlarmene mentre mangiamo l'antipasto?"

"Shh. Lasciami finire!"

"Ok, ok," disse lei, sollevando le mani.

"Sai che ti amo. Moltissimo. Il modo in cui ti sei comportata con me l'altra sera, beh, è stato molto di più di quanto mi aspettassi. Molto di più di quanto sperassi."

Aveva ottenuto la sua totale attenzione.

"Non pensavo che avrei mai trovato una ragazza come te. Non pensavo nemmeno che esistessi. Ma tu mi sorprendi sempre, Dusty. Non avevo mai pensato di poter provare queste cose, ma le provo. Quindi, voglio che sia ufficiale."

La sua mano sudata tirò fuori la scatolina dalla tasca dei pantaloni. Si alzò, poi si inginocchiò accanto alla sua sedia. Il suo leggero sussulto attirò la sua attenzione. Lei spalancò gli occhi e arrossì.

"Vuoi farmi l'onore di essere mia moglie? Vuoi sposarmi, Dusty?"

Poi, lui aprì la scatola e lei ebbe un altro sussulto.

"Per favore, dimmi di sì."

Lei lo guardò dritto negli occhi. "Oh mio Dio, Matt! Non avevo idea..."

"Lo so. Mi hai detto di amarmi. Per favore, Dusty. Sposami." La sua voce si addolcì.

"Sì. Ti sposo, sì. Oh mio Dio, ti sposo," sussurrò, con gli occhi pieni di lacrime.

Matt le mise l'anello al dito.

"Ora puoi alzarti, tesoro," disse, dandogli una pacca sul braccio e guardandosi la mano.

Matt ritornò al suo posto. Il rumore degli applausi sbalordì la coppia. Si guardarono intorno e videro gli altri clienti del ristorante che sorridevano guardandoli. Lui pensava che fosse un momento privato ma, dopo tutto, erano in un luogo pubblico. Sorrise imbarazzato.

Matt le prese la mano e guardò l'anello. "Sam aveva ragione," disse.

"Sam? Sam chi?"

"Sam, il gioielliere. Il tipo che mi ha venduto quest'anello. Aveva ragione. È perfetto per te. Ti piace?"

"Se mi piace? Lo amo. Lo adoro. La cosa più bella che io abbia mai visto. Wow. Deve esserti costato una fortuna."

"Niente è troppo per te, tesoro." Le prese le mani tra le sue.

Proprio come era scomparso, gli ritornò l'appetito, ma vendicandosi. Lui aprì il menu. "Ordiniamo," disse, leggendo.

"Ordinare? Cibo? Non riuscirei a mangiare niente!" disse lei, ridendo.

* * * *

La coppia di fidanzati trascorse la maggior parte della notte a fare l'amore a casa di Matt. Lui si alzò dal letto alle nove e riuscì appena in tempo a prendere il pullman per l'aereo delle undici. Tutti i membri della squadra notarono il suo aspetto esausto.

"Sei stato sveglio tutta la notte con la tua ragazza?" chiese Jake, aggrottando le sopracciglia.

"Intendi dire a scopare tutta la notte? Probabilmente," rispose Skip.

"Badate a come parlate di lei," grugnì Matt, con un'espressione accigliata.

"Non stiamo parlando di lei. Stiamo parlando di te, amico. Troppo stanco per capirlo?" ridacchiò Nat.

"Immagino che ti abbia detto di sì," disse Dan, sedendosi accanto a Matt.

"Già." Il ricevitore fece al suo amico un sorriso stanco.

Dan si alzò, raggiungendo i sedili posteriori. "Ho un annuncio da farvi! Matt Jackson si è ufficialmente fidanzato con Dusty Carmichael," urlò.

I ragazzi esultarono così forte che l'autista ebbe un sussulto.

"Grazie," disse Matt, lanciando un'occhiataccia a Dan.

"Prego."

"Non intendevo ringraziarti davvero, coglione! Era in senso ironico."

"Lo so. Ma ho deciso di ignorarlo." Dan scoppiò a ridere.

Matt si sedette. Non riuscendo a tenere gli occhi aperti, si fece un pisolino fino all'aeroporto.

Dan gli diede un colpetto per farlo svegliare. "Alzati, ragazzo innamorato. Dio del sesso."

"Cosa...?" Matt si strofinò gli occhi.

"È ora di imbarcarci," disse Dan, strattonando il ricevitore dal suo sedile.

"Ok, ok. Sto venendo."

"Scommetto che è ciò che hai detto anche ieri sera," lo prese in giro Skip.

Jake intervenne. "Già. Quante volte? Come mai non ti stai vantando?"

"Non è in grado di contare fino a quella cifra," disse Nat.

"Oh, forza. Lo so che sa contare fino a due," rispose Bobby Hernandez.

La squadra si separò. Con lo sguardo annebbiato, Matt scese dal pullman. Si aggiustò la cravatta e si sistemò i capelli con la mano.

"C'è la stampa là fuori. Svegliati!" disse Dan.

"Sono sveglio."

"Eccolo," urlò un reporter, precipitandosi verso la fila di giocatori che aspettavano di imbarcarsi. "Lei non è Matt Jackson, il ricevitore dei Nighthawks?"

"Sì."

"Si è fidanzato?"

"Che cos'è? Uno scherzo? Su, ragazzi, smettetela."

"Non è uno scherzo, signor Jackson. Sono un reporter di *Celebs 'R Us*."

"Davvero?"

"Sì. Ecco le mie credenziali." L'uomo mostrò a Matt il suo portafoglio. "Allora è vero? Lei è fidanzato con Dusty Carmichael, lanciatrice delle Queens?"

"È vero. Ma sono cose private."

"Quando si è un atleta professionista, signor Jackson, non ci sono cose private."

"E chi l'ha detto?"

"Vuole che io scriva del suo atteggiamento ostile o preferisce collaborare e raccontarmi questa storia?"

"Senta, Johnny, non c'è niente da raccontare. Mi sono fidanzato. Niente di eclatante. Le persone lo fanno tutti i giorni."

Dan trascinò via Matt, scusandosi con il reporter. Cal lanciò un'occhiataccia al ricevitore.

"Non farci fare brutta figura con la stampa, Jackson. Non ne abbiamo bisogno adesso. E non pensare alla tua ragazza durante la trasferta. Devi restare concentrato al cento per cento," disse il manager.

"Lo so, Cal. Lo so. Sono concentrato."

Bobby afferrò il braccio di Matt e lo accompagnò a sedersi. "Qui, mettiti a dormire. Preparati a giocare quando atterremo," disse il secondo difensore.

Matt si addormentò prima che il jet decollasse. Dormì per tutto il tempo fino ad Atlanta. Si sistemarono in albergo. Aveva un'ora di tempo prima di andare allo stadio per allenarsi prima della partita serale. Chiamò Dusty.

"Hey, tesoro, futura moglie. Come stai?"

"Bene. Ci hanno dato il programma di agosto. Credo che non saremo mai nelle stesse città contemporaneamente."

"Merda. Speravo che avremmo trascorso qualche notte insieme."

"I nostri programmi fanno schifo. Ho il mio aperto qua davanti, accanto al tuo. Niente. Saremo un po' più vicini tra due settimane. Saremo a Pittsburgh insieme, ma solo per un giorno."

"Fanculo. Ma è solo un mese. Quando saremo sposati, non avremo più bisogno di preoccuparcene."

"Perché?"

"Beh, voglio dire, tu smetterai di giocare a softball, giusto? Allora, magari potrai venire in trasferta con me, qualche volta."

"Io smetterò di fare cosa?"

"Di giocare a softball. Sai che intendo. Saremo sposati e sicuramente non avrai bisogno di soldi. Così, potremo vivere come persone normali. Almeno in bassa stagione. Avere dei bambini e tutto il resto."

"Io non smetterò di giocare, Matt."

"Certo, certo. So quanto ti piace. Ma quando saremo sposati..."

"Non ho intenzione di smettere. Quando saremo sposati, prima di essere sposati. Io non lascerò il softball."

"Lo farai. Devi farlo. Voglio che tu lo faccia."

"No. Non se ne parla. Questa è la mia vita."

"Ma sarò io la tua vita quando saremo sposati."

"E io cosa sarò?"

"Sarai mia moglie. Non è sufficiente?"

"No, non lo è. Ho voltato le spalle alla mia famiglia per il softball. Non lo capisci? Significa tutto per me. È quello che sono. Posso smettere, temporaneamente, per avere un figlio, ma nient'altro"

"Devi farlo. Non posso sopportare di sapere che viaggi su quel maledetto pullman."

"Lo faccio già da un po' di tempo. Ti abituerai"

"E se ti succedesse qualcosa? Se il pullman avesse un incidente? Non riesco a vivere con questo pensiero, Dusty. Devi lasciare. Per favore, tesoro."

Silenzio. Matt guardò le lancette del suo orologio.

"Sai cosa mi stai chiedendo di fare?"

"Sì. Ti sto chiedendo di stare al sicuro così che io possa amarti per sempre."

"No. Stai cedendo a una paura irrazionale e mi stai costringendo a rinunciare a quello che amo perché sei...un coglione. Non conosco altre parole per dirlo"

"Un coglione? Perché voglio che tu sia al sicuro?"

"Un coglione perché non riesci a liberarti del passato."

"È successo una volta. Può succedere ancora."

"Devi imparare a gestirlo, Matt. Io non smetterò."

Stavolta fu Matt a restare in silenzio. La sua mente cercò di trovare rapidamente una soluzione. "La mia decisione non è negoziabile."

"Allora, non possiamo andare avanti"

"Sembra proprio che questo sarà il fidanzamento più breve della storia mondiale."

Silenzio. Poi, il suono di un pianto soffocato gli raggiunse le orecchie.

"Dusty? Dusty. Dusty!"

"Sono qui," rispose con voce tremante.

"Tesoro, per favore. Non fare così."

"Sei tu che stai facendo così. Basta."

"Non posso"

Dopo una breve pausa, lei riprese a parlare. "Devo andare adesso. Vuoi che ti rimandi l'anello?"

"No. Tienilo."

"Non posso tenerlo. Saremo a Pittsburgh nello stesso momento. Te lo restituirò allora, se per te va bene."

"Certo. Come vuoi."

"Mi dispiace, Matt. Spero che tu capisca."

"Certo che capisco. Per te il softball è più importante di me. È evidente."

"No. Non è così. Se mi amassi veramente, mi lasceresti continuare a giocare."

"Non sai quello che ho passato quando Marnie è morta. Non potrei affrontarlo un'altra volta."

"E tu dai per scontato che morirò in un incidente col pullman?"

"Potrebbe succedere. Molto facilmente."

"Potrei anche essere investita da un autobus attraversando la strada o vivere fino a novant'anni. Chi può dirlo? Non ci sono garanzie, Matt. È un tuo problema. Tu vuoi garanzie. Beh, non ce ne sono."

"Credo che quello che ti sto chiedendo sia ragionevole."

"Beh, io no. Quindi, è finita."

"Per favore," supplicò lui, sperando che chiederglielo un'altra volta avrebbe ammorbidito il suo atteggiamento.

"Non posso. Mi dispiace che tu non lo capisca."

Lui sospirò.

"Ascolta. Devo andare adesso. Ci vediamo a Pittsburgh. Se vuoi che ti restituisca l'anello prima, devi soltanto dirmelo. Posso spedirtelo con FedEx o qualcosa del genere."

"Sì. Certo."

"Grazie, comunque. È stato un bel fidanzamento, seppur breve."

"Ti amo, Dusty."

"Anch'io ti amo, Matt. Sii felice." Lui la sentì di nuovo piangere.

"Anche tu," disse lui, esitante. Terminò la telefonata prima di scoppiare a piangere.

Sentì bussare alla porta, poi udì la voce di Bobby. "Ci vediamo giù tra venti minuti."

Non aveva il tempo di piangere. Andò al lavandino, si sciacquò il viso e bevve un bicchiere d'acqua. Si sentiva triste e sollevato allo stesso tempo. Certo, amava Dusty, ma il matrimonio? Non aveva previsto di sposarsi nella sua vita. Non era pronto per questo. Una relazione? Matt Jackson poteva gestire il lancio di qualunque lanciatore o battitore, ma non una donna.

L'aveva amata fin dal primo momento in cui aveva messo gli occhi su di lei. La dolce Dusty, così vulnerabile, mezza nuda nello spogliatoio, era diventata un gatto selvatico, che gli urlava contro e gli rinfacciava le cose. Lui aveva visto solo una bella ragazza – probabilmente molto focosa in camera da letto. E aveva avuto ragione.

Ora, era finita. Poteva ritornare alla sua consueta esistenza solitaria. Qualche avventura di una notte e tante altre notti di solitudine. Sapeva come conviverci. Poteva sempre farlo nei suoi sogni.

* * * *

Di ritorno a New York, Dusty prese dei fazzolettini dalla scatola sul tavolino da caffè e corse nella sua stanza. Continuando a piangere, chiuse la porta e si buttò sul letto. Il cuore le batteva all'impazzata e le tremavano le mani. Aveva preso la decisione più difficile della sua vita e le era rimasta solo una sensazione di rimpianto.

La porta si aprì. Era Nicki.

"Che cosa diavolo è successo?"

"Matt e io ci siamo lasciati."

"Cosa? Perché?" La sua amica si sedette in un angolo del letto.

Tra i singhiozzi, Dusty le spiegò la discussione che aveva avuto con il suo fidanzato.

"Quel ragazzo ha la merda al posto del cervello. È pazzamente innamorato. Che idiota!"

"Capisco come si sente. Lo capisco. Davvero. Ma non posso smettere di vivere la mia vita per una 'probabilità.' Le tragedie possono succedere. Non si può prevedere la vita."

"Hai fatto la cosa giusta."

"Lo pensi davvero?" Dusty si voltò per guardare la sua coinquilina.

"Forse, senza di te, tornerà in sé. Potrebbe cambiare idea?"

Dusty scosse la testa. "Non Matt. È piuttosto cocciuto. Una volta che ha preso una decisione, è così e basta."

Nicki accarezzò la schiena della sua amica. "Non si sa mai. Comunque, è lui che ci perde. Tu sei la migliore."

"Grazie, Nicki."

"Questo significa che non incontrerò mai più gli Hawks?"

"In un certo senso. Perché?"

"Per quel Nat Owen. È piuttosto carino."

"Quando gli restituirò l'anello, chiederò a Matt di farti chiamare."

"Non fa niente. Quindi gli restituirai quel bellissimo anello?" Nicki sollevò la mano di Dusty.

"È suo. Spero che gli restituiscano i soldi." Dusty sospirò. Non aveva mai avuto niente di così bello e costoso.

"È tuo. Probabilmente vale anche molto."

"Non posso farlo, Nicki. Mi conosci. Non terrei mai qualcosa che non mi appartiene."

"Sì, lo so. Onesta fino al midollo."

"Proprio così."

"Forza. La cena è quasi pronta."

"Arrivo tra un attimo," disse la lanciatrice, asciugandosi gli occhi.

Dopo che Nicki uscì, Dusty si alzò. Durante la cena, di tanto in tanto, si guardava la mano. Avrebbe indossato l'anello ancora per un po'. Anche se Nicki le aveva messo una montagna di cibo nel piatto, lei non aveva fame. Diceva che il mal d'amore le faceva passare l'appetito. Giocherellava con il cibo mentre guardava l'anello, simbolo del loro amore.

"Sto facendo la cosa giusta?" chiese.

"Certo," disse Nicki, portandosi alla bocca una forchettata di stufato.

Un semplice sguardo a Lorna e Evie fece raggelare Dusty. Nessuna delle sue coinquiline riusciva a guardarla negli occhi. "Qualcosa mi dice che voi due non siate d'accordo."

"No. Credo che tu sia totalmente matta," disse Lorna, raddrizzandosi sulla sedia. "Ragazzi come Matt Jackson non si incontrano tutti i giorni."

"Apprezzo la tua onestà. Evie?" Dusty guardò la sua amica.

Evie si sedette meglio e guardò il suo piatto. "Sono d'accordo con lei," disse, alzando la testa e incrociando lo sguardo di Dusty. "Non ti ho mai vista così felice. Quando stavi con lui, non smettevi mai di sorridere."

"Avete ragione. Entrambe. Ma quel che è fatto è fatto."

Sfinita dalla stanchezza, si alzò da tavola e tornò a letto. Scivolando tra le lenzuola, strinse a sé un cuscino. Accoccolandosi ad esso, guardò l'anello, che adornava perfettamente la sua mano, e sorrise. Chiudendo gli occhi, le sembrò di sentire il profumo di Matt Jackson. Stringendo le gambe intorno al cuscino, si tirò la coperta sulle spalle, per ripararsi da una fastidiosa brezza.

Ignorando il fatto che il suo amico imbottito non generasse alcun calore, permise alla sua mente di tornare ai momenti divertenti trascorsi col suo innamorato. Si immaginò il rumore della mazza quando colpiva il suo fuoricampo salvapartita. Il suo palato sentiva ancora il sapore dell'hot dog che aveva mangiato tra gli spalti mentre lo guardava ricevere.

Pensieri teneri e sensuali le tornarono in mente quando si ricordò il modo in cui facevano l'amore e la sensazione piacevole di quando, alla fine, lui la stringeva tra le braccia. Lorna aveva ragione. Forse non avrebbe mai conosciuto un altro uomo come Matt Jackson. Era stata con lui per un po' e aveva creduto che sarebbe durata.

Non era pronta a rinunciare alla carriera per la quale aveva lottato e si era sacrificata così tanto. Finalmente ci stava riuscendo. E, con i suoi consigli sulla battuta, sarebbe diventata la migliore lanciatrice della lega. Stava migliorando, e non aveva il coraggio di rinunciare a tutto questo.

Capitolo Quattordici

Con la stessa velocità con la quale si era diffusa la notizia del suo fidanzamento, si diffuse anche la notizia della sua separazione. I suoi amici gli fecero un cenno con la testa dopo una partita nella quale aveva giocato veramente male. Cal era furioso, ma i ragazzi lo comprendevano.

Matt era felice che il giorno dopo non avrebbe giocato. Doveva togliersi dalla testa Dusty prima della prossima partita. Come se fosse facile dimenticarsela. Temeva il loro incontro a Pittsburgh. Avevano concordato di vedersi perché lei potesse restituirgli l'anello. Per quanto fosse costoso, non voleva che glielo restituisse. Cosa se ne sarebbe fatto di un anello di diamanti? L'avrebbe venduto? Non poteva.

Gli squillò il cellulare. Guardando lo schermo, vide un numero improbabile.

"Hey, papà, cosa c'è?"

"Ho letto del tuo fidanzamento. Ne ero molto felice. Poi, poof! Tutto in fumo. Che diavolo è successo?"

"Solo un pessimo tempismo."

"Deve esserci qualcosa di più."

"Non voglio parlarne"

"Ho letto il tuo programma. Sarai qui tra un paio di giorni. Voglio vederti. Ho qualcosa di importante da dirti."

"Dimmela adesso, se è una cosa così fottutamente importante."

"Bada a come mi parli. Sono sempre tuo padre, anche se sei una star del baseball."

"Oggi non sono stato esattamente una star. Mi dispiace, papà. Allora, di che si tratta?"

"Devo parlartene di persona."

"Va bene. Va bene. Se è così importante. Dopo la partita, prenderò una pizza e verrò da te."

"Perfetto. Non dimenticare le acciughe. Ora, parlami della ragazza."

"Cosa devo dirti? Ci siamo lasciati. È una giocatrice di softball. Ha preferito la sua carriera a me."

Suo padre ridacchiò. "Sembra quello che avresti fatto anche tu. Dovevate essere una coppia perfetta."

"Lo pensavo anch'io. Ma evidentemente mi sbagliavo."

"È l'ora della medicina. Devo andare. Ci vediamo presto."

"Ciao, papà."

Matt si distese sul letto nel suo albergo di Washington D.C. Presto, sarebbero andati a Pittsburgh. L'ultimo barlume di speranza sarebbe svanito nel momento in cui lei gli avrebbe restituito l'anello. Cal gli aveva concesso una giornata libera a Baltimora. Si era lamentato molto con Matt per aver permesso a una ragazza di rovinargli la partita, ma sapeva quando il suo ragazzo stava soffrendo.

Matt non aveva mai sbagliato una partita. Aveva litigato con Cal, ma aveva perso. Non poteva difendere la partita orribile che aveva giocato il giorno prima. Con riluttanza, ammise di non essere in forma. Per il bene della squadra, rimase in silenzio e accettò la decisione di Cal senza fiatare.

In panchina, Dan porse a Matt il berretto. "Dato che non giochi, tieni tu il piatto."

"Non ho voglia di cercare ragazze sexy."

"Allora non farlo. Ma occupati tu del piatto e di proclamare il vincitore."

Matt sapeva che il suo amico stava solo cercando di aiutarlo dandogli qualcosa da fare. Lui fece il giro, raccogliendo denaro da una decina di compagni di squadra. Sedendosi accanto a Dan, che non doveva giocare, il ricevitore esaminò gli spalti.

"Chi immaginerebbe che ci siano così tante donne con i capelli rossi a una partita di baseball," sussurrò.

"Lascia perdere. Abbiamo delle partite da vincere."

"Per te è facile. Stai organizzando un matrimonio. A me, invece, sembra di essere a un funerale."

"Forse non avresti dovuto dare per scontato che lei avrebbe rinunciato al softball. Voglio dire, tu lo faresti?"

"Io guadagno molto. Lei guadagna cinquemila dollari al mese per due mesi all'anno."

"Non è una questione di denaro, e lo sai benissimo" Dan scartò un'altra gomma da masticare.

"Ok, ok. Prendi le sue difese."

"Non sto prendendo le difese di nessuno. Sto soltanto dicendo che hai sbagliato a darlo per scontato."

"Ok! Ho sbagliato! Allora, sparami!" Matt si alzò, urlando.

Con la fronte corrucciata, Cal gli lanciò un'occhiataccia.

"Smettila di fare casino. Ascoltami. Sto dicendo che se mettessi da parte quest'idea stupida, probabilmente lei tornerebbe da te," disse Dan.

Matt si lanciò sulla sedia e si guardò le mani. "Forse."

"Sicuramente. Ti ha già detto di sì una volta, giusto?"

Matt annuì.

"Sei un idiota, lo sai?"

"Tu non hai passato quello che ho passato io."

"D'accordo. Fai l'altezzoso. Comportati da vittima. Io non ho più niente da dirti." Dan si alzò e andò a sedersi accanto a Skip Quincy.

I Nighthawks vinsero la partita, senza l'aiuto di Matt Jackson. I ragazzi tornarono in albergo per prendere le loro cose e andare all'aeroporto. Matt si prese il suo tempo.

Qualcuno bussò alla porta.

"Hey, coglione! Stiamo aspettando solo te," urlò Bobby Hernandez.

"Arrivo."

"Veloce!"

"Ok." Matt aprì la porta.

"Amico, devi smetterla di vedere tutto nero. Torna in pista. Abbiamo bisogno di te." Bobby diede una pacca sulla schiena al suo amico e prese la sua borsa. Matt sollevò il suo zaino e scese le scale insieme al suo compagno di squadra. Non aveva mai temuto una città come Pittsburgh. Due incontri sgradevoli — prima con Dusty e poi con suo padre. Ebbe un leggero brivido sedendosi nel posto vuoto accanto a Dan.

"È occupato?" Matt guardò il suo amico da sotto il cappuccio.

"Sì, è riservato per un coglione. Oh, aspetta. Sei tu. Siediti."

* * * *

Arrivarono in anticipo per il doppio incontro programmato per quel pomeriggio e per la sera. Cominciò a piovere quando entrarono in città.

Dan scosse la testa. "Odio i ritardi causati dalla pioggia."

Matt non si accorse che il tempo rispecchiava il suo umore. "Perché?"

"Credi che preferisca stare con te o con Holly?"

"Capito"

"Se annullano la partita, ci aspetta un altro doppio incontro," disse Dan.

Dopo aver fatto il check-in in albergo, salirono sul pullman per lo stadio. La squadra si riparò in panchina, guardando la pioggia che scendeva dal cielo.

Matt continuava a controllare il suo telefono. Nessun messaggio di Dusty. Anche lei doveva giocare quel giorno.

Col passare delle ore, aumentava anche il ritardo causato dalla pioggia. Poi si sollevò il vento e iniziò a piovere più forte. Il temporale era stato previsto, ed era arrivato proprio in tempo. Così, entrambe le partite furono annullate.

"Il nostro volo di ritorno è previsto per stanotte, ma dubito che lo prenderemo. Partiremo domani mattina," annunciò Cal.

I ragazzi brontolavano mentre salivano sul pullman per tornare in albergo.

Il cellulare di Matt suonò. Era Dusty.

Partita annullata per la pioggia. E la tua? In quale albergo alloggi? Ti porto lì l'anello.

Sto tornando al Gateway Arms.

Sarò lì tra un'ora.

Perfetto.

Quando riagganciò, aveva lo stomaco in subbuglio. Probabilmente sarebbe stato il loro ultimo incontro. In albergo, Nat, Bobby e Skip lo invitarono ad andare a mangiare con loro, ma lui rifiutò. Andò in camera sua, si lavò i denti, due volte, si mise il dopobarba e iniziò a passeggiare.

Che stanza?

512

Si asciugò il sudore dal viso e aprì la finestra. Poi, la chiuse e accese il condizionatore. Ma la stanza non si raffreddava abbastanza in fretta, così abbassò la temperatura e si mise direttamente davanti al getto di aria fredda. Sollevò le braccia, lasciando scorrere l'aria lungo le maniche della sua camicia bianca button-down.

Si vestiva sempre di bianco. Col bianco non si sbaglia mai. Si maledì. Era sempre il solito Matt — sempre preoccupato di sbagliare. Per tutta la sua vita adulta, aveva pagato il suo errore di aver fatto avvicinare Marnie al baseball e di aver spinto sua madre ad abbandonarli con il suo brutto carattere.

Ora, il suo migliore amico gli aveva detto in faccia che era un coglione e che aveva preso la decisione sbagliata. E se fosse successo qualcosa a Dusty? Non poteva sopportare altre perdite nella sua vita. Ne aveva già avute troppe. Sua madre, Marnie, Stephanie — non gli era rimasto niente.

Se era così sicuro di avere ragione, come mai stava sudando così tanto? Prese un bicchiere in bagno e lo riempì d'acqua. Lo bevve tutto d'un fiato, poi si voltò sentendo bussare dolcemente.

I suoi piedi sembravano pesare un quintale ciascuno mentre andava verso la porta. Deglutì prima di girare la maniglia. Lei era lì, più bella che mai, con i lunghi boccoli ramati che le ricadevano sulle spalle e uno sguardo triste nei suoi occhi azzurri.

Lui fece un passo indietro. "Entra."

Lei attraverso la soglia con lo sguardo basso.

"Come va?"

A quella domanda, sollevò la testa. "Come diavolo pensi che vada?"

"Sembra che tu stia bene."

"Sono devastata, Matt! Che domanda è?"

"Mi dispiace."

"E tu? Come stai?"

"Malissimo."

"Visto?"

"Dico sempre le cose sbagliate con te. È proprio così che è iniziato tutto."

"E come finirà?" disse con le lacrime agli occhi.

"Con me che faccio il coglione? Sì. Forse." Abbassò la testa e si mise le mani in tasca.

Lei allungò la mano, con le dita strette intorno alla scatolina blu. "Ecco l'anello. Prima che mi dimentichi perché sono venuta."

Lui guardò la scatolina, poi lei, poi di nuovo la scatolina, ma non la prese. "Eh?"

"Oh! Oh, già. Scusa," disse, togliendosi l'anello dal dito e mettendolo nella scatola. Lei arrossì. "L'ho tenuto al dito perché era il miglior modo per non perderlo."

"Ti stava benissimo."

"Grazie." Fece un respiro profondo e distolse lo sguardo. "Così non mi aiuti."

"Mi dispiace."

"Ecco, ti stai scusando di nuovo."

"È quello che so fare meglio. Almeno con te." Lo prese e se lo mise in tasca.

"Oh, no," disse lei, a voce così bassa che sembrava quasi un sussurro. "Amare è ciò che sai fare meglio."

L'emozione gli bloccò le parole in gola. Amarla era ciò che voleva fare per tutto il resto della sua vita.

"Ora devo andare," disse, andando verso l'uscita. "Il pullman parte tra poco."

Lui annuì, ma non voleva. Non si sentiva pronto a lasciarla andare. Fece due passi avanti e spalancò le braccia. Lei lo guardò, poi si tuffò nel suo abbraccio, singhiozzandogli sul petto. La strinse a sé, posandole il mento sulla testa.

"Ti amerò sempre. Se dovessi avere problemi," iniziò a dire, poi fece una pausa. "Potrai venire da me."

Lei annuì, asciugandosi gli occhi con le dita. Lui prese un fazzoletto nel taschino e glielo porse.

"Se non vado via adesso," disse lei.

"Non lo farai mai," continuò lui.

Dusty si allontanò e tornò verso la porta. "Buona vita."

Prima che potesse risponderle, lei se n'era andata. Sentì un vuoto nel cuore. Poi rabbrividì.

"Chi ha messo il fottuto condizionatore a una temperatura polare?" borbottò, regolando la temperatura.

Si stese sul letto e iniziò a guardare la pioggia fuori dalla finestra. Sfiorò con le dita la scatolina di velluto che aveva in tasca, con la mente vuota e il cuore pieno. Ricordava le parole che gli aveva detto, soprattutto quelle sull'amore.

Si sollevò, ricordandosi anche un'altra cosa che gli aveva detto. *"Il pullman parte tra poco."* Avrebbe preso un pullman con quel temporale? Accese la televisione e mise sul canale del meteo.

* * * *

"Forza, Mister Segaiolo, è ora di cena. Andiamo, Matt," lo chiamò Nat Owen da dietro la porta.

"Arrivo." Matt spense la televisione, prese la sua giacca e uscì.

Lui e Nat presero l'ascensore fino all'ingresso e raggiunsero il ristorante. In una sala privata sul retro, si sedettero nei due posti che i loro amici avevano tenuto per loro a uno dei tavoli rotondi.

"Cosa farai in bassa stagione?" chiese Jake a Dan.

"Mi sposo."

"Questo lo so già. Intendo dire, cos'altro?"

"Cercherò di sopravvivere al matrimonio," disse, tagliando un pezzo di bistecca.

"E tu, Jake?" chiese Skip.

"Io comprerò una nuova auto."

"Davvero? Che auto?"

"Una Lexus GS-F, completamente accessoriata. Mio padre ha fatto un ottimo affare. Direttamente dalla fabbrica a L.A."

"Andrai a prenderla a Los Angeles?" chiese Nat.

"Sì. E attraverserò il paese con quella sventola."

"Che viaggio!" urlò Skip.

"Non ci porterò nessuno di voi. No! Inoltre, dovreste prima prendere un volo per L.A.."

"Scordatelo," disse Bobby.

Matt non sentiva nemmeno i borbottii dei ragazzi. Aveva gli occhi incollati alla televisione del bar, visibile attraverso la porta aperta. Anche se non sentiva, guardava gli aggiornamenti sulle previsioni del tempo. Gli strinse lo stomaco sapendo che il vento e la pioggia sarebbero aumentati proprio durante la notte.

Chiamò suo padre e declinò il suo invito. Era troppo preoccupato per quel forte temporale di agosto per potersi concentrare su qualcos'altro. L'avrebbe chiamato da New York, per farsi una bella chiacchierata, gli avrebbe mandato un assegno e l'avrebbe fatto felice.

Si spostò sulla sedia per guardare la pioggia che batteva sulle finestre.

"Bella serata per tornare a casa," disse Dan.

"Non potevamo volare con questo tempo," intervenne Nat.

"Persino i cani escono in queste condizioni," disse Bobby.

I cani sì, ma le squadre di softball? Prese da bere per inumidire la sua bocca secca. Aveva i nervi a fior di pelle. *Forse non sarebbero partite. Forse avrebbero rimandato il loro ritorno a casa.*

Sapeva in quale hotel alloggiava? Cercò di concentrarsi. *L'ultima volta, dove alloggiava? Al...oh sì, al Mayfair Queen.* Si ricordò di aver riso con lei per l'ironia di quel nome.

Si scusò con gli altri e andò alla reception. "Potreste chiamare il Mayfair Queen?"

"Qualcosa che non va con la sua stanza, signore?"

"No, no, niente del genere. Devo solo parlare con una persona. Tutto qui."

Il receptionist sorrise e fece il numero. "Sono in linea al telefono numero tre," disse, indicando un piccolo bancone. Matt sollevò la cornetta.

"Le New York Queens sono ancora lì? Vorrei parlare con Dusty Carmichael."

"Mi dispiace, signore. È andata via, con il resto della squadra."

"Sa se partivano per New York?"

"Credo di sì, signore. Andavano di fretta. Una donna ha detto qualcosa sull'andare incontro al temporale, mi sembra."

"Grazie. Grazie davvero."

Quelle erano esattamente le parole che non avrebbe voluto sentire. I suoi amici finirono di mangiare e si diressero al bar. Matt li raggiunse. Era così nervoso da non riuscire nemmeno a parlare. Si sedettero a un tavolo e ordinarono del whiskey. Il giorno dopo sarebbe stata una giornata di viaggio, quindi uno o due drink erano permessi. Matt ordinò un doppio whiskey.

Il barista fece per cambiare canale.

"Non lo tocchi!" urlò Matt. Tutti si voltarono a guardarlo. "Dobbiamo tenerci aggiornati sul temporale." Si asciugò il viso con la mano. "Qualcuno che conosco è in viaggio adesso."

"Dusty?" chiese Dan.

Matt annuì. Gli altri Nighthawks rivolsero la loro attenzione allo schermo. Il silenzio invase il bar mentre i ragazzi vedevano aumentare l'intensità e la forza del temporale. Il giornalista annunciò blackout, linee elettriche fuori uso, alberi caduti e incidenti.

Il ricevitore ordinò un altro doppio whiskey. Lasciò scivolare le mani umide sui pantaloni. Il battito del suo cuore gli rimbombava nelle orecchie mentre guardava. Tutti i suoi muscoli erano leggermente tesi mentre stringeva le dita intorno al bracciolo della sedia. Il cameriere gli portò il suo drink, lui ne beve un grosso sorso, poi scattò in piedi e iniziò a passeggiare.

Cominciarono ad arrivare le notizie sui danni e sul progresso del temporale. Sentiva la pressione aumentare dentro di sé. Prese il telefono e fece il numero di Dusty. La chiamata fu subito trasferita alla casella vocale. Quando la televisione inquadrò un giornalista in un furgoncino, Matt finì il suo drink e tornò a sedersi. Si vedevano lampeggiare delle luci rosse.

"Sembra un parcheggio, qui sulla Pennsylvania. Circa cinque chilometri più avanti, c'è un tamponamento a catena di una decina di veicoli. Sembra che un pullman abbia investito un'auto, si sia capovolto e sia uscito di strada, travolgendo diversi veicoli."

Il suono acuto delle sirene trafiggeva l'atmosfera del bar. Il cuore di Matt si fermò, la sua bocca era secca come il deserto. Digrignò i denti e afferrò il bracciolo della sedia con tutte le sue forze.

"Diverse auto sono uscite fuori strada. Sembra che ci sia stata un'inondazione. Il pullman deve essere slittato sull'acqua."

Poi fu inquadrata una donna che indossava un poncho.

"Per quello che riesco a vedere... Il pullman è scivolato giù per la collina... Sembra che stesse trasportando una squadra di softball femminile di New York. Mi sembra che ci sia scritto 'Queens.'"

Matt non ebbe bisogno di sentire altro. Balzò in piedi. "Io vado. Dove posso prendere un'auto?"

"Sei troppo ubriaco per guidare," disse Dan, afferrando il suo amico per la spalla.

Matt se lo scrollò di dosso. "Fanculo. Devo andare! Mi hai sentito?" urlò Matt, con la voce tesa e il petto gonfio.

"Allora vengo con te. Guido io."

"Dove sta andando?" chiese il barista.

"La sua ragazza è su quel pullman," disse Nat Owen.

"Vengo anch'io," disse Bobby.

"Anch'io," ribadì Skip.

"E io," disse Jake.

"Maledizione, non lasciatemi qui," intervenne Nat.

"Prendete il mio furgoncino. Vi servirà," disse il barista, lanciando le chiavi a Dan.

Matt mise un centone sul bancone. "Le prometto che glielo riporteremo senza nemmeno un graffio."

L'uomo annuì e strinse la mano di Matt. "Buona fortuna."

Cal Crawley entrò mentre gli interni si alzavano per andarsene. "Dove state andando?"

"Dusty è lì fuori," disse Matt.

Il manager guardò Dan e gli altri. "Dovete andare tutti?" chiese, sollevando le sopracciglia.

Annuirono.

"Merda. Va bene. Va bene. Ma riportate le chiappe a New York prima di domani sera, o ve ne pentirete!"

"Grazie," borbottò Matt.

Cal gli diede una pacca sulla schiena. "Spero che lei stia bene."

I ragazzi presero le loro giacche e se le misero sulla testa per ripararsi dalla pioggia mentre si dirigevano verso il parcheggio.

Matt si sedette davanti e Dan scivolò dietro il volante.

"Hai mai guidato uno di questi?" chiese il ricevitore al lanciatore.

Lui scosse la testa.

"Gesù Cristo," disse Matt, alzando gli occhi.

"C'è una prima volta per tutto." Dan sollevò le spalle e inserì la chiave.

Il resto dei giocatori si sedette.

"Io so guidarlo, se non ci riesci," disse Bobby.

"Anch'io," intervenne Skip.

"Andiamo! Andiamo. Parleremo di chi può guidarlo mentre siamo per strada."

Matt dava indicazioni verso la Pennsylvania. Dan azionò i tergicristalli alla massima velocità, fece un respiro profondo e premette l'acceleratore.

Capitolo Quindici

Dusty singhiozzava mentre vedeva le gocce di pioggia scorrere sul finestrino del pullman. Nicki era seduta accanto a lei nel posto vicino al corridoio, un po' assonnata. La sua amica le aveva appoggiato la testa sulla spalla. Si ricordò di quando stava accoccolata sul letto con Matt.

Le Queens avevano perso la partita del giorno precedente contro le loro più grandi rivali, le Pittsburgh Pythons. Dusty non aveva giocato, ma aveva tifato molto per la sua squadra. Avrebbero dovuto giocare anche oggi, ma la partita era stata annullata. Le Queens dovevano ritornare a New York, perché avevano un doppio incontro previsto per il giorno dopo. Erano testa a testa con le D.C. Dancers per un posto nei play-off. Poteva solo sperare che anche le D.C. avessero perso.

Si toccò meccanicamente l'anulare della mano sinistra. Per quanto all'inizio le sembrasse strano indossare un anello di fidanzamento, ci si era abituata. Ora, sentiva la sua mancanza. Si passò il pollice sul dito mentre guardava le macchine che passavano.

Aveva provato a dormire ma, una volta chiusi gli occhi, riusciva a vedere soltanto Matt. Si ricordava il suo profumo, le lenzuola ancora calde dopo aver fatto l'amore, mescolato a un po' di sudore e all'odore speziato del suo dopobarba. Quel momento unico le sarebbe rimasto in mente per sempre. Non avrebbe mai dimenticato il suo odore, i suoi muscoli, la sua pelle.

Sentì un dolore al petto. Avrebbe voluto parlargli della sua partita, piangere sulla sua spalla, baciarlo, abbracciarlo, ma era finita. Matt Jackson non faceva più parte della sua vita. Aveva preso la decisione giusta? Tuttavia, quanto tempo avrebbe ancora potuto giocare a softball? Per un altro paio d'anni — forse cinque — valeva la pena di rinunciare a una vita insieme a Matt?

Aveva seguito il suo cuore, le sue regole e il suo impegno nella sua carriera. Ma era la decisione giusta? Oggi, mentre la pioggia colpiva il veicolo, non ne aveva idea. Nicki non era stata molto d'aiuto. Parlava solo degli occhi scuri di Nat Owen, o delle sue spalle larghe. Dusty sorrise tra sé. Si era sentita nello stesso modo dopo che il suo odio iniziale nei confronti di Matt si era esaurito.

L'acqua danzava con forza e velocità sulla strada. Percepì un leggero sbandamento del pullman. *Deve essere il vento.* Prese il telefono dalla tasca, cercando di non disturbare Nicki, che borbottò qualcosa nel sonno e si spostò. Passando la mano sul finestrino per poter guardare fuori, Dusty cercò un segnale. Vide lampeggiare un segnale che indicava l'uscita per Chambersburg.

Inserì il nome della città nel suo telefono. Le previsioni del tempo parlavano di venti forti e diversi centimetri di pioggia. *Merda, è praticamente un uragano!* Ritornando a guardare il finestrino, notò che la pioggia era così fitta che la visibilità era ridotta a pochi centimetri. L'autobus rallentò per il traffico. Nessuna auto le superava adesso, riducendo la velocità e restando a fianco del pullman. Un'improvvisa sterzata le fece saltare i nervi. L'autista mantenne il controllo e proseguirono.

Proprio come la tempesta si era intensificata, ora sembrava calmarsi. *Siamo nell'occhio del ciclone?* Il pullman riprese velocità, così come le macchine vicine. La nebbia prese il posto della pioggia battente. Dusty vide i veicoli della corsia vicina diradarsi e sparire gradualmente.

Il pullman rallentò un'altra volta. Cercò di nuovo di mettersi a dormire. Chiudendo gli occhi, fu sopraffatta dalla stanchezza e si addormentò. Immagini dei play-off mescolate a quelle di Matt Jackson. Si spostò sul suo sedile, borbottando. Lui era lì, alla partita. Poi, era il suo ricevitore e le mandava segnali che lei non comprendeva. Dopo, raggiunse il monte di lancio e iniziò a togliersi i vestiti nel bel mezzo del inning. Dusty gli urlava, ma lui continuava a spogliarsi.

Qualche buca sul fondo stradale la fece svegliare per un attimo. Aggrottò la fronte, ricordandosi il suo sogno. Ritornò al suo sonno intermittente, che ormai le era passato. Le altre buche della strada la fecero cadere su Nicki, picchiando la testa contro la sua. Le mise la mano sulla testa, accarezzandola, facendo fatica a tenere gli occhi aperti. Imprecando, si guardò intorno. Dormivano tutte, compresa la sua amica, che si era agitata per qualche secondo per poi ritornare al suo sonno leggero.

Guardando fuori dal finestrino, Dusty si chiese quanto fossero lontane da Harrisburg. Non vedeva l'ora di tornare a casa e di mettersi a letto. La pioggia era ricominciata, insistente come prima. Il suo finestrino si era appannato, ostruendole la vista.

Nervosa e agitata, si stiracchiò. Il pullman colpì qualcosa. Sentì un rumore, come di un vetro rotto. Cadde in avanti, battendo la testa sul sedile davanti al suo. Fu sbalzata lateralmente mentre il pullman iniziò a sbandare vicino a un'auto e iniziò a scivolare. Slittò fino al guard rail e lo superò, finendo all'indietro su un ripido pendio.

Le Queens sbattevano da una parte all'altra come i popcorn, scontrandosi l'una con l'altra. Nessuna di loro aveva indossato le cinture di sicurezza. Nicki spinse Dusty contro il finestrino. Il pullman si fermò, capovolto su un fianco, e il fumo del motore filtrava nell'aria.

Alcune ragazze urlavano, altre piangevano, altre erano totalmente silenziose. Qualcosa di caldo gocciolò negli occhi di Dusty mentre perdeva conoscenza.

* * * *

"Non puoi andare più veloce?" Matt sentiva il cuore rimbombargli nelle orecchie.

"No. Hey, c'è un tempo tremendo. Non sarà d'aiuto a Dusty se moriamo tutti."

Matt capì come si sentono le tigri nelle piccole gabbie dello zoo. Avrebbe voluto camminare, ma poteva soltanto restare seduto, guardare fuori dal finestrino e cercare di smaltire la sbornia.

"Dovremmo fermarci per un caffè," suggerì Jake.

"E per una pisciata," intervenne Skip.

"Falla fuori dal finestrino. Non ci fermiamo." Matt si tolse la cravatta, la piegò e se la mise nella tasca della giacca.

Sapeva che avevano almeno un'ora di svantaggio rispetto al pullman delle Queen, ma immaginava che l'ingorgo del traffico avrebbe dato loro il tempo di raggiungerle. Per quanto si sentisse impazzire, il suo fisico era esausto. Non molto tempo dopo, le sue palpebre erano così pesanti da non riuscire a tenerle aperte. Il sonno lo salvò dall'ansia.

Il furgoncino sobbalzò, svegliandolo bruscamente.

"Che? Cosa? Dove siamo?" Si stropicciò gli occhi.

"Ci siamo fermati. Sembra che l'ingorgo sia aumentato," disse Dan.

Matt aprì lo sportello e uscì. Si arrotolò le maniche sui gomiti e si mise la mano sugli occhi. In piedi sulla linea bianca tra le due corsie di auto che non andavano da nessuna parte, guardò il più lontano possibile.

Il frequente lampeggiare di una luce rossa nella nebbia attirò la sua attenzione. Doveva essere un'ambulanza o qualcosa del genere.

Si sporse dentro il furgoncino. "Io vado," comunicò agli altri.

"Vai dove?" chiese Skip.

"C'è qualcosa lì davanti. Vigili del fuoco, ambulanza. Non lo capisco. Vedo solo le luci rosse. Devo andare."

"Aspettaci," disse Bobby.

"Voi ragazzi restate qui. Tornerò."

"Fanculo," disse Skip, infilandosi la giacca.

Ma Matt non ascoltò. Fece un paio di respiri e iniziò a correre. Seguì la linea bianca che separava le due corsie di macchine parcheggiate. Non vedeva nemmeno se le persone lo stessero guardando o no. Era concentrato sulle luci rosse che vedeva davanti a sé. Dopo pochi minuti era inzuppato dalla pioggia, che rendeva più pesante il suo abito. Avrebbe voluto togliersi i pantaloni, ma non l'avrebbe mai fatto. Tirando fuori tutta la sua forza, continuò a correre mentre le luci si avvicinavano sempre di più.

I suoi polmoni avevano bisogno di più aria, ma lui continuò a correre. I vigili del fuoco si dirigevano verso il ciglio della strada. Non vide il pullman.

"Dov'è?" chiese Matt con il respiro affannoso.

"Dov'è cosa?" gli chiese un vigile del fuoco.

Il ricevitore afferrò la manica dell'uomo. "Il pullman. Dov'è?"

"Hey, amico, qui c'è stato un incidente. Non dovresti essere qui."

"La mia ragazza è in quel pullman. Voglio aiutarvi."

"Matt? Matt Jackson?"

Annuì.

"Hey, amico, sono un tuo grande fan."

"Per favore! Ho bisogno di trovarla."

"Ok, ok. Puoi aiutarci. Forza. Fa attenzione. È molto scivoloso quaggiù."

Il pullman si era capovolto su un fianco scivolando lungo l'argine. Purtroppo, il fianco capovolto a terra era quello con lo sportello. Lo sportello di emergenza sul retro era aperto e alcuni vigili del fuoco entravano e portavano fuori le giocatrici. Altri parlavano con le ragazze attraverso i finestrini rotti.

L'adrenalina che inondava il suo corpo gli faceva battere il cuore così veloce da fargli pensare che gli sarebbe uscito dal petto. La paura gli scorreva nelle vene. *E se fosse morta, proprio come Marnie?* Si scacciò via quell'idea dalla mente, ma doveva trovarla. Doveva sapere che era viva.

Matt si chiese cosa avesse rotto il vetro e immaginò che fossero state le teste delle ragazze, non la squadra di salvataggio. Rabbrividì.

"Dusty! Dusty!" urlò, senza ricevere risposta. Si abbassò, poi si sedette e scivolò giù per la collina fangosa, fermandosi con i piedi e le gambe allungate. Strisciò verso il fianco del pullman e urlò di nuovo.

"Sono qui," rispose una voce soffocata.

Una sensazione di sollievo, così forte da paralizzarlo, gli attraversò il corpo, facendogli uscire le lacrime dagli occhi. Grato per la pioggia che le copriva, non riusciva a smettere di piangere. Lei era viva. Fece un respiro profondo e vibrante. Cercò di concentrarsi su come tirarla fuori da lì, cercando di capire quanto gravemente fosse ferita.

"Stai bene?"

"Sono qui."

Fece capolino dal finestrino e vide i corpi uno sopra l'altro, che si muovevano. Strisciò per avvicinarsi. "Dusty!"

Vide una mano che lo salutava. "Riesci ad arrivare sul retro del pullman?"

"Credo di sì."

Strisciò sul fianco del pullman, come un granchio che fugge da un gabbiano sulla sabbia.

"Attento, amico!" Uno dei vigili del fuoco gli passò accanto, trasportando una giocatrice delle Queens, che aveva perso conoscenza.

E la pioggia non smetteva. La camicia gli si era attaccata addosso come una seconda pelle. Aspettò, trattenendo il respiro, aprendo e chiudendo i pugni.

"Matt?" sentì una vocina in mezzo alla nebbia e alla pioggia battente.

Passò accanto a due vigili del fuoco che stavano fornendo il primo soccorso a una ragazza e mettendo una maschera per l'ossigeno a un'altra. Il suo cuore, che prima batteva così veloce, si fermò. Lei era lì e gli sembrava una bambina. Aveva i capelli inzuppati e il viso coperto di sangue e acqua.

"Dusty?" disse con voce rauca.

"Oh, Matt!" Lei si arrampicò sugli zaini e i bagagli sul retro del pullman. Lui le si avvicinò, stringendole le dita intorno ai bicipiti e sollevandola per tirarla fuori. Lei inciampò e scivolò su una roccia, ma lui la prese tra le braccia e la tenne stretta, urlandole tra i capelli. "Oh mio Dio!"

"Cosa?" Si aggrappò a lui, con le parole attutite dai suoi vestiti bagnati.

"Il tuo viso. Stai sanguinando." Matt glielo lasciò fare, ignorando le macchie rosse sulla sua camicia. Lei le vide ed ebbe un sussulto.

Un vigile del fuoco li raggiunse. Lui le sollevò i capelli e annuì. "Forza, tesoro, fatti medicare." Il vigile del fuoco si rivolse a Matt. "Le ferite sulla testa sanguinano molto. Ma non vuol dire che sia grave."

L'uomo la prese per un braccio mentre Matt la teneva per l'altro. Lentamente, risalirono la collina di fango verso l'ambulanza. Quando alzò lo sguardo, i suoi amici erano lì, con il respiro affannato.

"Sta bene?" chiese Dan.

"Vedremo," disse Matt.

"Hey, guardate. Sono arrivati i rinforzi dei Nighthawks!" disse uno dei vigili del fuoco.

"Cosa possiamo fare?" domandò Skip.

"C'è un pullman pieno di ragazze ferite laggiù. Sicuramente potete aiutarci."

Jake, Bobby, Dan, Skip e Nat fecero un passo avanti.

Dusty si rivolse ai ragazzi. Toccò il braccio di Nat. "Nicki e là dentro."

"Cosa?"

"Credo che sia morta."

Nat annuì, poi guidò gli Hawks giù per la collina. Matt la accompagnò fino all'ambulanza. Lei saltò dentro.

"È un parente?" chiese a Matt il medico dell'ambulanza.

"No, ma..."

"Allora dovrà aspettare fuori."

Il cielo si era schiarito e il temporale aveva lasciato posto a una pioggerellina. Matt iniziò a passeggiare. Le macchine ripresero a muoversi. Si fermò a guardare i suoi amici che prendevano ordini dai vigili del fuoco e li aiutavano nel salvataggio. Nat venne fuori trasportando Nicki tra le braccia. Lei si muoveva, ma non era lucida quando lui raggiunse la strada.

Dusty uscì dall'ambulanza, con la testa fasciata. Si mise da parte per fare spazio alla sua amica. Nat mise delicatamente giù Nicki su una barella e il medico dell'ambulanza la portò dentro.

"Stai bene?"

"Solo un taglio sulla testa. Mi ha dato qualche punto. Potrei avere un po' di mal di testa, ma starò bene."

"Punti? Non ti ho sentita urlare."

"Sono una ragazza forte."

"Andiamo," disse, prendendole il braccio. "Ti porto al mio albergo."

"No, non penso proprio."

"Non puoi stare qui. E quel pullman non ripartirà molto presto."

"La compagnia ne manderà un altro."

"Ma tu potresti stare con me. Hai bisogno di qualcuno che si prenda cura di te."

"Tu sei impegnato. Dovresti avere una partita, se non domani, dopodomani. Giusto?"

Lui annuì.

"So badare a me stessa. Devo anche prendermi cura di Nicki."

"Ma voglio farlo."

"Matt, non siamo più fidanzati. Non siamo amanti né altro."

"Amici?"

Lei fece una smorfia. "Non posso farlo. No. Non voglio essere tua amica."

Come se Van Helsing gli avesse conficcato un paletto nel cuore, Matt sentì un dolore lancinante. Lui voleva essere suo amico? No. Voleva essere il suo uomo, voleva sposarla, voleva che interrompesse la sua carriera. "Vuoi ancora giocare? Questo non ti ha dimostrato che io non mi preoccupo senza motivo?

"Gli incidenti possono succedere. Non si possono prevedere. Ciò non vuol dire che succederà di nuovo."

"Ma capisci la mia... preoccupazione?"

"Certo. L'ho sempre fatto. Ma non posso vivere preoccupandomi sempre delle cose brutte che possono succedere."

"Non ci sei passata. Non sai che vuol dire."

"È vero. Non lo so. E spero di non scoprirlo mai. Grazie per essere venuto a salvarmi."

"Ti amo, Dusty. Farei qualsiasi cosa per te."

"Qualsiasi cosa? Non credo proprio. Sei tu che non vuoi più sposarmi."

"Sei tu che non vuoi lasciare il softball."

Lei scosse la testa. "Sempre la stessa storia."

"Lei è Dusty?" chiese il medico dell'ambulanza.

"Sì."

"La sua amica chiede di lei."

"Devo andare. Grazie ancora, Matt." Lo abbracciò, si alzò in punta di piedi e gli diede un bacio sulla guancia. Lui la strinse finché lei urlò dal dolore.

"Oh, Dio. Merda. Mi dispiace. Mi dispiace molto."

"Va tutto bene. Mi passerà. Ti auguro una buona vita."

"Ti amo, piccola," disse, lasciandola andare.

Lei scomparve nell'ambulanza. Fecero salire altre due ragazze, chiusero gli sportelli e partirono, con le luci lampeggianti e le sirene spiegate.

Qualcuno gli toccò la spalla. Era Dan.

"Pronto per andare?"

Matt annuì. Quella sarebbe stata l'ultima volta che avrebbe visto Dusty. Si sentì un peso sul cuore. Starnutì. Per la prima volta, si rese conto di essere inzuppato e infreddolito.

"Torniamo in albergo," suggerì Jake, camminandogli accanto verso il furgoncino.

"Ho bisogno di un bagno caldo." Matt si tolse il fango che aveva sul sedere.

"Ne hai bisogno immediatamente," disse Nat.

"Dobbiamo stare nel furgoncino insieme a lui?" chiese Bobby.

"Nemmeno tu profumi di violette," rispose Matt.

"Sicuramente puzzo meno di te."

"Apriremo i finestrini," disse Skip.

"Ehm!" disse Dan. "Non possiamo metterlo nel bagagliaio?"

"Non starò seduto qui dietro con lui. Fallo sedere davanti accanto a te," disse Jake.

Tutti i ragazzi diedero una pacca sulla schiena a Matt mentre passava. Ridevano mentre litigavano su dove dovesse sedersi.

"Leghiamolo al tettuccio," disse Bobby.

Nonostante il cuore dolorante, non riuscì a fare a meno di sorridere. Era grandioso avere degli amici come i Nighthawks.

* * * *

Ritornarono in albergo. Il receptionist fu entusiasta di rivedere il suo furgoncino tutto intero. Matt trascorse mezz'ora sotto la doccia, ordinò del cibo e andò a letto. Il mattino dopo, si imbarcò su un aereo privato con il resto della squadra per tornare a New York.

Andarono direttamente allo stadio. I sei ragazzi andarono a correre prima degli allenamenti. Matt andò agli attrezzi. L'esercizio fisico era l'unica cura che conosceva per un cuore spezzato.

Poi andarono a pranzo. Mentre stava finendo di mangiare, Cal Crawley si fermò accanto a lui.

Mise una mano sulla spalla di Matt. "Vieni nel mio ufficio quando finisci qui, Matt."

"Sì, signore."

Cal annuì e lasciò la stanza.

"Oh oh. Cos'hai fatto adesso?" Dan guardò di traverso il suo amico.

"Niente. Onestamente, non ho idea di cosa si possa trattare."

Matt si sentiva sempre più nervoso mentre si incamminava verso l'ufficio del manager. Cal era un uomo di poche parole. Se voleva vederti, c'era qualcosa di importante. Il ricevitore si sentì terrorizzato. L'ultima cosa di cui aveva bisogno in quel momento erano altre cattive notizie. Fece un respiro profondo e bussò.

"Entra, Matt. Siediti," disse Cal.

Quell'atteggiamento cordiale da parte del suo manager era nuovo per Matt. Cal Crawley non era il tipo che perdeva tempo e che lodava i suoi giocatori, e non faceva troppi giri di parole quando facevano schifo. Prese una sedia dall'altra parte della scrivania del suo capo.

"Che succede, Cal?"

"Voglio solo parlare un po' con te."

"Oh?" Matt sollevò le sopracciglia.

"Tu conosci mia moglie Anne, vero?"

Matt annuì.

"Beh, lei non è stata la prima."

"Come?"

"No. C'è stata un'altra prima di lei. Già. Si chiamava Francine. Era l'amore della mia vita. Purtroppo, tra noi due non funzionò."

Matt non riusciva quasi a credere alle sue orecchie. Il suo manager gli stava parlando della sua vita privata? Era veramente Cal Crawley o era un impostore? "Peccato."

"Lo fu, all'epoca. Ero molto triste quando ci lasciammo"

"Ne sono certo." Matt non aveva idea di dove volesse arrivare.

"Iniziai a giocare malissimo. Ma avevo un allenatore saggio. Mi disse di allenarmi in palestra, ma che in campo dovevo diventare Superman. Dovevo farmene una ragione e non dovevo permettere al mio cuore spezzato di influenzare il mio modo di giocare."

Ah, ora Jackson sapeva dove Cal volesse arrivare. "E come ha fatto?"

"Mi sono obbligato a togliermi Francine dalla testa. Ho imparato a concentrarmi così tanto che nulla poteva distrarmi."

"Impressionante."

"Cavolo, sì. Sono diventato molto bravo in questo. È stata una delle cose che mi ha permesso di raggiungere la media di battute più alta di tutta la squadra. E anche il mio record di difesa fu il migliore quell'anno."

"Sembra un piano."

Cal ridacchiò. "Mi ricordo che Francine si avvicinò a me dopo che vincemmo la World Series. Era sorpresa. Sbalordita, in realtà. Sembrava che pensasse che io fossi così devastato da aver rinunciato a giocare. Ma io la ingannai."

"C'è proprio riuscito."

"Ragazzo, voglio che tu impari qualcosa da questa storia. So che adesso non sei te stesso. Ma devi lasciarti tutto alle spalle. Hai un buon record quest'anno, Matt. Tra altre due settimane andremo ai play-off."

"Lo so."

"Voglio che resti concentrato. Non voglio più escluderti dalle partite. Devi mantenere alta la concentrazione. Fuori dal campo, lasciati andare quanto vuoi. Ma quando sei qui, devi essere concentrato al centocinquanta per cento."

"Capisco"

"Sapevo che l'avresti fatto. Tre mesi dopo, ho conosciuto Anne. Ci siamo fidanzati dopo sei mesi e ci siamo sposati prima della fine dell'anno. Lei era quella giusta per me. Non me ne sono mai pentito e non ho mai guardato indietro."

"Bella storia, signore."

"Bene. Spero che tu riesca a superarlo, Matt. Ho bisogno che tu sia in forma. I play-off non saranno facili. Nemmeno la World Series lo sarà, se saremo abbastanza fortunati da arrivarci."

"Io ci sarò per te, Cal. Vedrai. Posso recuperare la mia concentrazione."

"Lieto di sentirtelo dire, figliolo. Adesso, va là fuori oggi e distruggi i Badgers."

"Lo farò. Lo prometto."

Cal e Matt si strinsero la mano e il ragazzo uscì dal suo ufficio. *Era stato il suo primo discorso di incoraggiamento personale in privato. Ha ragione. Non devo pensare a Dusty durante la partita.* Non avendo idea di come fare, si avvicinò a Vic Steele.

"Ok, Matt. Ho preparato un programma speciale solo per te. Non ti resterà nemmeno un minuto per pensare alle ragazze e non avrai nemmeno una goccia di energia da sprecare su qualcosa di diverso dal baseball."

Il ricevitore gli diede una pacca sulla schiena. "Grazie, Vic," disse, correndo verso il campo. Mancava poco alla partita contro i Baltimore Badgers. Matt sarebbe riuscito a prendersi la responsabilità di guidare la sua squadra verso la vittoria così presto dopo la rottura con Dusty? Soltanto il tempo poteva dirlo.

Capitolo Sedici

Tra il rigoroso programma di esercizi di Vic Steele e gli interni degli Hawks che non lasciavano Matt da solo per più di cinque minuti, raramente aveva il tempo di sentirsi depresso o di sentire la mancanza di Dusty. Ma di notte, a letto, da solo, pensava continuamente a lei. Aveva fatto la cosa giusta? Si sarebbe pentito per sempre della sua decisione? Dubitava del suo giudizio e si crogiolava nell'autocommiserazione, ricordandosi la sua pelle, il suo profumo e l'intensità dei suoi baci.

Matt aveva iniziato a odiare il fatto di non potersi svegliare insieme a Dusty. I momenti più felici della sua vita erano stati quando ogni mattina, all'alba, lei era lì con lui nel suo letto. Aveva perso tutto, e nessun allenamento, nessuna bevanda alcolica e nessun amico avrebbe potuto cancellare il suo dolore.

Ma Matt Jackson era un professionista. Nessuno avrebbe interferito con la sua concentrazione, influenzando a lungo il suo gioco. Prima dei play-off, era già tornato nella sua forma migliore. All'insaputa degli altri ragazzi, Matt aveva sempre portato in tasca l'anello di fidanzamento di Dusty come portafortuna. Allo stadio, lo conservava nel suo armadietto. Anche così aveva funzionato. La sua percentuale in difesa era ancora la seconda più alta della squadra — la più alta era quella di Nat Owen, il primo difensore. E la media di battute di Matt era salita a 275.

Avendo vinto il campionato della loro divisione contro i Boston Bluejays, i Nighthawks avrebbero giocato contro i Carolina Tigers ai play-off. C'erano il cinquanta per cento di possibilità sulla squadra che il vincitore avrebbe affrontato nella World Series. I Portland Kingpins o i San Francisco Huskies sarebbero stati i loro avversari, se avessero vinto contro i Tigers.

Matt aveva fatto delle battute fondamentali nella serie di divisione. Jake Lawrence aveva ottenuto risultati eccellenti nel clean-up. Si era aggiudicato la terza partita con un grande slam nella parte alta del nono. Dopo aver lanciato nella prima partita della divisione, Dan Alexander tornò sul monte di lancio nella terza partita dei play-off. Jackson si chiedeva se fosse una buona idea di tenere il loro miglior lanciatore in panchina fino a così tardi nella serie.

Cal aveva spiegato loro che, se non avessero vinto la divisione, non ci sarebbero stati i play-off. Il ricevitore era troppo sotto pressione per discutere quella logica. Le prime due partite finirono in parità. I Carolina vinsero la prima partita giocando in casa, e gli Hawks vinsero la seconda. Poiché i Nighthawks non avevano il vantaggio di aver giocato in casa, vincere la seconda partita in Carolina diede loro un po' di vantaggio.

Tornarono a New York per le tre partite successive. Se fossero riusciti a vincerle tutte e tre, avrebbero trionfato ai play-off e sarebbero andati alla World Series. Matt aveva la sua routine sotto controllo adesso. Si era abituato a stare di nuovo da solo. I ragazzi uscivano insieme e mangiavano insieme, soprattutto in trasferta.

Da Freddie preparavano per loro dei pasti speciali ad alto contenuto di proteine. Gli interni facevano sempre riservare il loro tavolo e Matt si leccava i baffi pregustando l'eccellente cucina di Tommy. Per diminuire la pressione, i ragazzi iniziarono a fare le loro solite sfide a 'scova la ragazza più sexy' in panchina durante la prima partita giocata in casa.

Poi successe.

"Credo che non dovremmo giocare," disse Chet.

"Lo credo anch'io," aggiunse Bobby.

"Restituisci i soldi a tutti," disse Jake.

"Che cavolo succede?" Matt lanciò un'occhiata ai suoi compagni di squadra. Nessuno di loro riusciva a guardarlo negli occhi. "Ok. Che sta succedendo?"

"Niente. Forse è meglio se ci concentriamo sulla partita," mentì Skip.

"Cazzate. Ditemi la verità."

"Dusty e Nicki sono sedute tra gli spalti," esplose Nat.

Tutti i ragazzi della squadra imprecarono contro il primo difensore.

"Dusty è qui? Dove?" Matt si sporse un po' e iniziò a guardare tra gli spettatori. Con il cuore in sussulto, vide la ragazza dai capelli rossicci. I loro sguardi si incrociarono. Lei lo salutò e gli mandò un bacio.

Quando lui si voltò, tutti gli sguardi erano puntati su di lui. Tutti i suoi amici avevano un'espressione preoccupata.

"Allora?" chiese, alzando le spalle.

"Tutto bene?" gli domandò Dan Alexander.

"Certo, sto bene. È carino da parte sua che sia venuta a vedere la partita," disse Matt, ignorando il rapido aumento del suo battito cardiaco.

"Bene. Per un attimo — beh... Non vogliamo che ci rovini i playoff," disse Skip.

"Non succederà. Credetemi. Andiamo, ragazzi. Sono totalmente concentrato." Matt ritornò a concentrarsi sul campo.

"Davvero? Allora come mai sei qui e non sul cerchio d'attesa?," chiese Jake.

"Merda," disse Matt, precipitandosi a raggiungerlo.

Mantenendo la sua parola, Matt strinse gli occhi al lanciatore, controllò gli esterni e portò avanti il suo piano. Fece una battuta alta sulla testa dell'interbase per portare Nat in seconda base. Chet Candelaria portò Nat in casa base con una palla a terra nel lato destro del campo.

I Nighthawks riuscirono spuntare la vittoria della terza partita con un punteggio di due a uno. I ragazzi andarono a farsi la doccia, poi andarono da Freddie. Lo speciale della giornata era pollo fritto con patatine. Matt aveva un po' sperato che Dusty lo aspettasse dopo la partita, ma lei non l'aveva fatto. Forse era meglio così.

Quando arrivò da Freddie insieme a Bobby, Dusty e Nicki erano sedute a un tavolo per due. Nat stava lì a parlare con loro mentre beveva una birra. Matt e Bobby si diressero verso i loro posti abituali. Il ricevitore guardò la sua ex ragazza e sorrise. Dannazione, era stupenda! Lui le fece un cenno con la testa e lei rispose alzando la mano. Voleva invitarla a sedersi con lui, ma aveva paura che rifiutasse.

Avendo più o meno le stesse idee, Nat e Nicki sembravano assorti in un'interessante discussione. Dusty si alzò. I piatti vuoti indicavano che avevano finito di mangiare. *Non vorrà mica andarsene senza nemmeno parlarmi?*

Si diresse verso di lui, camminando lentamente. *Forse sta aspettando che io dica o faccia qualcosa?* Si alzò e spostò una sedia.

"Posso offrirti una birra?"

Un ampio sorriso le illuminò il volto. "Certo. Grazie."

"Grazie per essere venuta alla partita." disse facendo un cenno a Tommy.

"È stata grandiosa. Complimenti. Sei stato bravo."

"Grazie. È stato un gioco di squadra." Lui abbassò lo sguardo.

"Sei stato bravissimo," disse lei.

Tommy portò un'altra birra e gliela mise davanti. Dusty ne bevve un sorso.

"È passato un po' di tempo," disse Matt, non riuscendo a trovare niente di meglio da dire. Non riusciva ad esprimere i suoi veri sentimenti.

"Un po' di tempo? Cinquantasette giorni, contando anche oggi. Per essere precisi." Lei si guardò le mani.

"Non so cosa dire."

"Non devi dire niente," disse lei, toccandogli l'avambraccio.

Era fatta. Il suo autocontrollo era appeso a un filo. Dopo che lei lo toccò, era spacciato.

"Mi sei mancata —wow."

"Quel wow vuol dire molto?"

Lui annuì e mangiò un boccone del suo cibo.

"Anche tu.", disse con un tono di voce basso.

"Stai frequentando qualcuno?" Nel preciso istante in cui quelle parole gli uscirono dalla bocca, se ne pentì. Perché faceva sempre così? Soprattutto con lei intorno.

"No. Tu?" gli chiese, aggrottando le sopracciglia.

"Nemmeno io."

"Non siamo una coppia di seduttori?" disse lei, ridendo.

Lui sorrise. Era come se non si fossero mai separati. Dusty si mise a bere la sua birra e lui cercò qualcosa di intelligente da dire, ma non riuscì a pensare a niente. Almeno non stava frequentando nessun altro.

Nicki e Nat si avvicinarono a loro.

"Devo andare, Dusty," disse Nicki, guardando il suo orologio.

"Ok. Fammi solo finire di bere." Svuotò il bicchiere e si alzò. "Grazie per la birra."

"Grazie per essere venuta alla partita e per esserti fermata un po' qui."

"Beh, non c'è ragione per non salutarsi, giusto? Non siamo mica nemici." Lei fece un breve sorriso. Sembrava che lei si sentisse esattamente come lui — triste.

"No, no. Certo che no. Non saremo mai nemici, vero?"

"Spero di no," rispose lei.

Il solo pensiero che lei potesse odiarlo lo fece raggelare. Le prese la mano. "È stato bello vederti. Sei, beh, stupenda."

"Anche per me. Buona fortuna per domani," disse.

"Forza. O resterai qui tutta la notte," disse Nicki, tirando la manica di Dusty.

E, velocemente come era apparsa, se ne andò. Col cuore dolorante, aveva creduto che il passare del tempo avrebbe attutito il suo amore per lei, ma non era così. Anzi, il suo desiderio nei suoi confronti era solo aumentato.

Si tenne tutto dentro, rifiutandosi di farsi sopraffare dalla tristezza, e si rivolse a Nat.

"Allora, te la porti a letto stanotte?"

* * * *

"Non avrei mai dovuto permetterti di convincermi ad andare da Freddie," disse Dusty, camminando rapidamente verso la metropolitana.

"Non c'è voluto molto a convincerti," rispose Nicki, affrettandosi per raggiungerla.

"Non pensavo che mi infastidisse rivederlo."

"E ti ha infastidita?"

"Stai scherzando?" I suoi occhi si riempirono di lacrime. "Ed era così distaccato. Come se non mi vedesse o non gli importasse. Come se tra noi due non fosse mai successo niente. Almeno per lui." Si asciugò le lacrime sulla guancia.

"Che intendi dire?" Nicki afferrò la sua amica e si fermò. "Sembrava triste."

"Triste? A me è sembrato freddo come il ghiaccio. Non parlava di niente. 'È passato un po' di tempo.' Un po' di tempo! Sti cazzi, un po' di tempo! Sono passati cinquantasette giorni!"

Nicki frugò nella sua borsa finché non trovò un fazzolettino pulito.

"Non gli importa più niente, Nicki. Si è dimenticato di me molto velocemente. Non me lo sarei mai aspettato."

"No, non l'ha fatto. Non hai notato l'espressione del suo viso quando ti ha vista."

"Davvero?"

"Davvero. Era devastato. Si vedeva che voleva venire a parlarti, ma esitava."

"Sul serio? Mi stai dicendo la verità?"

"Certo. Croce sul cuore."

Dusty si coprì il viso con le mani. "Mi manca tantissimo, Nicki. Mi dispiace molto che ci siamo lasciati. Avrei dovuto comportarmi diversamente."

"Ad esempio rinunciando al softball?"

"No. Ma non ho cercato un compromesso. Mi sono impuntata. Poi l'ha fatto anche lui, e siamo rimasti così, intrappolati nella nostra testardaggine."

"Beh, su questo hai ragione. Ma non è troppo tardi. Non è mica morto."

"No, ma non ho visto niente in lui che mi facesse capire che mi vuole. Non l'ho percepito come succedeva prima."

"Lo sta solo nascondendo, perché tutto ciò non influisca sul suo modo di giocare ai play-off."

"Forse."

Le ragazze scesero le scale e presero il treno per tornare a casa. Dusty si distese sul letto, pensando a Matt. Non aveva più giocato bene da quando si erano lasciati. Era ancora in grado di lanciare, ma le sue battute erano terribili. Sbagliava ogni volta. Alla fine della stagione, il suo record era crollato, nonostante avesse mantenuto la sua posizione come una delle tre migliori lanciatrici della lega.

Matt le mancava ogni giorno. Quando chiudeva gli occhi, sentiva il suo profumo maschile e il suo dopobarba legnoso. Qualche volta, si distendeva sul letto e immaginava come sarebbe stato essere sua moglie. Ridacchiava tra sé, pensando a quanto avrebbe dovuto adattarsi. Matt non aveva assolutamente idea di cosa volesse dire fare il marito. Non che lei potesse fare la moglie solo nei suoi sogni. Ma di certo lei era quella che si adattava meglio tra loro due.

Eppure, non l'aveva fatto proprio nel momento più importante, non era forse così? L'aveva semplicemente rifiutato. Schiacciandolo come uno scarafaggio sotto la scarpa. Non gli aveva lasciato altra scelta.

E così, si erano lasciati, voltandosi le spalle, entrambi senza cedere di un passo. E come la faceva sentire tutto questo? Infelice. Durante la notte, non ci si può certo abbracciare a una palla da softball. Almeno, aveva la sua carriera. Forse poteva ancora fare qualcosa. O forse era troppo tardi?

Il giorno dopo, riunì le sue coinquiline.

"Ho bisogno di aiuto. Devo trovare un modo per raggiungere un compromesso con Matt Jackson."

"Intendi dire sposarlo, continuare a giocare a softball e fare in modo che lui lo accetti?"

"Una specie. Deve pur esserci un compromesso che possiamo accettare entrambi," disse Dusty.

"Non ne vedo nessuno," disse Lorna. "Devo pensarci."

"Nemmeno io. Buona fortuna, comunque," disse Evie.

"Ci penserò. Ora vieni a fare colazione." Nicki mise un piatto di uova davanti alla sua amica.

Dusty non aveva fame, ma mangiò lo stesso. "Perché fa così male essere innamorati, Nicki?"

"Non lo so. Vorrei saperlo. Se solo fossi innamorata."

"Sei mai stata innamorata?"

"Sì, una volta. Pessima scelta. Ragazzo sbagliato."

"Ti ha spezzato il cuore?"

Nicki alzò lo sguardo. "Stai scherzando? C'è voluto un anno per dimenticarmelo."

"Un anno! Cavolo."

"Sì."

"Io non mi dimenticherò mai di Matt. Continuerò sempre a chiedermi 'e se?'"

"È difficile," disse Nicki, mettendo i piatti dentro il lavello.

Dusty aprì il rubinetto e iniziò a lavarli. "Lo è. Ma è anche meraviglioso. È meraviglioso amare qualcuno. Sperare che abbia il meglio. Esserne orgogliosi."

Nicki sospirò. "Non saprei. È passato tanto tempo."

"Io non voglio innamorarmi di qualcun altro. Continuo a sperare. O Matt o nessun altro."

"Buona fortuna, allora."

"Speriamo," disse Dusty, chiudendo il rubinetto e asciugandosi le mani.

* * * *

I Nighthawks mantennero la loro carica, vincendo i playoff in cinque partite. Dopo una pausa di quattro giorni, sarebbe iniziata la World Series. Gli interni avrebbero partecipato e presero un aereo. Affittarono una casa in Florida per un breve periodo.

I ragazzi si rilassavano bevendo whiskey e trascorrendo le giornate in piscina e le serate ad abbordare le ragazze che incontravano nel bar del luogo. Tutti tranne Matt. Lui andava al bar con loro, ma tornava a casa da solo. Dan aveva preso una suite in un elegante hotel di New York. Lui e Holly ordinavano il servizio in camera e si coccolavano.

Vedere i suoi compagni di squadra con le loro donne faceva un po' ingelosire Matt. Non che qualcuna di quelle ragazze gli interessasse, ma gli faceva sentire ulteriormente la mancanza di Dusty. I ragazzi si tennero le loro donne per tutti e tre i giorni. Per stare fuori dai piedi ed evitare di vederli divertirsi, Matt andava al cinema. Vide quattro film in due giorni.

Sull'aereo di ritorno a casa, i ragazzi parlarono della Series. Il nervosismo era alle stelle. Per molti di loro, questa era la prima World Series e volevano disperatamente vincere. Ognuno di loro aveva qualcosa da dimostrare a sé stesso, alla propria famiglia o ai propri amici.

Matt sentiva che era il loro momento, che dovevano vincere. Ma si sbagliava di grosso. Gli Hawks non riuscirono a combinare niente e i Portland Kingpins giocarono benissimo. Eliminarono i Nighthawks dalla Series in appena quattro partite.

Non era stata solo una perdita — ma un imbarazzo, una vera e propria umiliazione pubblica. Dopo l'ultima partita, lo spogliatoio era così silenzioso che Matt riusciva addirittura a sentire il suo respiro. Cal Crawley cercò di tenere lontana la stampa, ma invano. In quanto capitano della squadra, Matt parlò a nome di tutti i giocatori.

"È stata una stagione fantastica quest'anno. Non so cosa sia successo. È andato tutto storto per noi. I Portland? Hanno giocato bene. Ed erano in perfetta forma. Hanno giocato bene tutto l'anno, anche nelle partite dei play-off e della Series. Sono stati davvero bravi. Facciamo loro i nostri complimenti e non vediamo l'ora di partecipare alla Series dell'anno prossimo."

Gli interni degli Hawks avevano la coda tra le gambe. Nessuno aveva battuto bene. I loro lanci avevano fatto schifo. Nemmeno Dan Alexander era riuscito a vincere. Matt aveva fatto due errori fondamentali. E non era stato l'unico. Anche il resto della squadra ne aveva fatti molti. I ragazzi erano disgustati e depressi. Nessuno parlò di andare da Freddie. Matt immaginò che ognuno di loro volesse leccarsi le ferite per i fatti suoi.

Jackson doveva affrontare tutto da solo. Ma c'era abituato. Mentre pensava che tutto era andato storto, gli suonò il cellulare. Un messaggio di suo padre.

> *Signor Jackson, suo padre si trova all'ospedale Allegheny General per uno scompenso cardiaco congestizio. Per favore venga al più presto.*
>
> *Dr. Stephen Rice*

Matt rimase immobile. La morte di suo padre sarebbe stata l'ultima goccia.

"Che succede, Matt?" chiese Dan.

"Mio padre. È in ospedale. Scompenso cardiaco congestizio. Devo andare a Pittsburgh."

Dan afferrò il braccio di Matt. "Mi dispiace, amico. Spero che si riprenda."

Come se avesse il pilota automatico, Matt ritornò in camera, preparò una borsa e prese un aereo. Trovò un albergo vicino all'ospedale, si registrò e poi prese un taxi per andare a trovare suo padre. Tom era in una stanza con altri quattro letti. Due erano vuoti.

Matt prese una sedia per sedersi vicino a suo padre. "Hey, papà. Cos'è successo?"

"Quello che tu sapevi fin dall'inizio."

"Il dottore ha detto che ti riprenderai ma, se continui a bere, morirai."

"Lo so, figliolo. Me l'hanno già spiegato."

Matt si alzò e andò accanto alla finestra. Dopo tutti quegli anni, dopo tutti i contrasti con suo padre, non voleva comunque che il suo vecchio morisse. "Dicono che ti faranno uscire tra un paio di giorni. Ma avrai bisogno di una persona che ti assista in casa."

"Non voglio estranei in casa mia," disse Tom, sollevandosi sul cuscino.

"E se rimanessi con te per un paio di giorni prima che arrivi l'assistente?"

"Lo faresti? Resteresti con me?"

"Certo. La stagione è finita. Non avrò impegni per un po' di tempo."

Il viso di Thomas fu illuminato da un sorriso. "Sarebbe stupendo, Matt. Sarebbe davvero bello averti di nuovo in casa. Come ai vecchi tempi."

"Allora, è deciso. Resterò una settimana, poi farò venire qualcuno che è molto più bravo di me a occuparsi delle persone. Affare fatto?" Gli porse la mano.

"Affare fatto," disse Tom, stringendogliela.

Matt andò alla caffetteria a mangiare qualcosa mentre mettevano suo padre a letto. Grugnì al pensiero di dover trascorrere una settimana in quel buco che suo padre definiva casa. Pensava che avrebbe reso più semplice il passaggio. Il suo vecchio era molto testardo. Matt aveva bisogno di qualcuno che si prendesse cura di Tom e non sarebbe successo se non avesse facilitato le cose.

La tristezza prese il sopravvento su di lui come una nuvola nera. Aveva perso Dusty, poi la Series, e ora anche questo. *Tre strike e sono finito.* Quando finì di mangiare, andò a dargli la buona notte e prese un taxi per l'albergo.

Dopo essersi sistemato, aver guardato il telegiornale e aver bevuto un bicchierino, gli squillò il cellulare. Era Cal Crawley.

"Hey, Matt. Come sta tuo padre?"

"Sopravvivrà. Devo restare una settimana a casa con lui per sistemarlo."

"Va bene. E il campo sportivo per i bambini?"

"Già. Suppongo che Dusty non voglia farlo quest'anno."

"La sua amica Nicki si è offerta di sostituirla. Per te va bene? Ci sarai?"

"Sì. Ci sarò."

"Bene. Grazie. Buona fortuna con tuo padre. Oh, a proposito, il campo sportivo comincerà prima quest'anno. Sarà all'inizio di febbraio e durerà tre settimane. Va bene per te?"

"Certo."

"Sarà dopo la scuola. Dalle tre alle cinque e mezza. Ti farò sapere i dettagli."

"Va bene. Ci sarò."

"Stammi bene, Matt."

"Lo farò. Grazie per aver chiamato."

Non riusciva a crederci. Si era dimenticato completamente di quello stupido campo sportivo. Aveva accettato di partecipare, credendo che Dusty ci sarebbe andata. Ovviamente, non voleva. Qualunque idiota l'avrebbe immaginato. Qualunque idiota tranne lui! Non riusciva a credere di aver preso un'altra batosta. Si mise la testa tra le mani. Quanto potevano ancora peggiorare le cose? Ebbe un sussulto. Dopo una settimana con suo padre, tutto il resto sarebbe stato come bere un bicchier d'acqua.

Il mattino dopo, prese accordi con l'ospedale per l'assistenza domestica di suo padre. Poi, prese le cose di Tom e lo portò a casa in taxi. Disse una preghiera di ringraziamento per la donna delle pulizie, in quanto la casa era pulita e ordinata. Non aveva idea di come sarebbe stato sul divano di suo padre. Continuava a ripetersi che era soltanto una settimana. Semplicemente sette giorni.

Uscendo a fare la spesa, comprò un mazzo di carte. A suo padre piaceva giocare. Matt sperò che li avrebbe aiutati a passare il tempo. Tom l'aveva pregato di non togliergli gli alcolici all'improvviso, così Matt comprò una bottiglia di bourbon. Avrebbe deciso lui quanto fargliene bere. Tornò a casa, con una busta di cibo sotto un braccio e una pizza sotto l'altro.

Tom aveva indossato un pigiama pulito. Aprì la porta. I due si godettero il loro banchetto a base di "pizza tuttigusti" e un sorso di bourbon.

"Parlami un po' della tua puledrina," disse, bevendo un sorso di bourbon.

"Ci siamo lasciati."

"Davvero? E perché mai?" chiese Tom, corrucciando la fronte.

"È complicato."

"Ho molto tempo. Non devo andare da nessuna parte," disse Tom, masticando.

"Da dove posso cominciare?"

Matt gli spiegò la situazione il più brevemente possibile. Tom ascoltò, annuendo di tanto in tanto.

"Hai ancora quella fissazione di aver ucciso tua sorella?"

Matt non rispose.

"Beh, non è stata colpa tua. Devi superarla, Matt."

"Possiamo cambiare argomento?"

"Certo, parliamo di tua madre. E dell'idea stupida che se n'è andata a causa tua."

"Dai, papà. Non puoi discutere su questo," disse Matt, riempiendosi di nuovo il bicchierino di bourbon.

"Oh, davvero? Posso farlo e lo faccio. È ora che io ti parli di me e tua madre."

Col cuore in gola, Matt affrontò suo padre. *Oh merda!*

Capitolo Diciassette

"Ok, spara," disse Matt, lanciando un'occhiata scettica a Tom.

"Ho conosciuto tua madre agli Alcolisti Anonimi."

"Cosa?" chiese Matt.

"Ci vorrà molto più tempo se continui a interrompermi."

"Scusa."

"Sì. Ci siamo conosciuti agli Alcolisti Anonimi. Tua madre era la donna più bella che avessi mai visto. Aveva avuto una vita difficile. Suo padre la picchiava. Era un ubriacone, lo so che io non posso parlare, ma lo era. E diventava violento. La picchiava con qualunque cosa che trovava. Sua madre era inutile. Non avendo dove andare e non sapendo come affrontare tutto questo, Valerie ha iniziato a bere quando era appena un'adolescente. A vent'anni, andò agli Alcolisti Anonimi. Ci siamo conosciuti lì e ci siamo innamorati."

"Hai smesso di bere?"

"Ci sto per riuscire. Versamene un altro, va bene?"

Matt lo fece. "Questo è l'ultimo. Basta per stasera."

"Ok, ok. Lo sorseggerò," disse, bevendone un po'. "Questa è roba buona."

"Continua, papà."

"Ci siamo innamorati e ci siamo sposati. Abbiamo continuato a frequentare gli incontri e abbiamo continuato a non bere. È stato un periodo meraviglioso." Poi fece una pausa, commuovendosi per un attimo.

"Continua."

"Poi sei arrivato tu."

"Lo sapevo." Matt fece una smorfia.

"No, no, aspetta." Tom alzò una mano. "Andava tutto bene quando eri bambino, ma non appena hai iniziato a gattonare e a camminare, inciampavi dappertutto. Come tutti i bambini. Tua madre non riusciva a sopportarlo. Ha cominciato a picchiarti."

"A picchiarmi?"

"Sì. Proprio come faceva suo padre. All'inizio, era solo uno schiaffetto ogni tanto. Nessun problema. Ma, quando avevi tre anni, le cose sono peggiorate. Usava una scarpa o una cintura. Dovetti intervenire. Da allora, non volli più lasciarti solo con lei. Ti iscrissi all'asilo e al doposcuola. Poi tornavo a casa presto, quindi non c'era nessun problema. Ma, quando avevi cinque anni, finivo di lavorare più tardi, e ricomincò tutto. Nel frattempo tu crescevi, e iniziavi a rispondere alle sue botte."

"Cosa? Picchiavo la mamma?"

"Era autodifesa, figliolo."

Matt scosse la testa. Non si ricordava niente di tutto questo.

"Lei ricominciò a bere. Una volta se la prese con te di brutto. Ma tu reagisti. Lei non era molto alta, appena un metro e cinquantasette, ed era anche magra. Tu eri forte e le facesti male. Allora rinunciò. Da allora, le sue liti da ubriaca con te furono soprattutto verbali. Aveva paura di affrontarti fisicamente. Ero grato che non ti avesse fatto troppo male."

"Accidenti, papà. Perché non me l'hai mai detto?"

"Aspetta. Non ho finito. No, tu e tua madre non andavate d'accordo. Eravate come l'acqua e il fuoco. E il fatto che lei bevesse non era d'aiuto. Cercai di farla smettere e di farla tornare a frequentare gli incontri, ma non volle."

"Non sapevo che avesse un problema di alcolismo."

"Assolutamente. Le vostre strade si separarono. Quando potevate, cercavate di stare lontani. La situazione rimase tranquilla per un po'. Poi arrivò tua sorella."

"Marnie."

"Già. Quando era neonata, nessun problema. Ma quando compì un anno, ricominciò tutto come con te. Solo che stavolta Val beveva molto di più. Quando Marnie fece tre anni, rifiutò di indossare qualcosa e tua madre continuò a insistere. Si misero a litigare. Tua madre bevve molto, poi la picchiò spietatamente."

"E io dov'ero? E tu?"

"Tu eri a scuola. Io al lavoro. Quando tornasti a casa, mi chiamasti. Ti ricordi? Mamma non era in casa e tu dicesti che alcuni bambini avevano picchiato Marnie"

"Me lo ricordo."

"Solo che non erano stati dei bambini. Era stata tua madre. Portammo tua sorella al pronto soccorso. Il dottore avvertì la polizia. I servizi sociali vennero a controllare."

"Dovevano farlo."

"Volevano portarvi via da noi. Allora io e tua madre fummo d'accordo. Voi bambini non eravate al sicuro con lei intorno. Lei dovette andarsene. Raggiungemmo un accordo con i servizi sociali. Tua madre fece le valigie e se ne andò. Vedi, era lei il problema, non tu. Non è stata colpa tua."

Matt si coprì il viso con le mani. "Perché non me l'hai mai detto?"

"Lei mi pregò di non farlo. Si vergognava moltissimo. Ma non riusciva a smettere. Quando lei se ne andò, io crollai. Era stata l'amore della mia vita. Ora, dovevo crescere due bambini da solo e non sapevo come cazzo fare. Grazie a Dio, tu ti sei preso cura di tua sorella."

"Non ne avevo idea. Per tutti questi anni, l'ho odiata per essersene andata."

"Se lei fosse rimasta, tu e tua sorella sareste stati dati in affidamento. E probabilmente non insieme."

Matt scosse la testa.

"Quindi, smettila di sentirti in colpa perché tua madre è andata via. Ti ha fatto un favore."

"Non è stata colpa mia," borbottò a mezza voce.

"No, non lo è stata. Ho cercato di dirtelo mille volte, ma non mi ascoltavi. Cocciuto."

"Perché non mi hai detto prima la verità?"

"Forse avrei dovuto, ma lei mi pregò di non farlo."

"Sei ancora in contatto con lei?"

"Ci scriviamo qualche e-mail, di tanto in tanto."

"Dov'è? Perché non è venuta al funerale di Marnie?"

"L'ha fatto. Ma è rimasta in disparte. Non vi vedevate da quindici anni. Forse non l'hai riconosciuta."

"Perché non si è fatta avanti?"

"Beveva ancora, riusciva a malapena a controllarsi. Non voleva che la vedessi in quel modo. O che ti sentissi in colpa per lei. O che cercassi di aiutarla. Aveva rinunciato a quei diritti andando via."

Matt si versò un altro bicchierino e lo bevve in un sorso. "E ora?" Si asciugò la bocca con la mano e guardò Tom negli occhi.

"Preferisce restare dov'è, in Illinois. Non sta bene. Sai cosa possono causare anni di alcolismo."

"Lo so."

"È orgogliosa di te. Abbiamo parlato di come sei cresciuto bene e di quanto sia un miracolo che tu ci sia riuscito," disse Tom ridendo.

Matt si chinò e singhiozzò tra le mani.

Tom prese una scatola di fazzolettini dalla stanza da letto. Matt si asciugò gli occhi.

"Figliolo, sei innamorato di quella ragazza, Dusty?"

"Sì."

"Allora, va da lei. Lascia perdere tutte le stronzate sulle donne. Non ne sei responsabile." Tom strinse le sue dita ossute sull'avambraccio di Matt. "Cazzo, guardami. Per me è tardi ormai. Ho scelto la mia strada, forse non è stata una buona scelta, ma è una strada che ho percorso da solo. Non fare i miei stessi errori."

"Ma papà..."

"Non importa. Va da lei. Prenditi la felicità che incontri lungo la tua strada, perché è molto difficile trovarla. Marnie vorrebbe che lo facessi. E anche tua madre. Non permettere ai vecchi fantasmi di impedirtelo. Trova la tua felicità e lascia perdere tutto il resto."

"E se..."

"Dimenticati questa stronzata. Il mondo è pieno di 'e se.' Non puoi controllare la vita. Non c'è nulla di sicuro. Sta con lei. Sposala. E, se dovesse succedere qualcosa, sii semplicemente grato per il tempo che avete passato insieme."

"Ti senti così nei confronti di mamma?"

Tom annnuì. "Sì. Mi piace ripensare ai nostri momenti felici. E ce ne sono stati molti. Nel fiore degli anni, era una donna meravigliosa, ti somigliava molto. Generosa. Amorevole. Finchè l'alcolismo non l'ha distrutta."

"Non lo sapevo."

"Ora lo sai. Quindi, dimenticatelo. Lascialo andare."

"Ci proverò. Ci proverò."

"Bene. Ora vado a letto. Sono esausto."

Matt seguì suo padre in camera da letto, gli diede la sua medicina, lo aiutò a mettersi a letto e gli diede un bacio sulla fronte. Spense la luce e tornò in salotto in punta di piedi. Spense la luce e rimase al buio vicino alla finestra con un altro bicchierino di bourbon. Guardò fuori. Era una tranquilla notte di luna piena.

Gli venne in mente una famosa citazione, "La verità vi renderà liberi", e decise che si adattava perfettamente alla sua situazione. Si sentiva confuso, nel tentativo di elaborare tutte quelle nuove informazioni.

Suo padre aveva avuto una vita molto difficile, eppure amava ancora Matt e aveva sempre cercato di fare il suo meglio.

Questa nuova storia cambiava tutto. Forse suo padre non era stato poi così inutile come credeva. Aveva cresciuto due figli da solo, invece di permettere allo stato di portarglieli via. Matt doveva essergli grato. Non era la famiglia migliore del mondo, ma era la sua. Non era stato mandato in affidamento, passando da una famiglia all'altra.

Sperava solo che per lui non fosse troppo tardi.

* * * *

Prima di poter andare avanti con la sua vita, Matt aveva bisogno di riprendersi. Tornò dal terapista che l'aveva aiutato a superare la morte di sua sorella. Aveva ancora quattro settimane prima di dover andare in Florida per il campo sportivo pomeridiano. Aveva sprecato troppo tempo. Andava dal terapista tre volte alla settimana, nella speranza di velocizzare la guarigione.

Finalmente, arrivò il momento di andare a sud. Affittò la stessa casa che aveva condiviso con i suoi compagni di squadra durante gli allenamenti primaverili dell'anno precedente. Il campo estivo sarebbe durato tre settimane, ovvero una settimana in più, visti i successi dell'anno precedente.

Mentre preparava la sua borsa, sperò che Dusty andasse lì al posto di Nicki. Erano passati un paio di mesi da quando si erano visti. Forse aveva perso il treno ed era ormai troppo tardi per scusarsi e riprovare. Sollevò le spalle. Non c'era tempo di preoccuparsi, aveva un aereo da prendere.

Matt si mise davanti allo specchio, per annodare la sua cravatta dorata, poi spazzolò il suo abito nero. Indossava una camicia nuova, celeste, non bianca. Aveva deciso che era ora di cominciare a fare le cose in modo diverso. E il modo di vestirsi era il primo passo. Lanciò il guanto nella valigia e la chiuse. Il cellulare gli squillò per avvertirlo dell'arrivo della limousine che l'avrebbe portato all'aeroporto. Quando viaggiava da solo per la squadra, gli piaceva farlo con stile. Una limousine per il tragitto da e verso l'aeroporto e un posto in prima classe.

Arrivò a Paradise in tempo per la cena al Salty Crab. Essendo da solo, mangiò al bar. Una bionda attraente cercò di abbordarlo, ma non era niente in confronto a Dusty, così rifiutò educatamente. Il suo cazzo avrebbe gradito un po' d'azione, ma non sarebbe stato lo stesso senza avere sotto di sé la donna di cui era ancora innamorato.

Il mattino dopo, fece colazione in camera. Parcheggiando l'auto alle dieci, si diresse verso lo stadio. C'era molto da fare per prepararsi per i bambini quel pomeriggio. Matt cercò di iniziare presto e di essere pronto. Salutò la guardia, che gli fece un cenno e lo lasciò entrare.

"È già arrivata la mia complice?" chiese.

"È nello spogliatoio, signor Jackson."

"Mi chiami Matt, per favore. Credo che sia meglio bussare stavolta."

La guardia sorrise. "Credo di sì."

Bussò sonoramente alla porta e aspettò.

"Solo un minuto!" disse una voce limpida e dolce.

Matt si diede un colpetto sulla testa. Dusty e Nicki erano amiche, ma non avevano la stessa voce. E quella sembrava proprio la voce di Dusty, non di Nicki. Forse aveva qualche problema di udito? O forse gli sembrava che tutte le donne avessero la sua voce?

Rimase accanto alla porta, a pensare, per un attimo troppo lungo. La porta si aprì, colpendolo, facendolo quasi cadere. Uscì una donna, che gli sbatté sul petto. Lui le afferrò le braccia per evitare che entrambi cadessero. Porca miseria, era proprio Dusty!

"Che ci fai qui?" dissero all'unisono. Poi, scoppiarono a ridere.

"Prima tu," disse lui.

"Avevo accettato di farlo, ricordi? Mi hanno detto che Nat ti avrebbe sostituito."

"Chi te l'ha detto?"

"Nicki."

Matt ridacchiò. “Cal mi ha detto che Nicki ti avrebbe sostituita. Mi sa che questa è l’opera di un paio di cupidi.”

“Un impegno è un impegno. Ho detto a Cal Crawley che l’avrei fatto, e non mi sarei di certo tirata indietro.”

“Ho detto a Cal la stessa cosa.”

Si misero a ridere. Il suo sorriso gli riscaldò il cuore.

“Mi fa molto piacere che tu sia qui,” disse lui, facendo audacemente il primo passo.

“Anche a me.”

“Possiamo parlare? Sono successe molte cose da quando ci siamo visti l’ultima volta.”

“Certo.”

Matt le prese il gomito. “Facciamo una passeggiata,” disse lui, guidandola verso il campo.

“Che succede?” gli chiese lei con uno sguardo inquisitorio.

“Mi sento molto diverso. Non so se tu sei riuscita ad andare avanti. Io no,” iniziò lui.

“Non è esattamente semplice andare avanti senza di te, Matt.”

Lui sorrise. “Speravo che lo dicessi.” Le prese le dita tra le sue mentre passeggiavano per il campo. “Ho cambiato idea.”

“Su di me?” chiese impaurita.

“Sì, ma in senso buono,” si affrettò a dire, alzando la mano.

“In che senso?”

“Non avrei problemi se tu continuassi a giocare una volta che saremo sposati.”

Lei si fermò e lo guardò. “Cosa?”

“Sì. Potrei conviverci. Ne varrebbe la pena.”

“E se succedesse qualcosa?”

“Cercherei di essere grato per il tempo che abbiamo trascorso insieme.”

“Wow! È un enorme cambiamento,” disse lei.

"Lo so. Ho avuto una conversazione sincera con mio padre. Ho imparato molte cose. Ho pensato molto a te e a noi. Se lo vuoi ancora, se mi ami ancora, sposami. Sto diventando pazzo senza di te." Si toccò la tasca dei pantaloni, felice di aver tenuto con sé l'anello come portafortuna.

"Cosa? Sei sicuro?"

"Non sono mai stato così sicuro di nulla in tutta la mia vita. Allora, cosa dici?"

"Dico che sono sorpresa."

"Mi ami ancora?"

Gli occhi le si riempirono di lacrime. "Ho provato a smettere. Ma a cosa serviva? Sarebbe stato tutto molto più facile se avessi smesso di amarti. Ma non ce l'ho fatta. Non ce l'ho fatta. Oh, Matt, mi sei mancato tantissimo," disse, iniziando a singhiozzare e gettandosi tra le sue braccia.

Gli occhi di Matt si riempirono di lacrime mentre la teneva stretta a sé, sussurrandole tra i capelli, "Oh, tesoro. Sono così felice di sentirlo."

Lei gli mise le mani intorno alla vita e appoggiò il viso sulla sua spalla.

"Ti amo, Dusty." Matt prese la scatolina blu dalla tasca. Rigirandosela tra le dita, le diede un colpetto sulla schiena. "Ho ancora il tuo anello."

Tirando su col naso, lei fece un passo indietro. Gli guardò la mano. "Non scherzare, Sherlock!" Lei gli spinse il braccio e la scatolina cade per terra.

Matt si abbassò per raccoglierla e si mise in ginocchio. "Dato che ormai ci sono... Vuoi sposarmi, Dusty Carmichael?" Lui alzò lo sguardo, perdendosi nei suoi occhi lucidi.

"Posso continuare a giocare a softball?"

"Sì."

"Mi prometti che mi amerai per sempre?"

"Lo prometto."

"Allora, sì, voglio sposarti!" Un sorriso le illuminò il volto.

Matt aprì la scatolina, tirò fuori l'anello e glielo mise al dito. "Perché pensi che te l'abbia chiesto la prima volta?" disse lui ridacchiando.

Lei si mise a ridere. "Ma stavolta è per sempre."

"Cavolo se lo è," disse.

Si alzò e la tirò verso di sé. Lei sollevò il mento per ricevere il suo bacio. La dolcezza e la bontà delle sue labbra spazzarono via ogni ricordo del suo sogno. Sentì una scossa di desiderio.

Lasciò scivolare due dita sotto la sua camicetta, apprezzando la morbidezza della sua pelle setosa. In cuor suo, si sentiva grato per aver avuto una seconda possibilità. Non riusciva a credere alla fortuna di poter avere quella bellissima donna al suo fianco per il resto della sua vita. Voleva restare tra le sue braccia per sempre, e adesso poteva farlo.

A malincuore, la lasciò andare, rendendosi conto che tra pochi minuti avrebbero totalmente perso il controllo. Mentre tornava verso lo spogliatoio, gli sembrava quasi di fluttuare. Era sveglio o stava sognando? Guardò Dusty, che gli teneva un braccio intorno alla vita, attaccata a lui ad ogni passo, e fece un enorme sorriso.

Si leccò il labbro inferiore per sentire ancora il suo sapore. Dusty sarebbe stata tutta sua, ora e per sempre. La solitudine, la sua costante compagna, ora si era ridotta in cenere, abbandonando la sua anima come polvere al vento.

"Vieni a stare da me. Sono nella stessa casa dell'anno scorso. Sarà tutta per noi."

"Anche la piscina?"

"Anche la piscina."

"E possiamo farci il bagno nudi?"

"Quando vuoi, tesoro."

"È un'offerta che non posso rifiutare."

L'immagine di lei nuda in piscina lo stimolò. Il suo desiderio, sopito da mesi, riprese vigore, facendogli vibrare tutto il corpo. Non vedeva l'ora di toccarla, di fare l'amore con lei.

"Ora, possiamo condividere lo spogliatoio," disse lei.

Il suo cazzo iniziò a fare scintille. Non l'aveva mai fatto nello spogliatoio.

* * * *

Dusty e Matt trascorsero le due ore successive a preparare l'attrezzatura, esaminare l'elenco e decidere i criteri per selezionare le squadre. I genitori e i bambini iniziarono ad arrivare alle tre e mezza. Alle quattro, le presenze erano già al completo. Poi iniziarono a lavorare.

I due innamorati lavorarono fianco a fianco fino alle cinque e mezza. Con una settimana extra, potevano fare molto di più, ma dovevano anche organizzare più attività. Alle sei e mezza, andarono a cena al Salty Crab. Lì, trascorsero la maggior parte del tempo a stabilire gli obiettivi e a elaborare un programma. Come la prima volta, lavoravano bene insieme.

Dopo che Matt pagò il conto, raggiunsero le loro auto.

"Andiamo al tuo albergo a prendere le tue cose."

Lui la seguì al motel economico dove alloggiava.

"Sono felice di tirarti fuori da questa topaia," disse lui, mettendo la sua borsa nel bagagliaio della sua auto. "Domani, prendiamo la tua auto. Una è sufficiente."

"Ok." Non si aspettava che le sarebbe piaciuto un uomo autoritario ma, non avendo mai avuto il supporto della sua famiglia, aveva imparato ad apprezzare il suo atteggiamento protettivo. Lui voleva prendersi cura di lei e lei si era resa conto di averne bisogno, di volerlo e di apprezzarlo. Con Matt, era solo amore, non si trattava di controllo.

"Sembriamo già marito e moglie." disse lui ridacchiando.

"Per me va bene," disse lei, con un bagliore negli occhi.

Matt portò la sua valigia in camera da letto. La stanza era enorme. C'era una toletta, oltre a un paio di armadi e una poltrona. La stanza era abbastanza grande da essere un intero appartamento, sarebbe bastata solo una cucina a completarlo. Dopo aver vissuto in una minuscola stanzetta di New York, avere a disposizione una casa intera era un lusso enorme. Lei si stese sul letto, allargando le braccia e le gambe.

Matt la seguì, con una leggera esitazione.

"Vieni da me, Matt."

Lei gli fece un gesto e lui la seguì. Aprì le braccia per accoglierlo. Lui colse il suo suggerimento e le strinse le gambe tra le sue. Appoggiandosi sulle mani, posò la bocca sulla sua. Aveva un ottimo sapore, come di bistecca mista a un po' di caffè, con un tocco di cioccolato. Gli mise le braccia intorno al collo, stringendosi a lui.

Si sollevò e le mise le braccia intorno al collo. Voltandosi su un fianco, con una mano le toccò il seno.

"Oh, mi sono mancate," sussurrò.

"Anche tu sei mancato a loro," rispose lei.

Mentre la accarezzava e la baciava, il tempo si fermò. Quando fu così eccitata da non poter più resistere, lui entrò dentro di lei. Come una scena al rallentatore, lei lo guardava negli occhi mentre entrava e usciva, lentamente.

Sembrava tutto diverso da prima. L'emozione aveva fatto aumentare a dismisura l'intensità. Matt aveva completamente abbassato la guardia e si era lasciato andare, con lo sguardo pervaso dall'amore. Tutto questo la riscaldò, riempendole il cuore, come uno scudo protettivo. C'erano solo loro due, come se non esistesse nessun altro sulla faccia della terra. Lei si abbandonò al ritmo della loro unione mentre lui si muoveva fuori e dentro di lei, ancora e ancora. Gli mise le mani sul sedere, sentendolo muoversi ritmicamente mentre faceva l'amore con lei.

I loro corpi e i loro cuori diventarono un tutt'uno. Niente muri, niente nascondigli, niente segreti, niente paure — fecero l'amore in un modo nuovo, essenziale, primitivo. La preoccupazione che lui potesse spezzarle il cuore fu spazzata via da un'ondata di amore reciproco. Lei lo amava, interamente e completamente, senza alcuna riserva.

Sentendo crescere dentro di sé la tensione sessuale, lei si leccò le labbra. Chiuse gli occhi quando il suo orgasmo iniziò a farla tremare, con i muscoli tesi, abbandonandosi al piacere. Lui abbassò la testa, le mise la bocca sulla spalla e la strinse tra le braccia.

Lui appoggiò la fronte sudata sulla sua. Lei rimase senza parole. Dusty pensava di aver già raggiunto l'apice del piacere sessuale facendo l'amore con Matt, ma non era stato niente in confronto a questo. L'amore, il desiderio e la fiducia portarono la loro unione a un livello molto più alto di quanto lei avesse mai ritenuto possibile.

Dopo, Matt se la avvicinò alla spalla e tirò su le coperte.

"Non posso credere che ci sposeremo."

"È una cosa bella o brutta?" chiese lei, appoggiandogli la mano sul petto.

"Più che bella. È un sogno che si avvera."

"Ti amo, Matt."

"Lo so, piccola. Anch'io ti amo. Siamo le due persone più fortunate del pianeta."

"Puoi dirlo forte," disse lei.

"Lo dirò tutti i giorni per i prossimi cinquant'anni."

* * * *

Il giorno dopo, una visita li colse di sorpresa. Dan e Holly si presentarono allo stadio più o meno a mezzogiorno.

"Vi va di pranzare con noi?" chiese Dan.

"Che succede?"

"È piuttosto importante."

Matt guardò Dusty e sollevò le spalle. "Certo, certo," disse lei. "Prendo la borsa."

Andarono al Salty Crab. Ordinarono birra e fish and chips.

"Allora, che succede?" chiese Matt, bevendo un sorso di birra.

"Abbiamo un grande favore da chiedervi," disse Dan, guardando Holly.

"Spara," disse Matt.

"Beh, Holly e io abbiamo deciso di sposarci qui."

"Qui?" chiese Matt sbalordito.

"Sì. A Paradise. Abbiamo intenzione di andare da un giudice di pace e volevamo sapere se voi due accettereste di farci da testimoni."

"Cosa?"

"Oh, com'è romantico!" esclamò Dusty raggiante.

"Lo farete? Tutti e due?" Lo sguardo di Dan non faceva che spostarsi da Matt a Dusty.

"Certo che lo faremo. Ma cos'è successo?"

"I miei genitori cominciavano a diventare fastidiosi," disse Holly.

"E i miei non erano molto meglio," intervenne Dan.

"Così, abbiamo deciso di sposarci qui, e che loro facciano tutte le feste che vogliono, nella loro città, con i loro amici. Voglio dire, a noi non importa niente della festa. Vogliamo soltanto sposarci in pace. Capite?"

"Capisco," disse Dusty. "Lo trovo così romantico. Io ci sono."

"Anch'io. Molto coraggiosi, ragazzi, molto coraggiosi," aggiunse Matt.

"Grazie," disse Holly, arrossendo.

"Allora, quand'è il lieto evento?" chiese Matt.

"Non abbiamo ancora stabilito una data, perché volevamo prima parlare con voi."

"Questo weekend siamo liberi," intervenne Dusty.

"Mmm. Che ne dite di sabato, allora?" domandò Holly.

Matt e Dusty annuirono.

"E dopo andremo a cena insieme. Sarà la nostra festa," disse Dan.

"Cavolo se lo sarà. E io ordinerò bistecca e aragosta. A spese tue, amico." Matt sorrise.

Dan scoppiò a ridere. "Cavolo, mettici anche caviale e uno champagne vintage. Non ci si sposa mica tutti i giorni."

Si separarono nel parcheggio. Era giovedì. Mancavano ancora due giorni al matrimonio di Dan e Holly. E avevano ancora molte cose da insegnare ai bambini. Le loro giornate erano molto stancanti e le loro notti erano piene d'amore. Venerdì, dopo che i bambini andarono via, Matt e Dusty sistemarono e conservarono le attrezzature prima di andare nello spogliatoio.

"Potremmo risparmiare un po' d'acqua, tesoro. Facciamo la doccia insieme?"

"Qui?"

"Sì." disse lui sorridendo.

"Ragazzaccio! Certo! Perché no?" Lei posò i vestiti su una sedia. "L'ultimo a entrare è un puzzone."

Matt si mise a ridere e si tolse la tuta. Una volta sotto la doccia, si insaponarono a vicenda. Dopo essersi asciugati, Matt piegò Dusty in avanti. Lei era flessibile e riusciva a toccarsi le dita dei piedi. Quando le raggiunse, Matt si mise dietro di lei. Le aprì le gambe, iniziò a strofinarsi sul suo sesso e poi entrò. Lei ebbe un sussulto, poi si mise a ridacchiare.

"Ti piace?" le chiese.

"È stupendo!" rispose lei.

Matt riusciva a malapena a controllarsi. Fare sesso con la donna che gli avrebbe dedicato tutta la sua vita gli faceva ribollire il sangue. Il suo cazzo si metteva sull'attenti ogni volta che lei lo toccava. Il loro rapporto diventava sempre più forte, ogni giorno, ogni notte. Svegliarsi abbracciato a lei lo faceva sentire tranquillo e sereno.

Anche se Dan era il suo migliore amico, Matt non aveva mai capito la forza dell'amore del suo amico nei confronti di Holly. Ma, adesso che era nella stessa situazione, la capiva, persino cento volte di più.

Quando finirono di fare l'amore e si asciugarono, comprarono della pizza e si distesero vicino alla piscina, guardando le stelle abbracciati su una sedia a sdraio. Il cellulare di Matt squillò. Controllò lo schermo. Era suo padre.

"Hey, papà, che succede?"

"Volevo solo sapere come stai."

"Sto bene."

"Hai già fatto pace con quella ragazza?"

Matt scosse la testa e sorrise. "Sì, già fatto."

"E allora?"

"E allora ci siamo fidanzati."

"Vi sposerete?"

Matt fu sorpreso di sentire l'entusiasmo nella voce del suo vecchio. "Sì, lo faremo."

"Beh, non aspettate troppo. Adesso sono in forma per venire al vostro matrimonio. Ma non so per quanto tempo. E questo è un matrimonio che non mi voglio perdere."

Gli occhi di Matt si riempirono di lacrime. "Non preoccuparti, papà. Non ci sposeremo senza di te."

"Bene. Voglio concedere a quella ragazza la mano di mio figlio."

"Lo farai. Promesso."

EPILOGO

Disteso sulla sedia a sdraio accanto alla piscina con Dusty al suo fianco, Matt chiamò Jake Lawrence. Il terzo difensore stava guidando la sua auto lussuosa in mezzo alla campagna. Essendo un tipo protettivo, il ricevitore si preoccupava per i suoi amici quando guidavano o dovevano prendere un aereo. Loro lo prendevano in giro per questo, definendolo il loro "capo scout."

"Tornerai in tempo per gli allenamenti primaverili?" gli chiese Matt.

"Certo che sì. Niente di più facile. Conosco già la strada."

"Bene. Perché ho deciso di sposarmi e ho bisogno che tu ci sia."

"Brutto figlio di puttana! Congratulazioni! Dusty?"

"Certo, Dusty. E chi se no?"

"Con un playboy come te, non si sa mai." disse Jake ridacchiando.

"Non fare il coglione. Guida con prudenza. Ora devo andare. Ho da fare con Dusty."

"Dalle un bacio da parte mia, ci vediamo presto."

"Buon viaggio," disse Matt.

* * * *

Oltre a guidare la sua nuova auto e al sesso, il cibo occupava un posto importante nella lista delle piacevoli necessità di Jake. Quando arrivò a Santa Juana, lo stomaco gli brontolava. Sperava di trovare sulla strada un piccolo ristorante a conduzione familiare, come ce n'erano tanti a New York City. Ma non riuscì nemmeno a trovare il centro di Santa Juana.

La grossa insegna di una famosa catena di steak house attirò la sua attenzione. Un panino con la bistecca e delle patatine facevano proprio al caso suo. Guardò l'orologio. Erano solo le undici. Si chiese se gli avrebbero già servito il pranzo.

Cominciò a sentire l'acquolina in bocca immaginandosi un'enorme Philly Cheese Steak. Seguendo il segnale di svolta, frenò e uscì dall'autostrada. Il suo sguardo fu catturato da un paio di gambe perfette e da un meraviglioso sedere che percorrevano a tutta velocità la strada di servizio.

La ragazza camminava molto velocemente, e lui non capiva perché. Dopo aver parcheggiato, uscì dall'auto e vide un uomo che seguiva freneticamente la ragazza. Faceva parte della sua avventura? Doveva capire cosa stesse succedendo e si mise a seguirli.

L'uomo raggiunse la ragazza. Stava urlando. Sembrava che lei stesse piangendo, ma non ne era certo, così si avvicinò. Una damigella in pericolo — cosa c'era di più interessante? Il suo stomaco avrebbe dovuto aspettare, perché doveva accertarsi che lei stesse bene.

Gli sembrò che quell'uomo la colpisse. Le diede uno schiaffo sul viso, poi un pugno sulla spalla, facendola cadere a terra. La curiosità di Jake si trasformò in rabbia, così corse verso di loro e afferrò il pugno dell'uomo.

"Cosa cazzo sta facendo?" aggrottò la fronte mentre piegava il braccio dell'uomo dietro la sua schiena, tenendoglielo fermo.

"Questa zoccola mi deve cinquanta dollari. Se n'è andata senza pagare," disse, sputando per terra.

"Hey! Aspetti un attimo. Non può andarsene in giro a picchiare le persone, soprattutto le donne. Guardi che cosa ha fatto. Sta sanguinando."

"Dove? Il mio viso? Oh mio Dio. Il mio viso. Si sta gonfiando. Non posso credere che stia succedendo."

"Il suo viso. Cosa gliene importa? È forse una prostituta?" disse quell'uomo.

"No, idiota. Sono un'attrice di Broadway. Il mio viso è tutto per me." La ragazza scoppiò in lacrime.

"Hey, hey, non pianga. Non può semplicemente pagarlo?" disse Jake.

"Lo farei, ma non ho soldi. Mia madre avrebbe dovuto versare sul mio conto quelli che ho guadagnato con uno spettacolo, ma non ci sono."

"Perché non la chiama? Magari il bonifico sarà accreditato oggi."

"Era ciò che speravo. Ho lasciato un assegno nella camera dell'hotel."

"Un assegno. Pff! Di quanto? È solo un fottuto pezzo di carta," disse l'uomo.

Jake strinse il pugno finché quell'uomo si contorse. "Chieda scusa alla signora."

"Ok, ok. Le chiedo scusa per averla colpita. Tiri fuori i soldi che mi deve," disse, facendo una smorfia di dolore.

Lei prese il telefono, ma non compose nessun numero. "Il mio telefono è morto."

"Usi il mio," disse Jake, porgendole il suo cellulare con l'altra mano. "E per quanto riguarda lei, dovrei fargliela vedere io, ma non voglio farmi male alla mano per un coglione del genere. Ecco i suoi soldi. Non si permetta mai più di picchiare una donna. E se lo farà un'altra volta, dovrà vedersela con me. Può contarci."

Jake prese cinquanta dollari e li gettò per terra. L'uomo raccolse ogni dollaro, poi lanciò un'occhiataccia ostile a Jake, che gli mostrò il pugno. Il vigliacco si allontanò di corsa verso il motel. Il giocatore di baseball si voltò verso la ragazza e le porse il suo fazzoletto. Attivò gli altoparlanti del telefono per potersi asciugare il sangue dal viso.

"Mamma?"

"Sei tu, Kate?"

"Sì. Dove sono i soldi? Dovevi versarmi i duecentocinquanta dollari sul mio conto. Non ti è arrivato l'assegno?"

"È arrivato. Non incassato, proprio come avevi detto."

"E allora dov'è? Mamma, io devo mangiare, comprare il biglietto del pullman e altro."

"Beh, ho pensato che duecentocinquanta dollari non fossero molti. Dato che devi andare a New York City e tutto il resto..."

La ragazza si mise la testa tra le mani. "Allora non l'hai versato, mamma. Dimmi che così."

"Stavo solo cercando di aiutarti. Pensavo che avrei potuto raddoppiare la cifra...sai, cinquecento dollari ti servirebbero molto di più nella Grande mela."

"Mamma, mi servivano quei soldi."

"Hey, stava andando alla grande. Ero già arrivata a trecentocinquanta. Poi, è andata male."

"Hai perso tutto?"

"Mi dispiace, tesoro. Hey, ora devo andare. Harry mi sta aspettando. Dobbiamo prendere il pullman per andare a quel nuovo casinò. Augurami buona fortuna. Ti chiamo se riesco a recuperare i tuoi soldi."

"Va bene, mamma."

La ragazza chiuse la telefonata e restituì il cellulare a Jake, che stava lì, con gli occhi spalancati.

"Mi dispiace, signore. Non posso restituirle i suoi cinquanta dollari." Aprì una taschino del suo zaino e cercò qualcosa.

Jake non aveva mai sentito prima una conversazione come quella. "Sua madre ha perso i suoi soldi al gioco?"

La ragazza tirò fuori il suo fondotinta e lo aprì. Annuì prima di sospirare. Scoppiò a piangere. “Ho un’audizione tra due settimane. Guardi la mia faccia!”

Lui non riusciva a smettere di guardarla. Oltre a un corpo mozzafiato, aveva i capelli più scuri che avesse mai visto. Lunghi e setosi, incorniciavano la sua pelle rosea e i suoi occhi verde-blu. Lei lo guardava preoccupata.

“Ehm, sì. L’ha fatto. E non è la prima volta. Maledizione!” Si asciugò le lacrime dalle guance e si alzò. “Devo essere a New York tra due settimane. Ho un’audizione.”

“Lei è un’attrice di Broadway?” chiese Jake, non riuscendo a trattenere il suo stupore.

“No. Non ancora. Teatro regionale. Spettacolo estivo. Merda, che faccia. Come posso fare un’audizione con questa faccia?” Rimise nella sua borsa le cose che aveva tolto per prendere il fondotinta. “Avevo pagato il pullman solo fino a Santa Juana. Ora, sono bloccata.”

“Ma così non arriverà mai alla sua audizione,” disse Jake.

“Ci sarà un posto lungo la strada che ha bisogno di una cameriera con esperienza. Farò così. Troverò un lavoro. Giusto per un paio di giorni.” Si ripulì i jeans beige e la T-shirt turchese, poi gli porse la mano. “Kate MacKenzie. Grazie per aver pagato quel coglione. Se mi dà il suo nome e il suo indirizzo, le spedirò un assegno. Posso farcela. Davvero. Avrò quel lavoro. Me lo sento”

“Jake Lawrence. Non si preoccupi dei soldi. Non mi servono. Vuole farlo davvero? Cercare un lavoro e poi prendere un pullman?”

“Certo. Che altre opzioni ho? Oh, aspetti. Potrei fare l’autostop. Ma potrebbe essere pericoloso.”

“Potrebbe?” disse alzando il tono di voce. “Il primo tipo che le darà un passaggio le salterà addosso.”

“A me? Perché?”

“Si guardi.”

“Sì. Allora? Sono un po’ impolverata, ma...”

"Impolverata? Lei è bellissima."

La ragazza arrossì. "Lo pensa davvero?"

"Non lo penso. Lo so. Forza. Non posso lasciarla qui fuori. Sto andando a pranzo da Smokey. Pranzi con me e io la porterò a New York."

"Cosa?"

"Sì. È lì che sono diretto."

Lei fece un passo indietro. "No, grazie, signore. Non sono messa così male. Preferisco andare a piedi."

"No, no. Tranquilla. Davvero. Sono un giocatore professionista di baseball."

"Veramente? E io sono la fatina dei denti."

FINE

Per scoprire cosa succede con Kate e Jake, leggete JAKE LAWRENCE, THIRD BASE, il terzo libro della serie BOTTOM OF THE NINTH. Presto vi comunicherò dove acquistare i miei e-book e le mie edizioni economiche.

Notizie sull'autrice

Jean Joachim è un'autrice di romance di successo e i suoi libri sono in cima alla classifica Amazon Top 100 fin dal 2012. Scrive romance contemporanei, tra cui gli sport romance e la romantic suspense.

Dangerous Love Lost & Found, ha vinto il primo premio International Digital Award dell'Oklahoma Romance Writers of America nel 2015. *The Renovated Heart* ha vinto il premio Miglior Romanzo dell'Anno del Love Romances Café, *Lovers & Liars* è arrivato tra i finalisti del RomCon del 2013, e *The Marriage List* ha conquistato il terzo posto nella classifica Miglior Romance Contemporaneo del Gulf Cost RWA.

To Love or Not to Love si è classificato al secondo posto del Reader's Choice contest del 2014 della sezione del New England dell'associazione Romance Writers of America.

È stata nominata Miglior Autore dell'Anno nel 2012 dalla sezione di New York dell'associazione Romance Writers of America.

Moglie e madre di due figli, Jean vive a New York City. Solitamente, di mattina presto la si può trovare al computer a scrivere mentre beve una tazza di tè, con al suo fianco Homer, il carlino che ha salvato, e la sua scorta segreta di liquirizia nera.

Jean ha scritto e pubblicato più di 30 libri, novelle e racconti brevi. Consultate il suo sito web:

http://www.jeanjoachimbooks.com.

Iscrivetevi alla newsletter sul suo sito per partecipare alle sue vendite private di libri in formato tascabile. Per iscrivervi alla newsletter:

https://www.facebook.com/pages/Jean-JoachimAuthor/221092234568929?sk=app_100265896690345

Lightning Source UK Ltd.
Milton Keynes UK
UKHW010734150822
407319UK00001B/385